KB250342

무적택배

무적택배 2

이원 판타지 장편 소설

초판 1쇄 찍은 날 § 2004년 2월 12일
초판 1쇄 펴낸 날 § 2004년 2월 22일

지은이 § 이원
펴낸이 § 서경석

편집장 § 문혜영
편집 § 이종민 · 신혜미
마케팅 § 정필 · 강양원 · 이선구 · 김규진 · 홍현경

펴낸곳 § 도서출판 청어람
등록번호 § 제1081-1-89호
등록일자 § 1999. 5. 31
어람번호 § 제1-0467호

주소 § 경기도 부천시 원미구 심곡1동 350-1 남성B/D 3F (우) 420-011
전화 § 032-656-4452 팩스 § 032-656-4453
E-mail § eoram99@chollian.net

ⓒ 이원, 2004

값 8,000원

ISBN 89-5831-022-7 04810
ISBN 89-5831-020-0 (SET)

※ 파본은 본사나 구입하신 서점에서 교환하여 드립니다.
※ 저자와 협의하여 인지를 붙이지 않습니다.

이원 판타지 장편 소설

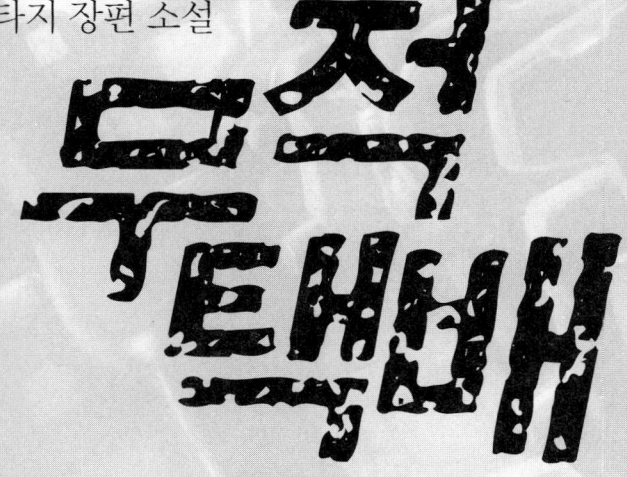

무적 특대

2 철인간 아담

도서출판

청어람

목차

2

철인간 아담

■ 제5장

알레이의 미덕

1

위대한 도시 펠레즈의 유적을 살펴보고 프라트로 돌아온 무적택배 사람들은 지혜의 블랙박스 해독이 마무리되기를 기다리며 모두 하던 일에 열중했다.

"으아아~ 아니야! 이 맛이 아니야!"

조용한 분위기를 깨고 느닷없이 울려 퍼지는 절규에 구왕궁의 주방에 있던 사람들의 시선이 한곳으로 쏠렸다. 절규의 주인공은 박창이었다. 과장된 포즈로 절망을 표현하며 울부짖는 그를 째려보던 박상은 목에 걸고 있는 수건을 휘둘러 박창의 등짝을 짜악 소리 나게 때렸다.

"시끄러워! 사람들이 놀라잖아!"

"아얏! 아프잖아!"

박창의 항변에 박상은 눈썹도 까딱 않고 차갑게 응수했다.

"그럼 아프라고 때리지 살찌라고 때리겠냐?"

박창은 맞은 자리를 손으로 문지르면서 시무룩하게 웅얼거렸다.

"근데 형, 왜 이렇게 고추 맛이 안 되지?"

"안 되는 게 당연하지. 별이 다르고 식물이 다른데 되는 게 이상한 거야."

"설탕은 됐잖아?"

"설탕은 당분의 문제잖아. 당분이 많은 원재료가 있었으니까 가능했던 거지만 고추 맛은 고추라는 식물에서 나오는 맛인데 그게 되겠냐? 하여간 너 때문에 계속 이상한 거 맛보느라 혀가 굳겠다."

박상은 톡 특유의 맵고 강한 맛 때문에 얼얼해진 입 안을 물로 헹구면서 투덜거렸다.

"요리하는 사람은 미각이 생명인데 말이야, 이러다가 미맹(味盲:맛을 보는 감각에 장애가 있어 정상인이 느낄 수 있는 맛을 느끼지 못하는 병적 상태)이 되는 거 아닌가 모르겠네?"

"지금 형의 혀가 문제야? 우리들 모두의 삶의 질이 달려 있는데?"

"또 어울리지 않게 거창한 표현을 갖다 붙이는군."

박상은 동생을 못마땅한 눈초리로 흘겨보고 돌아섰다. 박창은 형의 심드렁한 태도에도 기죽지 않고 결의를 다졌다.

"맛의 혁명을 향한 개발의 길은 멀고도 험한 법, 이 정도로 포기할 수 없지."

박창은 조리대 한 켠에 놓아둔 노트에서 방금 전에 맛을 본 양념의 공식표에 표를 그렸다.

"이 다음에는 또 무엇과 무엇을 섞어본다?"

혼잣말로 중얼거리며 궁리하고 있는데 미테르 사제 한 명이 급한 걸음으로 주방으로 들어왔다. 박상과 박창에게 고개 숙여 인사한 그는 파디아에게 다가와서 흥분된 음성으로 말했다.

"대신관님, 기뻐하십시오. 아메트의 늙은 라베스가 죽었다는 소식이 들어왔습니다."

박창을 도와 향신료의 재료가 되는 것들을 다듬고 있던 파디아는 그 말을 듣자 벌떡 일어났다. 주방의 다른 사람들도 모두 일손을 놓고 그에게 우르르 몰려들었다.

"크라그 왕이 죽었다구요? 확실한 정보입니까?"

파디아는 반신반의하는 기색으로 물었다. 그러자 사제는 고개를 힘차게 저었다.

"아메트의 수도 오르세에서 왕자들 간의 무력 충돌이 있었던 것이 확인되었다고 합니다."

파디아에 앞서 주방 사람들 사이에서 커다란 환호성이 올랐다.

"레스프라트의 원수가 죽었다!"

"만세!"

사람들은 무엇이 그리 감격스러운지 서로 얼싸안고 펄쩍펄쩍 뛰면서 기쁨을 감추지 못했다. 파디아는 벅차오르는 감정을 주체할 수 없는 듯 두 손을 가슴에 얹고 눈을 감았다.

"결국 뮤렌님의 말씀이 실현되었군요."

파디아의 탄식에 이어 그녀를 항상 수행하는 두 사제 중 한 명인 보미르가 감격스러워하며 말했다.

"정말 경하할 일입니다. 그자의 죽음은 정말 신의 돌보심입니다."

사람들의 환호는 계속되었다. 박상 형제는 사람들이 기뻐하는 이유를 몰라 멀뚱멀뚱 바라보고만 있었다.

"형, 아무래도 적왕이 죽었다는 것 같지?"

"그런 것 같군."

"저렇게들 기뻐하는 걸 보면 되게 못된 인간이었나 보네."

"이 나라를 침략해서 식민지로 삼은 자라니 당연한 반응이겠지."

둘은 그런 대화를 주고받으며 상황을 지켜보았다. 잠시 후 파디아가 박상 형제에게 오더니 말했다.

"경사스러운 일을 맞아 급히 의식을 준비해야 할 것 같습니다. 오늘은 먼저 물러날까 합니다."

"그렇게 하십시오."

박상이 말하자 파디아와 사제들은 인사를 하고 서둘러 주방을 나갔다. 사제들이 나간 뒤에도 주방에 있는 사람들은 쉽게 흥분이 가라앉지 않는 모양으로 들뜨고 상기된 모습들이었다.

파디아가 떠난 지 오래지 않아 언덕 아래 시가지 쪽에서도 사람들의 환희에 들뜬 함성 소리가 들려왔다.

아메트의 국왕이 죽었다는 사실은 당연히 베르테스에게 가장 먼저 알려져 있었고 시가지에 있는 왕궁의 소회의실에서는 그 일을 안건으로 해서 주요 인사들이 모인 신료회의가 열리고 있었다. 아직 정식으로 신 왕조가 출범한 것이 아닌 까닭에 비어 있는 관직이 많았고 참석자들의 상당수는 여러 곳에서 독립군을 이끌고 수도에 합류해 온 지휘관들이었다.

"아메트의 크라그가 죽은 것이 확실합니까?"

"혹시 와병 중인 것이 사망으로 와전된 것이 아닐는지요?"

참석자들은 적왕의 갑작스러운 죽음이 쉽사리 믿어지지 않는 모양으로 기쁨보다는 의혹부터 드러냈다. 베르테스가 대답했다.

"아메트의 수도 오르세에서 왕자들끼리 무력 충돌이 발생했던 사실이 분명히 확인되었소. 크라그 왕의 거센 성정에 비추어볼 때 그가 사망하지 않고는 그런 일이 있을 수 없다는 점은 여러분들께서도 잘 알고 계실 것이오."

베르테스의 차분한 설명에 참석자들의 표정은 한결 밝아졌으나 그럼에도 쉽게 의혹을 떨치지 못하는 모습들이었다.

"크라그 왕의 건강에 이상이 있다는 이야기는 일찍이 듣지 못했는데 어떻게 죽은 것일까요? 그것에 대해서는 정보가 없습니까?"

마리나와 릴리 자매가 훈련을 맡고 있는 특공대의 대장 자격으로 참석해 있는 카라인이 베르테스에게 물었다.

"자세한 사실은 알려져 있지 않소. 다만 프라트 들판에서 있었던 전투 이후에 크라그 왕이 공식적인 자리에 모습을 드러내지 않고 있던 것은 확실한 모양이오."

"설마 하니 왕자들의 반란 같은 것은 아니겠지요?"

다른 이의 질문에 베르테스는 확신을 담아 단언했다.

"그럴 가능성은 없다고 보오. 여러분께서도 잘 아시다시피 크라그 왕은 비록 폭군이나 군사적 능력이 탁월한 인물이고 국정을 통솔하는 데 있어 절대 빈틈을 보일 자가 아니오."

"그것은 폐하의 말씀이 옳습니다."

얼마 전에 재상으로 임명되어 현재 베르테스의 오른쪽에 앉아 있는 레히트가 찬찬히 말했다.

"크라그는 잔인하고 탐욕스러운 동시에 대단히 지능적이고 강인한 자이지요. 그만큼 아메트의 모든 사람들이 그를 두려워하고 따릅니다. 특히 군대에 대한 그의 장악력은 확고부동합니다. 크라그 왕이 죽지 않았다면 누구도 감히 함부로 군대를 움직일 수 없을 것입니다."

60대가 넘어선 레히트는 레스프라트가 패망하기 이전부터 널리 이름이 알려져 있던 명망 높은 학자로서 아메트의 회유를 물리치고 그에 대항해 싸운 인물이었다. 고단한 세월은 그의 얼굴에 깊은 주름으로 흔적을 남기고 있었으나 그간의 온갖 풍파에도 불구하고 그의 눈빛은 유난히 형형하고 맑았다. 레히트의 말에 납득한 듯 참석자들은 크라그의 사망을 차차 기정사실로 받아들이는 분위기였다.

"재상의 말씀이 옳습니다. 크라그 왕이 죽지 않고서는 아메트의 수도에서 무력 충돌이 일어나는 일 따위는 있을 수 없습니다."

누군가가 적극적으로 호응하자 다른 사람들도 저마다 이런저런 말을 했다.

"어째 아메트 쪽에서 한동안 아무 움직임도 보이지 않는다 했더니 역시 크라그 왕이 죽었나 봅니다."

"워낙 권력욕이 강해서 자기 아들들조차 믿지 않는 자였지요. 후계자를 명확히 정해놓지 않았던 것도 그 때문이 아닙니까."

"우리에게는 잘된 일이지요. 왕자들끼리 후계자 다툼을 벌이면 한동안은 우리 레스프라트에 신경 쓰지 못할 터이니 말입니다."

"될수록 오래 끌어주는 것이 바람직하지요."

"예로부터 왕위를 둘러싼 내분만큼 치열한 것이 없지요. 그렇게 쉽게야 진정되겠습니까?"

베르테스는 감정이 드러나지 않는 침착한 얼굴로 잠자코 사람들의 말을 듣고 있었다. 그때 재무를 맡은 엘트가 베르테스에게 말했다.

"회의에 참석하기 직전 미테르 대신전에서 적왕의 죽음을 기념하고 아메트의 학정에 희생된 사람들을 애도하는 특별 제전을 개최하고자 한다고 전해왔습니다. 협조 요청이 들어왔는데 어찌 할까요?"

"당연히 도와드릴 수밖에 없지 않겠소. 아메트에 몰수되었던 신전과 토지는 되찾았다고 하나 과거에 약탈된 재산은 거의 남아 있는 것이 없으니 신전의 살림도 어려울 것이오."

베르테스가 대답했다. 그러자 다른 사람이 말했다.

"크라그 왕의 죽음이 어디 미테르 신전만의 경사입니까? 아예 국가 차원에서 행사를 가지는 것이 어떻겠습니까?"

그러나 베르테스는 그 의견에는 찬성하지 않았다.

"그럴 필요는 없다고 보오. 미테르 교는 아메트의 크라그에 의해 전(前) 대신관께서 희생당하셨고 그 치하에서 극심한 박해를 겪었으니 그자의 죽음을 제전으로 기뻐하는 것이 당연하겠지만 국가의 수장인 내가 적의 불행을 기뻐하고 요행을 축하하는 것은 바람직하지 않다고 생각하오."

그의 말에 재상 레히트가 동조했다.

"옳으신 말씀입니다. 폐하께서는 레스프라트를 대표하는 분이십니다. 적의 동향 하나하나에 개의치 않는 의연한 모습을 보이시는 것이 좋다고 생각합니다."

베르테스는 레히트의 말에 고개를 저어 동감을 표하고 엘트에게 말했다.

"미테르 대신전의 제전에 최대한 협조하되 파디아 대신관께 내가 참석할 수 없음을 정중히 밝혀주시오."

"그리 하겠습니다."

엘트가 답하고 나자 베르테스는 다른 사람들에게 당부했다.

"그대들이 개인적인 자격으로 미테르 대신전의 제전에 참석하는 것까지 막지는 않겠소. 그러나 어디까지나 미테르 교의 제전이지 국가의 공식적인 행사가 아님을 유념하기 바라오."

"알겠습니다."

참석자들은 엄숙하게 다짐했다. 베르테스는 사람들의 얼굴을 둘러보며 엄하게 덧붙였다.

"또 한 가지 잊어서는 안 될 것이 있소. 크라그 왕이 죽었다고 하나 아메트는 아직 건재하고 우리 레스프라트가 당면한 가장 큰 위협이오. 아메트가 결정적으로 분열되지 않는 이상 아메트는 무시 못할 대국이며 그들에게는 많은 병력과 전쟁 경험이 풍부한 무장들이 있소. 크라그 왕의 죽음은 결코 승리가 아니라 우리에게 시간이 조금 더 주어졌다는 의미로 받아들이고 최선을 다해 장래의 일에 대비해야 할 것이오."

재상 레히트를 비롯한 사람들은 고개를 숙이고 대답했다.

"지당하신 말씀이십니다."

회의를 마친 뒤 베르테스와 재상 레히트, 재무대신 엘트는 자리를 옮겨 베르테스의 집무실에 따로 모였다.

"엘트 경, 아직 왕국의 재정을 꾸려 나가기가 쉽지 않을 터인데 미테르 대신전에 필요한 도움을 충분히 드릴 수가 있겠습니까?"

레히트가 적이 염려스러운 기색으로 엘트에게 말을 건넸다.

"다행히 돌파구가 생겼습니다."

엘트는 여유로운 미소를 머금고 테이블 가운데에 놓인 작은 토기 항아리를 가리켰다. 뚜껑이 달린 항아리 안에는 붉은 설탕이 가득 들어 있었다.

"설탕을 싣고 떠났던 배들 중 그리어에 갔던 배가 돌아왔습니다."

"벌써 돌아왔다는 말입니까?"

레히트가 놀라워했다.

"다른 배들은 물론 돌아오려면 아직 멀었습니다. 이번에 돌아온 배는 그리어 위쪽까지 올라가지 않고 국경 근처의 하이프 항에 정박했다가 가지고 간 설탕을 그곳에서 전량 판매하고 왔다고 합니다."

"하이프 항이 큰 도시이기는 하지만 배 한 척에 실린 설탕을 모두 샀다는 말입니까?"

"하이프의 성주와 주요 인사들을 초대해서 설탕으로 만든 차와 요리를 대접하면서 상담을 했다고 하더군요. 크게 호평을 받고 배에 있는 전량이 그 자리에서 팔려 나갔다고 합니다."

엘트의 설명을 들으며 차를 마시던 레히트는 알 만하다는 표정이었다.

"그럴 만도 하겠군요. 나만 해도 이 설탕이란 것을 모를 때는 그러려니 하고 살았는데 한 번 맛을 들이니 차든 죽이든 이것이 들지 않으면 맛이 없게 느껴지니 말이오."

"그 말씀 그대로입니다."

베르테스도 공감했다. 엘트는 즐거운 얼굴로 말했다.

"상인들이 조금이라도 설탕을 많이 확보하고자 아우성입니다. 판매할 곳은 많으니 얼마든지 넘겨달라는 식입니다."

"다행스러운 일입니다. 듣자 하니 설탕의 전매를 엘트 경이 제안하셨다면서요?"

"예."

"참으로 잘하신 일입니다. 엘트 경의 현명한 판단이 레스프라트에 크게 도움이 될 것입니다."

레히트의 칭찬에 엘트의 얼굴은 발갛게 상기되었다.

"과찬이십니다. 어디까지나 신의 사도들께서 설탕 만드는 방법을 가르쳐 주셨기에 가능했던 일입니다. 저는 다만 거기에 작은 생각을 보태었을 뿐입니다."

엘트는 겸손하게 말했다. 레히트는 빙긋 웃었다.

"신의 뜻이든 운명의 주재이든 기회는 인간을 정해진 결론으로 유도하는 것이 아니라 항상 가능성을 제시할 따름입니다. 그 기회를 자신의 것으로 만드느냐 무위로 끝내느냐는 결국 인간이 하기에 달린 것이지요. 신의 사도께서 베풀어주신 은혜를 레스프라트를 위한 결정적인 기회로 살려낸 것은 칭송받아 마땅한 일입니다."

"그렇게 말씀하시니 기쁜 한편 몸 둘 바를 모르겠습니다."

엘트는 수줍어하며 대답했다. 레히트는 의미심장한 미소를 머금고 엘트와 베르테스를 바라보며 말했다.

"크라그 왕의 죽음은 우리에게 뜻하지 않은 호재입니다. 왕위를 둘러싼 아메트의 내분이 얼마나 걸릴지는 모르나 최소한 2, 3년은 더 시간을 번 셈입니다. 거기에 텅 빈 국고를 채워줄 귀중한 수입원까지 더해졌으니 국력을 비축할 가능성이 열렸다고 볼 수 있습니다. 오랫동안 신의 보살핌 같은 말은 믿지 않았었는데 지금은 기꺼이 믿고 싶은 심정입니다. 불과 얼마 전까지만 해도 상황이 그토록 절망적이었는데 그것이 이렇게 일거에 역전되다니 지금도 가끔 제가 꿈을 꾸고 있는 것이 아닌가 실감나지 않을 때가 있습니다."

레히트의 말을 듣고 있던 베르테스가 말했다.

"나 역시 그렇습니다. 미테르 교의 파디아 대신관께서 아메트의 태수에게 사로잡히셔서 처형될 것이라는 소식을 들었을 때는 레스프라트에서 완전히 희망이 사라지는 것이 아닌가 싶었습니다. 나 개인적으로 는 그다지 종교적인 사람이 못 되지만 뮤렌 전 대신관께서 레스프라트 패망 당시 크라그 왕의 앞에서 그의 죽음과 레스프라트의 부활을 예언 하고 비참하게 처형당한 이래 미테르 교는 레스프라트의 독립을 위한 싸움에서 정신적인 지주 역할을 해오지 않았습니까?"

레히트에 대한 존경과 존중의 의미에서 베르테스도 그에게는 경어 를 사용하고 있었다.

"맞습니다. 레스프라트의 민중들 사이에서 미테르 교가 지닌 영향력 과 의미를 생각할 때 결코 간과할 수 없는 일이었지요. 그렇기에 많은 사람들이 자신의 위험을 돌보지 않고 프라트를 향해 온 것이 아니었습 니까?"

베르테스의 말에 맞장구친 레히트는 뒤이어 간곡한 얼굴로 그와 엘 트에게 당부했다.

"아까 회의석상에서도 드린 말씀이지만 크라그 왕이 죽었다고 해서 모든 일이 끝난 것은 아닙니다. 아메트는 변함없는 대국이고 지난번 전 투에서 손실된 병력을 오래지 않아 채울 수 있는 나라입니다. 누가 새 로운 왕이 되든지 우리 레스프라트를 가만히 두려 하지 않을 것입니다. 이런 때일수록 더욱 마음을 가다듬고 앞날을 대비해야 할 것입니다."

"잘 알고 있습니다. 모처럼의 호기를 무위로 흘려보내지 않도록 한 층 노력하겠습니다. 앞으로도 재상께서 저를 많이 도와주십시오."

베르테스는 레히트의 충언을 겸허한 자세로 받아들였다. 레히트는 고개를 가볍게 숙여 경의를 나타내고 이어 제안했다.

"아메트의 크라그 왕의 죽음은 레스프라트의 경사이자 레스프라트 사람들에게 크게 용기를 더해주는 일입니다. 이제 정식으로 폐하의 즉위식을 올려 레스프라트가 왕국으로서 새로이 섰음을 내외적으로 공표할 때가 된 것 같습니다. 레스프라트 각지로 사자를 보내어 각 지역의 책임자 및 대표자들에게 수도로 모이도록 명을 내리고 40일쯤 후에 즉위식을 치르면 어떨까 합니다."

베르테스는 바로 대답하지 않고 생각에 잠긴 표정으로 잠자코 있었다. 엘트가 레히트에게 물었다.

"지역에 따라 아직 안정되지 못한 곳도 더러 있을 것이고 많은 인적 변동이 있었을 것으로 압니다만 어떤 사람들을 불러야 하겠습니까?"

"아메트 군을 몰아내기 위해 봉기한 독립군의 지도자들과 기존의 유력자들 중 적국에 협력한 이들을 제외한 사람들이 되어야겠지요."

"적절한 정리와 논공행상이 뒤따라야겠군요."

"쉽지 않은 일이겠지만 반드시 거쳐야 할 과정이니 빈틈없이 준비해야 할 것입니다."

엘트와 레히트의 대화를 듣고 있던 베르테스가 엘트에게 물었다.

"모든 행사 일정에 차질이 없도록 재정적으로 준비할 수 있겠소?"

"그 안에 설탕 교역선들이 돌아올 것이므로 괜찮을 것이라 생각합니다."

엘트는 자신있게 대답했다.

"준비만 제대로 갖출 수 있다면 걱정할 것은 없겠군요. 재상의 뜻대로 진행하십시오."

베르테스가 수락하자 레히트는 고개를 숙였다.

"알겠습니다. 당장 준비를 시작하도록 하겠습니다. 그리고 또 한 가지 폐하께 말씀드리고 싶은 것이 있습니다."

"말씀하십시오."

"즉위식이 끝난 뒤부터는 폐하의 혼사 문제도 서서히 공론화해야 하지 않을까 싶습니다. 한 나라의 국왕이신 폐하께서 언제까지나 독신으로 계실 수는 없지 않겠습니까? 폐하께서 허락해 주신다면 여러 대신들과 논의하여 폐하의 위엄과 국가의 위신에 어울리는 분을 물색해 보고자 합니다만……."

베르테스는 잠시 시간을 두었다가 정중하게 대답했다.

"내가 아직 레스프라트의 주요한 사람들을 전부 알지 못하고 또 스스로 나서는 것도 이상하니 그 문제는 많은 분들과 교제가 있으시고 명망이 높으신 재상께 일임하겠습니다."

"알겠습니다. 우선 대신들에게 의논하여 협조를 구하고 상황이 진전되는 대로 자주 폐하께 보고 올리도록 하겠습니다."

그 뒤로도 몇 가지 논의를 주고받은 다음 레히트는 먼저 집무실을 나가고 엘트는 남았다. 베르테스와 단둘이 남게 되자 엘트가 말했다.

"레히트님을 재상으로 발탁하신 것은 참 잘하신 일 같습니다. 그간의 활동을 통해 폭넓은 인맥을 가지고 계시고 중요한 일들을 추진하는데 있어서도 충분한 연륜으로 통솔력을 발휘해 주시니 말입니다. 즉위식이며 폐하의 결혼 같은 문제만 해도 사실 폐하 본인이나 저희들이 앞장서기는 어려운 일인데 재상께서 알아서 추진해 주시니 그런 것도 감사한 일이구요."

"레히트님이야 워낙 명망이 있는 분이어서 많은 사람들이 적극 추천하는 분이 아니었나? 나 아닌 누가 레스프라트의 왕이 되었다 해도 결코 무시할 수 없는 분이지. 본래라면 자네나 나 같은 사람이 함부로 가까이에서 뵐 수 있는 분도 아니었을 거야."

"하지만 지금은 누구도 폐하를 그렇게 생각하지 않습니다. 당사자인 레히트님조차도 말입니다."

엘트의 말에 베르테스는 피식 웃었다.

"신의 사도의 권위를 등에 업고 있으니 그렇기도 하겠지."

"그것이 큰 역할을 한 것은 사실이지만 프라트 들판에서의 승리가 더욱 결정적인 것이었습니다."

"그것 역시 신의 사도의 도움이 없었다면 이루어질 수 없는 일이었지."

"그러나 아무나 할 수 있는 일이 아니라는 것도 사실이지요."

엘트의 음성에는 확신이 담겨 있었다. 베르테스는 대답하지 않고 조용히 웃어넘겼다. 그러다가 문득 엘트의 얼굴에 수심이 어려 있는 것을 눈치 챘다.

"왜 그러지?"

의아해서 물었으나 엘트는 무엇 때문인지 선뜻 입을 열지 않고 주저했다.

"무슨 곤란한 이야기라도 있나 보군."

재차 재촉을 받고서야 엘트는 머뭇거리며 입을 뗐다.

"지금부터 제가 드리는 말씀이 혹 주제넘더라도 이해해 주시기 바랍니다."

"무슨 말을 하려고 그러지?"

"…이드리스에 대해서 말입니다만… 그간의 정이 있어 쉽게 마음을 정리하시기 어려울지도 모르나 당분간은 지금처럼 거리를 두시는 것이 좋을 것 같습니다. 폐하께는 레히트님이 말씀하셨던 것처럼 폐하의 위신과 앞으로의 치세에 힘이 되고 보탬이 될 왕후가 필요합니다. 당장 정을 떼기 어렵다면 적어도 폐하의 성혼이 있고 왕후가 되시는 분께서 후사를 보실 때까지만이라도 그러실 필요가 있습니다. 어느 왕조이든 2대째는 특히 중요한 시기입니다. 만에 하나라도 분란의 소지가 있어서는 안 됩니다. 사사로운 감정보다 더욱 중요한 대사가 지금부터도 산적해 있습니다."

"자네의 말뜻은 알겠네."

베르테스는 담담하게 엘트의 충고를 들었다.

"나도 바보는 아니야. 내가 어떻게 행동해야 할지는 잘 알고 있네. 내가 어찌하느냐에 나뿐 아니라 자네를 포함해서 지금껏 나를 믿고 함께 해 온 사람들, 나아가 새로운 레스프라트의 장래가 달려 있다는 것을 잊지 않고 있어. 자네가 걱정하는 일 같은 것은 없을 것이니 걱정 말게."

"그렇게 말씀해 주시니 감사합니다."

엘트는 마음을 놓은 듯 미소를 보였다.

"자네의 생각 많고 걱정 많은 점은 입장이 바뀌어도 여전하군."

농담처럼 가볍게 말하는 베르테스의 말에 엘트는 겸연쩍게 웃었다.

"타고난 성격인 것을 어쩌겠습니까?"

"내게는 고마운 일이지. 자네의 그런 점에 항상 많은 도움을 받았으니까. 다행히 레히트님과 자네의 호흡이 잘 맞는 것 같으니 나로서는 크게 안심이 되네. 앞으로는 지금까지 이상으로 바빠질 거야. 잘 부탁하네."

"최선을 다하겠습니다. 미테르 대신전에 대한 협조 문제도 있고 해서 오늘은 이만 가봐야 할 것 같습니다."

"그래, 수고하게."

엘트는 베르테스에게 인사하고 집무실을 나왔다.

복도를 지나다가 불현듯 창가에서 걸음을 멈춘 그는 열려 있는 창으로 보이는 언덕을 바라보았다. 구왕궁의 중앙 건물을 부수고 올라앉아 있는 무적택배호가 보였다. 잠시 무엇인가를 골똘히 생각하고 있던 엘트는 짧게 한숨짓고 다시 걷기 시작했다.

언덕 위의 구왕궁 주방에서는 파디아와 사제들이 언덕을 내려간 뒤에도 박상 형제의 고추 맛 실험이 계속되고 있었다. 그런데 언제부터인가 시가지 쪽이 차츰 소란스러워졌다. 왁자지껄한 소음에 섞여 빠르고 흥겨운 음악 소리가 사방에서 요란하게 울려대고 있었다. 박상과 박창은 무슨 일이 있는 것인지 궁금해져서 일을 멈추고 건물 꼭대기 층으로 올라가서 언덕 아래를 살펴보았다. 거리가 멀어 자세히 보이지는 않았으나 사람들이 거리를 가득 메우고 흥청거리는 것은 알 수 있었다.
"무슨 축젠가?"
박상이 중얼거리자 박창이 말했다.
"아까 적국의 왕이 죽었다면서 파디아님을 부르러 왔었잖아. 그걸 축하하는 것 아닐까?"
"적의 왕이 죽은 일로 저렇게들 좋아한다고?"
의아하게 묻던 박상은 주방 사람들이 보였던 반응을 상기하고 스스로 납득했다.
"그 왕이 이 나라를 침략했던 당사자면 그럴 수도 있긴 하겠다."
"저렇게들 법석을 떠는 걸 보면 진짜 축제라도 하려는 모양인데…… 피부 색만 이렇게 차이나지 않아도 보러 가는 건데 말이야."
"전처럼 위장 크림 바르고 가보지 그러냐?"
박상의 농담에 박창은 심드렁하니 거절했다.

"그거 바른다고 여기 사람이랑 비슷해지는 건 아냐. 맨 피부하고 뭘 덕지덕지 바른 게 같아 보이겠어? 크림 발라봤자 모자 눌러쓰고 얼굴도 가려야 하는데 형도 봤다시피 별로 좋은 꼴은 아니잖아?"

"잘 보면 여기 사람들이라고 모두 피부 색이 그렇게 짙은 것은 아니던데."

"그래도 우리랑 비슷한 색은 없잖아. 그전에 위대한 도시에 가서 본 벽화에서도 그렇고 말이야."

"그렇게 따지면 이 세계의 어디를 가도 우리는 눈에 띌 수밖에 없겠군."

"아마 그럴걸?"

시간이 지날수록 시가지에는 점점 더 많은 사람들이 몰려나오고 있었다. 그것을 보고 있던 박창이 갑자기 다른 이야기를 꺼냈다.

"마라나 씨랑 릴리 씨의 특공 훈련은 어때? 잘돼가?"

"너무 순조로워서 겁날 지경이다."

"겁나다니?"

무슨 말인가 싶어 멀뚱멀뚱 물어보니 박상이 말했다.

"너도 알다시피 다들 진짜 전쟁터를 겪어온 사람들 아니냐. 배우는 게 워낙 빠르고 적응도 잘해서 얼마 지나지 않아 곧장 핵심적인 기술로 들어가더라고. 온갖 다양한 살인 기술이 시연되는데 보고 있노라면 내 등골이 오싹해."

"살인 기술?"

"가령 철사 하나를 가지고도 정말 다양하게 활용하더군. 트랩은 기본이고 그거 하나로 사람 숨통을 끊는 방법을 가르치는데 이건 뭐 한두 가지도 아냐. 릴리 씨는 아예 철사를 채찍처럼 휘두르더군."

"특공대였으니까 셀 거라고는 생각했지만 진짜 살벌하네."

"살벌한 정도가 아냐. 누가 그녀들의 남편이 될지는 몰라도 부부 싸움이라도 했다간 문자 그대로 죽음일 거다."

"특공대 출신이나 그런 사람들이 일반인을 상대로 폭력 사건 일으키면 가중 처벌돼."

"성질나 있을 때 그런 거 따지냐? 화가 나 있는데 그 딴 소리 했다가는 한 대 맞을 걸 두 대 맞게 될 거다."

"형의 카포에라로도 상대가 안 될 것 같아?"

박상은 황당한 눈으로 동생을 흘겨보았다.

"그게 부부 싸움이냐, 격투지? 그리고 누가 누구랑 결혼한다는 거야?"

"예를 들어 그렇다는 거지."

"내 생각에는 그 두 자매의 남편 될 사람들은 애당초 싸울 줄 모르는 사람들이 나을 거야. 처음부터 한 대 맞고 쭉 뻗어버리면 불쌍해서라도 더는 안 때릴 것 아니냐? 괜히 어정쩡하게 싸울 줄 아는 사람이면 매만 더 벌게 될걸."

"그럴지도…… 참, 비트 파는 건? 그것도 배우고 있어?"

"진작에 배우고 있지. 구멍을 파고 숨는다는 개념은 여기 사람들에게도 있었지만 전문적인 은폐 공작 기술에까지 도달하진 못했더라구."

이야기 도중 박상은 무엇을 생각했는지 킥킥 웃었다.

"왜? 뭐 재미있는 일이라도 있어?"

"있지. 며칠 전부터 4개 조가 은폐 공작 훈련에 들어갔어. 인근 야산에 데려가서는 고구마 비슷하게 생긴 그 녀석 있잖아, 그거 달랑 3개 주고 물통 하나씩만 들려 가지고 일주일간 비트 파고 숨어 있기를 시키는데 역전의 용사들도 그 미션 앞에서는 얼굴이 더 까매지더군.”

“한 사람당 3개?”

“아니, 일곱 명 한 조당 3개.”

“일곱 명이 3개? 하룻 저녁 식량으로도 모자라겠다.”

“알아서 해결하라는 거지. 밤에 다니면서 식량을 조달하는 건 자유지만 들켜서는 안 된다는 조건이 붙어 있어.”

“들키면 어떻게 되는데?”

“평가 점수가 깎이고 훈련이 끝난 다음에 베풀어질 화려한 연회에 끼지 못하게 되지. 개별적으로 평가하는 것이 아니라 조별로 점수를 매겨서 최하위 조가 벌칙을 받는 거야.”

“서로 경쟁을 붙인 거군.”

“꼭 그게 아니라도 다들 무서울 정도로 열심히 해.”

“하긴 왕이 같이 있는데 어떻게 게으름을 피우겠냐? 눈에 뜨일 좋은 기회기도 할 테고. 지금쯤은 비트 속에 숨어 앉아 있겠네.”

“그렇겠지. 아직 날이 저물려면 한참 멀었으니까. 그 사람들은 적국의 왕이 죽은 것도 훈련이 끝나야 알 수 있겠지.”

“힘들겠다.”

둘이 그런 이야기를 나누다가 주방 일을 기억해 내고 내려와 보니 다들 들뜬 모습으로 그곳에서 바깥이 보일 리도 없는데 창문가에 모여서서 밖을 내다보며 서성이고 있었다. 그 모습을 보고 박상이 박창에게 말했다.

“보아하니 저 사람들도 마음이 싱숭생숭해서 일이 손에 안 잡히는 모양인데 그만 가라고 할까?”

“그러든지.”

박창이 고개를 끄덕였다. 박상은 사람들에게 오늘은 이만 내려가도 좋다고 말해 주었다. 사람들은 송구스러워하면서도 기쁜 내색을 굳이 감추지 않았다. 그들은 그릇이며 도구들을 바삐 정리해 놓고 벙글거리면서 종종걸음으로 주방을 떠났다.

박상 형제는 자기들끼리 식사를 준비해서 우주선의 통제실에서 일행과 저녁을 먹었다.

"바깥이 꽤 시끄러운 것 같은데 무슨 일이 있나 보죠?"

우진이 물었다.

"적국의 왕이 죽었대요. 어떻게 죽었는지는 모르지만 후계자를 정해 놓지 않았던지 내분이 일어난 것 같다고 하더군요."

박창이 가르쳐 주자 우진이 흥미로워했다.

"내분이 있다구요?"

"수도에서 왕자들끼리 무력 충돌이 있었다고 들었어요."

"이 나라에 있어서는 좋은 소식이네요."

우진은 그렇게 말하고 에너지 절약을 위해 꺼놓은 정면의 모니터로 고개를 돌리더니 박상에게 말했다.

"시가지가 어떤지 좀 살펴보면 안 될까요?"

"그렇게 합시다."

박상의 동의를 얻은 우진이 조종석으로 가서 모니터를 켰다. 해가 지고 어둑해진 저녁 공기에 감싸인 거리의 모습이 보였다. 여느 때 같으면 사람들의 왕래가 뜸해질 시각이지만 이날은 달랐다. 사방에 횃불과 등불을 환하게 켜놓고 사람들이 거리로 몰려나와 북적대고 있었다.

"진짜 축제 분위기네요. 재미있겠는데요?"

우진은 호기심이 동하는 표정이었다.

"우리가 가면 저 사람들 제대로 놀지도 못할걸요? 그때 잠깐 내려갔을 때도 절 보자마자 바닥에 엎드리고 난리던데."

박창이 한숨을 쉬었다.

"멀리서 구경하는 걸로 만족해야지 우리가 여기 사람들 틈에 끼어 놀 때냐?"

박상이 핀잔을 주었다. 박창은 겸연쩍게 한숨짓고 마리나에게 물었다.

"운동실의 용사들은 지금도 운동하고 있나요? 주방에는 다들 내려가라고 했는데……."

"우리도 오늘은 쉬기로 했어요. 언덕 아래가 저렇게 즐겁게 흥청대는데 잡아놓고 운동을 시키기는 미안하잖아요."

마리나가 답했다.

"아무튼 저기는 재미나겠네요. 사람들이 저렇게 많이 몰려나와 있고."

릴리는 모니터를 바라보며 부러워했다. 그런 것에는 전혀 관심없다는 듯 모니터에는 눈길도 주지 않고 묵묵히 식사를 하고 있던 바다가 고개를 들고 지혜에게 말을 건넸다.

"블랙박스의 해독은 어떻습니까? 언제쯤이면 결과를 볼 수 있을까요?"

지혜는 입 안의 음식을 삼키고 말했다.

"글쎄요, 한 2주쯤이면 될 것도 같은데… 우주선의 점검은 어떤가요?"

"저희도 그럭저럭 그 무렵까지는 끝날 것 같습니다."

바다의 다소 어물쩍거리는 말투와 표정이 마음에 걸렸으나 지혜는 구태여 확인하지 않았다. 들어서 좋지 않은 일이라면 미리 알 필요가 없을 것 같아서였다.

식사를 마치고 차를 마시면서 잡담을 나누고 있는데 우주선 뒤로 파디아와 신관들이 나타났다. 그들은 우주선을 마주 보는 방향에 제단을 차리고 준비해 온 많은 음식들을 올리고 기름 등잔을 밝히는 등 의식을 준비하기 시작했다. 무적택배 사람들은 어떻게 반응해야 할지 몰라 모니터로 그 모습을 지켜보고 있었다. 제단을 차린 다음 파디아와 신관들은 기도문을 낭송하고 수차례 절을 한 뒤 물러났다.

파디아와 사제들의 뒷모습을 바라보고 있던 박창이 난처한 표정으로 머리를 긁적였다.

"우릴 신의 사도로 생각하고 저러는 모양인데 자꾸 미안하네."

"지금 우리 코가 석 자야. 앞으로 살아갈 걱정이나 하지 그래?"

지혜가 뚱하니 핀잔을 주었다.

"음식을 가져오는 게 좋지 않겠습니까? 요즘 날씨가 후텁지근해지고 있어서 내일 아침까지 그대로 두면 상할지도 모릅니다."

우진의 제안에 따라 수정과 조수가 나가서 음식을 우주선 안으로 가지고 왔다. 레스프라트의 음식 가운데 박상과 박창이 선보였던 호떡과 슈크림 등이 섞여 있는 점이 이채로웠다. 그뿐 아니라 레스프라트 본래의 음식에도 설탕이 들어 있어 이전과는 맛이 달라져 있었다.

"흐음, 설탕 하나로 이렇게 음식이 바뀌는군요. 놀라운데요?"

방금 식사를 마친 터라 배가 고프지 않은데도 호기심에 이끌려 이것저것 조금씩 맛을 보던 우진은 꽤나 탄복했다. 박창은 가슴을 펴고 자랑스레 대꾸했다.

"형이랑 나도 놀고만 있지는 않았으니까요. 이곳 사람들도 설탕을 아주 좋아하더라구요."

"이 정도면 먹는 문제는 해결된 셈이네. 최악의 맛은 면하게 되었으니까."

지혜도 그 점은 인정했다. 그러나 박창은 머리를 흔들었다.

"설탕 하나로 그런 말을 하기는 이르죠. 앞으로도 할 일은 많아요. 우선은 고추 맛을 개발하고 그 다음에는 다른 조미료와 향신료도 적극적으로 찾아볼 겁니다."

"너무 태평하신 것 아닙니까? 우리가 향신료 개발하러 여기 온 것도 아니고 지금은 무엇보다 지구로 돌아가는 일이 최우선 과제 아닙니까?"

바다가 불만스러운 투로 내뱉었다. 그러자 박창이 정색하며 말했다.

"누가 뭐랍니까? 이 어려운 상황 하에서 귀환을 추진하려면 힘을 내야 하고 그러자면 잘 먹어야죠. 다 힘내서 지내자고 하는 일 아닙니까?"

너무도 심각하게 주장하는 박창의 태도에 바다는 어이가 없어서인지 떠름한 얼굴로 눈길을 돌려 버렸다.

2

　지혜의 작업이 완료되는 날이 왔다. 지혜의 연락을 받은 박상 등은 잔뜩 긴장하여 통제실로 모여들었다. 그들은 오랜만에 각자의 자리에 앉아서 지혜가 모니터를 조작하여 해독한 영상 정보를 기다렸다.

　"어떤 내용이 들어 있어?"

　박창이 호기심을 이기지 못하고 물었지만 지혜는 무뚝뚝하게 모니터를 가리켰다.

　"직접 봐."

　그리고 일행에게 설명했다.

　"블랙박스의 기록은 혜성과 유성 군과의 충돌 사고가 발생한 직후부터 시작되고 있어요. 도중에라도 더 상세히 보고 싶을 때는 말씀하세요. 그럼 시작할게요."

　지혜의 말이 끝나고 화면이 시작되었다. 지혜가 말한 것처럼 기록은 이름 모를 혜성이 유성 군과 충돌한 직후의 상황부터 시작되었다. 픽시 호와 주고받은 교신과 통제실 내부에서 오간 대화가 녹음되어 있었고 화상 정보는 무적택배호에 장치된 외부 카메라에 잡힌 바깥의 상황이었다. 혜성의 충돌 모습과 픽시 호의 파괴 장면이 비춰지는 순간 그때의 악몽이 되살아나면서 차마 눈을 똑바로 뜨고 있기 어려웠다. 뒤이어서 화면이 심하게 요동 치고 자신들의 비명 소리가 들려오더니 곧 어마어마한 섬광이 화면을 가득 메우고 동시에 그 순간 경험했던 먹먹한 감각이 그들을 엄습했다. 소리를 비롯해 모든 감각을 삼켜 버린 잔인한 파괴의 빛에 모두들 자신도 모르게 그때처럼 머리를 감싸며 웅크리고 말았다.

소리도, 형체도 없는 죽음의 빛은 자신이 그곳의 주인인 양 한동안 통제실을 지배하고 있다가 일순 흔적도 없이 꺼져 버렸다. 섬광이 사라지고 찾아든 것은 암흑의 침묵이었다. 그것에 얼마쯤 익숙해지려는 찰나 화면이 되살아났다. 모니터에 다시 비치는 풍경은 아무 일도 없었다는 듯 평온해 보이는 우주 공간이었다. 그러나 거기에는 더 이상 픽시 호도, 마땅히 있어야 할 유성 군의 파편도 보이지 않았다. 얼마 동안 조용히 흘러가던 풍경에 변화가 생겼다. 멀리서 강한 빛을 뿌리며 타오르는 별이 보이고 보다 앞쪽에는 푸르게 빛나는 별이 나타났다. 그리고 우진의 음성이 들려왔다.

[형! 형! 바다 형! 빨리 일어나요!]

곧 이어 바다의 얼떨떨한 목소리도 들렸다.

[우, 우리가 어떻게 된 거지?]

[지금 우리… 살아 있는 건가요?]

마리나의 몽롱한 질문에 우진이 다급하게 대꾸했다.

[예, 살아 있어요. 하지만 빨리 정신 차리지 않으면 지금 죽게 생겼

어요.]

이후의 전개는 박상 등이 기억하고 있는 것과 같았다. 우주선 전방에 현재 그들이 내려와 있는 이 별의 모습이 보이고 급속히 접근해 가기 시작했다. 그때 바다가 큰 소리로 말했다.

"잠깐만요! 지금 장면에서 앞으로 돌려서 천천히 살펴봅시다!"

지혜는 화면을 정지시켰다가 아주 느리게 되돌렸다. 느릿하게 되돌아가는 화면의 오른쪽 하단에 창백한 별이 나타났다. 이 별의 위성, 즉 달이었다. 달의 모습이 더 크게 잡히는 순간 바다가 벌떡 일어나서 모니터의 한 지점을 가리켰다.

"저기를 더 확대해 볼 수 없을까요?"

"알았어요."

지혜는 바다가 가리키는 부분을 선택해서 확대시켰다. 푸르스름한 표면 위에 무엇인가 튀어나온 것이 있었다. 배율이 커지면서 화면이 흐릿해져 뚜렷하게 보이지는 않았지만 대략적으로 보아 정육각형의 구조물 같았다.

"더 크게 할 수는 없어?"

박상의 질문에 지혜는 머리를 흔들었다.

"더 이상은 안 돼. 더 확대해 봤자 뭉크러져서 의미가 없어."

화면을 물끄러미 응시하고 있던 우진이 지혜에게 물었다.

"저건 아무래도 인공적인 구조물처럼 보이는데요? 어떻게 생각하세요?"

지혜도 같은 생각이었다.

"제가 보기에도 그래요. 정확한 정육면체예요. 저런 것이 자연적으로 생겨날 수는 없죠."

"대체 뭘까요?"

마리나가 침을 꼴깍 삼켰다.

"위성의 크기에 비추어 저 정도 크기면 단순한 건물이나 시설은 아니겠어요. 도시나 기지를 덮고 있는 돔 같은 것 아닐까요?"

우진의 추측에 지혜가 고개를 주억거렸다.

"그럴 가능성이 크겠어요. 대략 봐도 웬만한 도시 정도 크기는 되겠어요."

"위대한 도시처럼 이 별의 고대 문명이 남긴 걸까요?"

릴리가 눈을 빛냈다.

"그렇다고 봐야겠죠."

지혜도 이때만큼은 기분이 고조되어 있었다. 박창이 반색했다.

"달에 도시나 기지가 남아 있다면 정말 잘됐네요. 우주 공간에는 풍화가 없으니까 저기서 뭔가 크게 도움이 될 만한 것을 찾을 수 있을지도 모르잖아요."

그런데 바다가 우울하게 말했다.

"그렇지만 유감스럽게도 우리의 지금 상태로는 저기로 갈 수가 없습니다."

"왜요? 에너지 때문예요?"

"에너지 문제도 있고 무적택배호의 손상이 당초의 예상보다 심합니다. 혜성 충돌 때 받은 대미지에 더해서 이 별에 추락하는 과정에서도 적잖게 손상을 입었습니다. 추락 당시 화물을 제때 버리지 못한 것도 그 때문이었구요."

박상이 그에게 물었다.

"손상이 아주 심합니까?"

바다는 착잡한 표정으로 설명했다.

"솔직히 말해서 그렇습니다. 타버리거나 못 쓰게 된 부품들이 여러 개 되고 우주선 표면의 장갑판도 벗겨지거나 구멍 난 곳이 많습니다. 수리를 하려면 부품을 교체하고 구멍이 난 곳에는 장갑판을 덧대어서 용접해야 하는데 교체가 필요한 부품들 중 몇몇은 현재 스페어가 없고 또 장갑판의 구멍을 때우려 해도 적당한 금속이 없습니다."

"여기 금속으로는 안 되겠죠?"

박창이 혹시나 하는 마음에 기대를 담고 물었으나 바다는 기운없이 도리질했다.

"그랬다간 대기권을 돌파하기도 전에 우주선이 폭발할 겁니다."

박상이 지혜에게 고개를 돌렸다.

"지혜 너한테 공구 세트가 있지 않아? 그걸로 부품을 만들 수는 없어?"

"쓸 만한 금속이 있으면 일부 부품은 내가 만들 수도 있겠지. 하지만 그러자면 금속 문제가 선결되어야 해. 우주에서 견딜 만한 내구성을 지닌 금속이 있어야 말이지. 게다가 다른 문제도 있어. 반도체를 무엇으로 대체할 것이냐지. 그것들이 해결되지 않는 한은 무리야."

지혜의 대답을 들은 무적택배 사람들은 의기소침해졌다. 한참을 입을 다문 채 눈만 깜빡이고 있다가 릴리가 불안한 어조로 중얼거렸다.

"거의 방법이 없다는 이야기군요. 결국 우린 이곳에서 계속 살아야 하는 건가요?"

누구도 선뜻 대답하지 못하는 가운데 분위기는 더욱 고요하게 가라앉았다.

"결국 그 펠레즈라는 도시로 가볼 수밖에 없겠군요."

박상의 말에 모두의 시선이 그에게 쏠렸다. 박상은 마리나에게 물었다.

"전에 말씀드린 준비는 끝났습니까?"

"예, 언제라도 출발할 수 있도록 물과 식량, 에너지, 기타 필요한 물품을 넉넉잡아 두 달분씩 준비했습니다. 하지만 지하에서의 조사 기간은 한 번에 3, 4주를 넘기지 않는 편이 좋다고 봅니다. 오랜 세월 방치되어 있는 곳이기 때문에 어떤 일이 있을지도 모르고 빛이 통하지 않는 곳에서 정신적으로도 오래 버티지는 못할 겁니다. 단번에 찾아낼 것이라 생각하지 말고 찾아질 때까지 여러 차례에 걸쳐 조사할 각오를 해야 할 겁니다."

마리나의 대답을 들은 박상이 고개를 끄덕였다.

"수고하셨습니다. 그럼 베르테스님과 파디아님에게 알리고 이삼 일더 준비해서 출발하는 걸로 합시다. 이 세 사람은 좀 쉬어야 할 테니까."

"그곳의 마지막 지도자가 지하에서 기다린다고 했던 것이 줄곧 마음에 걸리는데요? 뭔가를 남긴 것이 분명한데 대체 무엇이 있을까요?"

우진은 펠레즈에 대해 강한 호기심을 보였다. 박창이 싱글거리며 말했다.

"혹시 그 마지막 지도자란 사람이 꽁꽁 얼어서 냉동 인간 상태로 기다리고 있는 것 아닐까요?"

박창은 농담으로 해본 소리였으나 우진은 진지하게 받아들이며 반박했다.

"그건 아닐 겁니다. 그런 기술과 시설이 있었는지 어떤지는 모르지만 만일 사용 가능했다면 마지막 지도자 한 사람만 남을 리가 없지 않겠습니까?"

"그러면 우진 씨는 뭐가 있을 것이라고 생각해요?"

릴리가 재미있다는 투로 물었다.

"과거의 과학 기술에 대한 정보 같은 것 아닐까요?"

우진의 조심스러운 짐작에 지혜가 동조했다.

"우진 씨의 짐작이 맞을 것 같아요. 과거의 문명을 이어줄 무엇인가를 남겼을 것 같기는 한데……."

지혜의 말이 끝나기 전에 박창이 익살스럽게 보탰다.

"안드로이드 같은 것이 들어 있을지도 모르지. 거기 시간의 관인가 하는 곳에 남아 있던 얼룩덜룩한 것 말고 근사한 미인형 안드로이드가 있으면 최고겠는데. 아름답고 잘 빠진 무적의 안드로이드가 떡하니 나와서 우리의 문제를 단숨에 다 해결해 주는 거야. 우주선도 척척 수리해 주고 적들이 밀려오면 죄다 무찌르고. 그럼 우린 모든 골치 아픈 문제에서 해방되는 거지."

박상이 한심하다는 눈초리로 박창을 쳐다보다가 그의 머리를 쥐어박았다.

"저녁마다 심심하다고 우진 씨에게 애니메이션 컬렉션을 빌려서 열심히 보더니만 아예 발상이 만화적으로 달리는구나. 철 좀 들어라. 세상에 그렇게 간단하게 일이 풀리는 경우 봤냐? 꼬이지나 않으면 다행이지."

형의 잔소리에도 박창은 능글맞게 웃어넘겼다.

"여기서 더 꼬일 일이 또 뭐가 있겠어? 희망을 가지고 살아야지 매사에 그렇게 비관적이어서는 안 되지."

"내 동생이지만 가끔 네 머리 속에 뭐가 들었는지 궁금해진다."

박상이 입속으로 구시렁거렸다.

"언제쯤 출발할 건지 여기서 정확하게 정하기로 하죠. 특공대원들에게 미리 알려줘야 하니까요."

마리나가 제안했다. 지혜가 얼른 말했다.

"난 한 이틀 푹 자고 나면 괜찮아질 거예요. 오래 끌 것 없이 모레 아침쯤 출발하면 어떻겠어요?"

우진과 바다도 동의하여 그들은 다다음날 오전에 펠레즈로 가기로 결정했다.

"그런데 마리나 씨랑 릴리 씨가 없는 동안 특공대 사람들은 어떻게 훈련하지요? 잘하면 한 달가량 이곳을 떠나 있을지도 모르는데……."

우진의 질문에 마리나가 문제될 것 없다는 얼굴로 말했다.

"걱정할 필요 없어요. 우리가 떠나 있는 동안 실시할 특공대의 훈련 계획을 이미 짜놓았거든요. 특공 무술과 박상 씨의 카포에라 훈련은 미룰 수밖에 없지만 그 외에도 단련해야 할 기술은 많으니까요."

"어떤 훈련을 시킬 계획입니까?"

우진은 궁금해하며 더 자세히 알고 싶어했다.

"은닉 침투 훈련이요."

마리나의 간단한 대답을 들은 우진은 더욱 모르겠다는 표정이 되었다. 릴리가 보다 상세하게 가르쳐 주었다.

"대략적으로 설명하자면 이래요. 6, 7명으로 구성된 개별 소대들에게 각자 목표 지역을 하달하고 정해진 기간 내에 그곳으로 은밀하게 잠입해서 공작을 하도록 미션을 부여해요. 만일 전시고 적진이라면 진짜 파괴나 암살 활동을 해야겠지만 어디까지나 훈련이니까 목표 지역의 주요 시설에 표식을 남김으로서 미션을 달성했다는 표시를 하면 돼요. 한편 목표 지역을 방어하는 측에는 사전에 이 사실을 알려서 비밀리에 잠입을 시도하는 대원들을 찾아내서 포획하도록 지시해요. 단, 상당히 넓은 반경을 보유하고 있는 병력만을 이용해서 지켜야 하죠. 양측 모두에 성공할 경우 후한 포상을 약속해서 의욕을 북돋우구요. 그리고 특공대의 경우에는 실패하거나 성과가 미미하면 평점이 떨어지는 불이익이, 방어하는 측도 너무 빠른 시간 내에 모든 거점을 선점당하면 평가상의 불이익이 돌아가게 되죠. 아주 흥미진진하고 재미있는 미션이 될 거예요."

"벌써 그런 훈련을 해도 되겠습니까? 훈련 시작한 지 아직 두 달도 채 안 되지 않았나요?"

놀라워하는 우진에게 릴리는 자신만만한 태도를 보였다.

"전에도 말했잖아요. 다들 처음부터 준비된 특공대원 같다구요. 실제 전장을 경험하고 전투로 단련된 사람들이라서 육체적인 조건은 물론이고 정신적으로도 따로 교육이 필요없을 정도예요. 나와 마리나가 주력한 것은 특공대원으로서의 자긍심과 특공대라는 특수군의 역할 및 특징을 주지시키는 것과 특공 기술의 교육 정도예요. 물론 특공 기술의 교육은 아직 최소한 몇 개월은 더 배워야 하겠지만 비트 파기와 은닉 기술은 초기부터 연습해 왔으니까 이번 미션 정도는 충분히 소화할 수 있다고 봐요."

우진이 감탄했다.

"아무튼 굉장하네요. 어찌 보면 두 분이 우리 중 가장 충실한 시간을 보냈을지도 모르겠네요."

마리나와 릴리는 쌍둥이인 것을 증명하기라도 하는 양 동시에 손사래를 쳤다.

"아니에요. 우리들 중에 놀고 지낸 사람이 어디 있어요? 모두 할 일을 찾아서 바쁘게 지냈잖아요."

마리나가 말했다.

"그런데 펠레즈에는 우리들끼리만 갈 거야?"

지혜가 박상에게 물었다.

"식량과 물 등의 사정을 생각하면 그렇게 해야지. 방독면이나 안전복 같은 장비 문제도 그렇고. 따로 여분이 없으니까."

"위험하지 않을까?"

"괜찮을 거야. 지난번에도 꽤 안쪽까지 들어갔었지만 아무 일도 없었잖아?"

"그래도 누군가 있을지도 모르잖아."

지혜의 걱정에 박창이 코웃음쳤다.

"그 깊은 지하에 사람이 어디 있겠어? 빛도 들지 않는 곳인데."

지혜가 머리를 흔들었다.

"그렇게 단정 지을 수는 없어. 그곳 지하에 고대의 지도자가 남긴 무엇인가가 있다는 말이 엄연히 전해오는데 그걸 노리는 사람들이 없으란 법 없잖아?"

"걱정하지 마. 마리나와 릴리 씨도 있고 무기가 없는 것도 아닌데 설령 누군가를 마주친데도 별일없을 거야."

박상이 지혜를 안심시켰다.

그로부터 이틀 동안 지혜와 우진, 바다는 오랜만에 푹 자면서 휴식을 취하고 나머지 사람들은 출발 준비를 했다. 박상과 박창은 화물을 운송할 때 사용하는 에어 트럭과 에어 카에 에너지를 채워 넣고 식량과 물, 기타 장비를 나누어 실었다. 마리나와 릴리는 자신들이 떠나 있는 동안 실시될 특공대의 훈련 계획과 일정표를 정리하여 대장인 카라인에게 일임하고 에어 바이크를 타고 펠레즈에 가서 슈스 성주에게 무적택배 사람들이 곧 방문할 것이라고 알렸다.

만반의 준비를 마친 7명은 에어 카 한 대와 에어 트럭 한 대, 에어 바이크 두 대를 끌고 위대한 도시 펠레즈로 출발했다. 만일의 사태에 대비하여 전원이 우주 공간에서 작업할 때 입는 우주복을 착용한 상태였다.

펠레즈의 높은 금속제 성벽을 넘어 시간의 관이 있는 언덕에 도착하자 그곳에서는 사전에 연락을 받은 성주와 그의 아들이 여러 사람들을 거느리고 그들을 기다리고 있었다.

"오늘 오신다는 말씀을 전해 듣고 기다리던 중입니다."

성주가 다가와서 고개를 조아리며 인사했다. 박상은 에어 카에서 내려서 그의 인사를 받았다.

"자주 찾아뵙게 되는군요. 잘 부탁합니다."

"별말씀을 다 하십니다. 당연히 해야 할 일이지요. 어떻게 하시겠습니까? 우선 성주관에 드시겠습니까, 아니면……."

"감사합니다만 초대에는 나중에 응하기로 하고 오늘은 곧장 지하로 내려가는 입구로 안내해 주셨으면 합니다."

"알겠습니다. 그런데……."

성주는 일행밖에 없는 것을 확인하고 물었다.

"호위병 없이 여러분만 가서도 되겠습니까? 필요하시면 병사들을 따르게 할까요?"

"아니오. 우리들끼리만 가보겠습니다."

"예, 그러시다면 하는 수 없지요. 즉시 안내하겠습니다."

성주가 몸을 돌리려는데 박상이 서둘러 말했다.

"그전에 먼저 양해를 구할 일이 있습니다."

박상이 에어 트럭와 에어 바이크 등을 가리키며 성주 부자에게 말했다.

"이번에는 본격적으로 지하 공간을 조사해 볼 생각입니다. 그래서 이것들도 가지고 들어가야 합니다."

"아, 예."

성주는 무적택배 사람들이 가지고 온 탈것들 중 제일 크기가 큰 에어 트럭의 높이와 폭 등을 주의 깊게 살펴보고 입속으로 중얼거렸다.

"저것이 들어가려면 문을 양쪽 다 열어야겠군."

아들 겐디에게 낮은 음성으로 뭔가 지시한 성주는 아들과 지하로 내려가는 터널이 있는 석조 건물로 앞장섰다. 무적택배 사람들은 에어카 등에 올라탄 채 천천히 부자의 뒤를 따랐다. 네 번째 건물 앞으로 간 성주는 그곳을 지키고 있는 병사에게 지시하여 멀찍이 물러나게 하고 자물쇠를 풀었다. 그리고 부자가 양쪽에서 문을 잡고 활짝 열어젖혔다. 안으로 들어가서 내부의 문도 같은 방식으로 열어젖히자 터널이 나타났다. 터널에 진입하기 전 박상이 성주에게 말했다.

"가급적 30일 이내에 나올 예정입니다. 나와서 연락드릴 테니 이곳에서 기다리지 마시고 성주관에 돌아가셔서 평소처럼 지내십시오."

"예, 알겠습니다."

성주는 에어 트럭과 에어 바이크 등을 신기하게 바라보면서 고개를 흔들었다. 마침내 마리나와 릴리가 타고 있는 에어 바이크를 선두로 무적택배 사람들은 터널 안쪽으로 들어가기 시작했다.

"왠지 긴장되네."

에어 카의 헤드라이트에 비춰지는 터널 안의 광경을 바라보며 박창이 중얼거렸다. 식량과 물, 그 외 일용품을 실은 에어 트럭에는 바다와 우진이 타고 있었고 박상 형제는 지혜와 함께 에어 카에 타고 있었다.

그들은 전에 왔을 때 들렀던 옛날의 플랫폼에서 잠깐 멈추고 위치 확인을 위해 플랫폼의 기둥에 전파 발생기를 부착시켜 두었다. 광대한 지하 공간에서 길을 잃을 것에 대비한 조치였다.

"이제부터는 낯선 공간입니다. 모두들 정신 바짝 차리고 우리 뒤를 따라오세요."

마리나가 긴장된 음성으로 지시하고 출발했다. 마리나와 릴리를 비롯한 각 차량의 운전석에는 펠레즈의 첫 방문 때 입수했던 지하 노선도를 카피한 것이 놓여 있었다.

"이게 과연 도움이 될지 모르겠네."

박창은 노선도를 들여다보며 고개를 갸웃거렸다.

"수정의 해독 능력에 기대해 봐야지. 문자가 얼마간 바뀌기는 했지만 세월의 흐름에 비해서 그렇게 크게 변하지는 않았어. 아마 문자만큼은 지키려고 무척 노력했기 때문이겠지만."

지혜가 말했다.

"30일 남짓한 기간에 이 넓은 지하를 과연 얼마나 조사할 수 있을까?"

박창이 빛을 집어삼키고 막막하게 이어지는 터널을 바라보며 염려했다.

"하는 데까지 해보고 안 되면 다음 기회로 미뤄야지."

박상이 담담하게 대꾸했다. 짧은 대화가 끝나자 주위는 금방 정적에 휩싸였다. 그들은 플랫폼이 나타날 때마다 멈추어 역의 이름과 위치를 확인하고 출발하기를 반복했다. 터널을 포함해 모든 곳이 쓸 만한 것들은 모조리 치워진 상태였다. 지상의 도시를 파괴한 전쟁의 파멸적인 위력은 이곳에도 미쳐 있어 군데군데 함몰되거나 파손되어 있었으나 지하 공간 자체는 전체적으로 아직도 건재해 보였다. 한참을 잠자코 바깥 풍경을 바라보고 있던 지혜가 찬탄했다.

"굉장한 내구력이야. 이게 만약 지구의 도시였다면 천 년 뒤가 아니라 당장 2300년도 이렇게 버티지 못했을걸? 저 위에 있던 시간의 관도 그렇고 이곳도 그렇고 이 별의 과거 문명은 소재와 건축 기술적인 면에서 대단히 발전해 있었던 것이 분명해."

"그건 그래. 미리 설명을 듣고 오지 않았더라면 누가 여기를 천 년 전의 도시라고 믿겠어? 그토록 발달했던 문명이 지금처럼 되다니 전쟁은 역시 무서워."

박창이 맞장구치는데 통신 스피커를 통해 마라나의 목소리가 들렸다.

[전방의 지면에 무엇인가 있습니다. 잠시 멈추고 조사하겠습니다.]

마라나와 릴리의 에어 바이크가 멈추는 것을 보고 박상 등도 그 뒤에 멈춰 섰다.

[뭡니까? 무슨 일이에요?]

일행의 맨 뒤에서 에어 트럭를 몰고 있는 우진이 궁금해했다.

[해골입니다. 여기서 죽은 사람들의 것인 모양입니다.]

릴리의 대답을 들은 지혜는 고개를 갸웃거렸다.

"이상하네. 그런 건 로봇들이 옛날에 치우지 않았나?"

"우리도 내려가 보자."

박상이 헬멧을 쓰고 나갈 준비를 했다. 박상 형제와 지혜가 차에서 내려보니 에어 트럭에서도 바다와 우진이 나오고 있었다.

마리나와 릴리가 플래시를 비추는 곳에는 하얗게 탈색된 해골들이 널브러져 있었다. 마리나가 해골을 가리키며 말했다.

"두 명의 사람들이 여기서 죽었나 봅니다. 사망한 지 꽤 오래된 모양인데요?"

그녀는 무섭지도 않은지 몸을 굽히고 앉아 플래시로 비추어가면서 두 개의 해골을 자세히 들여다보았다. 한 명은 엎어진 자세였고 다른 한 명은 그곳에서 몇 발자국 떨어진 곳의 벽에 등을 기대고 앉은 자세였다. 앉아 있는 해골을 살펴본 릴리가 말했다.

"이 사람은 스스로 목숨을 끊었군요. 가슴 쪽에 뼈를 보니 예리한 물건에 의한 창상의 흔적이 있어요. 아마도 이걸로 찌른 것 같은데……."

릴리는 해골 옆에 떨어져 있는 검을 집어 들었다. 검이라고는 해도 심하게 부식된 상태여서 검신 부분은 바스라지기 직전이었고 가죽 끈을 감아놓은 검자루도 너덜너덜했다.

"아마도 같이 있던 한 사람이 힘이 다해 죽고 나자 남은 사람이 낙담하여 자살한 모양이에요."

"하지만 이곳은 언덕의 출입구에서 그렇게 많이 멀지 않을 텐데요."

바다가 고개를 갸웃거렸다.

"들어왔다가 나가는 길이 아니었을까요? 안쪽 깊이까지 들어갔다가 돌아오는 길에 방향을 잃거나 해서 둘만 남았을 수도 있죠. 전에 펠레즈의 성주님이 종종 이 안에 조사하러 들어온 사람들이 있다고 했잖습니까? 이런 곳에 두 사람만 들어왔을 리 없죠."

우진이 말했다. 그는 해골로 다가설 엄두도 내지 못하고 바다의 가까이에 붙어 서서 불안한 얼굴로 깜깜한 터널 앞뒤를 두리번거리고 있었다.

쓰러져 있는 해골을 꼼꼼하게 살펴보던 마리나가 말했다.

"이 별 사람들의 골격은 지구인과 유사한 것 같군요. 자세히 조사하면 세부적으로 다른 점이 나오겠지만 기본적인 인체 구조는 아주 비슷해요. 그러니까 우리의 격투 기술이 여기 사람들에게 먹히는 거겠지만."

한편 릴리는 검자루를 내려놓고 다른 것들을 살폈다.

"의복은 모두 썩어 없어진 것 같고… 다 삭아서 너덜너덜한 이것이 갑옷인 모양이네요."

해골의 동체에 옷처럼 걸쳐진 조각은 앞서 발견한 검과 마찬가지로 썩은 가죽처럼 변색해 있었고 거의 제 모양을 잃어버린 상태여서 금속이라는 것을 간신히 분간할 정도였다. 지혜는 릴리에게 다가가서 그것을 받아 들고 빛에 비추어보고는 한숨을 푹 쉬었다.

"금속이 맞긴 맞군요. 이 사람들이 죽은 지 얼마나 되었는지는 몰라도 정말 심한 부식 상태네요. 이런 정도의 금속이라면 아무짝에도 쓸모 없어요."

박상은 차 쪽으로 몸을 돌렸다.

"지금은 묻어줄 만한 곳도 없고 나중에 나갈 때 여유가 있으면 그때 생각해 보기로 하고 일단 계속 갑시다."

무적택배 사람들은 박상의 말에 따라 각자의 위치로 돌아가 그곳을 지나갔다. 이후 각 역의 이름을 확인해 가면서 첫 번째 노선을 따라 똑바로 진행한 그들은 마침내 첫 노선의 종착역에 도달했다. 그곳까지 가면서 한 구의 해골을 더 발견했으나 별다른 점이 없어 그대로 지나쳤다. 다른 역에 비해 훨씬 큰 공간이 트여 있는 종착역은 한쪽 끝이 막혀 있었다. 일행은 차를 멈추고 내려 그곳을 꼼꼼하게 둘러보았다.

그러나 휑하니 비어 있는 그곳은 과거에 여러 가지 시설이 있었다는 흔적과 규칙적으로 배열된 굵은 기둥들만 남아 있을 뿐이었다. 그나마 다른 곳과 차이가 있다면 기둥과 바닥 여기저기에 남아 있는 어지러운 글씨와 도처에서 발견되는 해골들 정도였다.

"전쟁 당시 죽은 사람들은 로봇들이 치웠을 테고 이런 사람들은 모두 후대에 들어온 사람들일 테죠. 그동안 꽤 많은 사람들이 이 지하 공간에 도전했었나 보네요."

플래시로 비추며 돌아다니던 릴리가 말했다.

"결국은 모두 실패했다는 건가?"

박상이 씁쓸하게 중얼거렸다. 그토록 오랫동안 수많은 사람들이 찾았는데도 성공하지 못했다면 자신들이라고 해낼 수 있을까 하는 회의도 들었다.

"이걸 읽어보면 어떨까요? 의외로 뭔가 단서가 남아 있을지도 모르죠."

우진은 벽이며 바닥을 숯이며 백묵, 또는 뾰족한 것으로 긁어 써놓은 문자들에 관심을 보였다.

"수정에게 해독시켜 보죠."

지혜가 말했다. 수정은 우진이 가리키는 곳부터 시작해서 바닥이며 기둥에 쓰여진 글귀들을 읽어 나가기 시작했다. 때때로 의미가 불분명한 어휘도 있었으나 대체적으로 내용은 파악할 만했다. 그것들은 우진이 추측한 대로 후대에 이곳에 들어온 사람들이 남긴 것이었다.

낙서의 내용은 실로 여러 가지였다. 지하 어딘가에 숨어 있을 고대의 유물을 향한 강한 각오와 다짐도 있었으나 길을 잃었다거나 굶주림을 호소하는 내용, 기도문, 사랑하는 사람을 향한 유언, 다가오는 죽음에 대한 절망적인 공포 등 다양했다.

　수정이 읽어내는 각양각색의 글귀를 듣고 있던 일행의 분위기는 자연스레 침울해졌다. 글귀의 내용과 자신들의 처지가 겹쳐진 것이었다.

　"우리들이야 여기에 갇혀서 굶어 죽는 일은 없겠지만 지구로 돌아가지 못한다면 이 사람들처럼 고향을 그리는 비석을 남기고 죽어가게 될지도……."

　박창까지도 기분이 저조해져서 우울하게 중얼거렸다. 그 말을 듣자 바다가 버럭 화를 냈다.

　"그런 말씀 하지 마십시오! 우린 반드시 돌아갈 겁니다!"

　그러나 박창은 평소의 그답지 않게 자포자기한 투로 말했다.

　"그게 우리 마음대로 됩니까, 두고 봐야 알지? 그나마 아직 결혼을 안 한 걸 다행으로 여겨야지 부모와 생이별한 것도 서러운데 처자식까지 있었다면 어쩔 뻔했어?"

　"그만 해."

　지혜가 작게 나무라며 박창의 팔뚝을 꼬집었지만 이미 말이 나온 뒤였다. 입술을 지그시 깨물고 있던 바다는 성큼성큼 플랫폼 끝으로 걸어가더니 악을 쓰듯 아내의 이름을 소리쳐 불렀다.

　"소라—!! 소라아—!!"

　소라라라라라……. 소라라라라…….

　그의 고함 소리는 텅 빈 터널에 부딪치며 사방으로 메아리쳤다. 그 소리는 괴물의 울부짖음처럼 괴기하고 을씨년스러워 음산한 기분을 부채질했다. 일행의 기분은 완전히 가라앉아 있었고 더 이상 그곳을 둘러보거나 벽에 쓰여진 글귀를 살펴볼 마음도 나지 않았다. 그들은 그곳을 조금 더 둘러본 뒤 아무 소득도 얻지 못하고 떠났다.

3

　무적택배 사람들이 펠레즈의 지하에 들어온 지도 여러 날이 지났다. 변화없이 반복되는 풍경에 모두들 점점 무료해지고 지치기 시작했다.
　"정말 알뜰하게도 걷어갔네요. 이렇게 안쪽까지 들어와도 남아 있는 것이 없으니……. 어쩌다가 보이는 건 나중에 들어온 불운한 사람들의 해골뿐이고 말이에요."
　어느 플랫폼에 모여 앉아 점심을 먹으면서 릴리가 푸념했다.
　"우리가 여기 들어온 지 며칠째죠?"
　지혜가 물었다.
　"오늘이 일주일째네요."
　마리나가 대답하자 지혜가 깊이 한숨지었다.
　"일주일밖에 지나지 않았다니… 기분으로는 한 달은 지난 것 같은데……. 낮이고 밤이고 캄캄하니까 시간이 어떻게 가는지도 모르겠고 배도 별로 고프지 않네요."

"확실히 계속되는 어둠은 사람을 지치게 하죠."

마라나가 고개를 주억거렸다.

다른 사람들도 식욕이 없기는 비슷해서 그저 살기 위해 배를 채운다는 기분으로 자기 몫의 음식을 기계적으로 씹고 있었다.

"잠깐만요."

우진이 움찔하더니 불안한 얼굴로 주위를 두리번거렸다.

"방금 전에 무슨 소리가 들리지 않았어요?"

"소리라뇨? 무슨 소리요?"

박창이 무심한 얼굴로 되물었다. 다른 사람들도 모르겠다는 표정들이었다.

"뭔가 이상한 소리를 들었는데……. 끙끙거리는 소리 같기도 하고……."

계속 불안해하는 우진에게 바다는 대수롭지 않게 말했다.

"바람 소리겠지. 이런 곳에 뭐가 있겠어?"

"그런가?"

우진은 개운치 않은 표정으로 역사 기둥에 등을 기대고 앉았다. 그리고 찜찜한 기분을 애써 누르며 치즈와 구운 고기를 끼운 빵을 베어물었다. 그런데 무엇인가가 자신의 팔을 꽉 잡는 것이 느껴져 반사적으로 고개를 돌린 그는 기겁하고 말았다.

"끄으으으……."

엉망으로 흩트러진 머리칼을 늘어뜨린 사람이 기둥 뒤에서 나타나 그의 팔을 붙잡고 있었다. 엉킨 머리칼 사이로 얼핏 보이는 그 사람의 눈동자는 벌겋게 핏발이 서 있었다.

"으아악!"

우진은 자지러지게 비명을 지르며 정신없이 몸부림쳐 상대의 손을 뿌리쳤다.

"좀비다! 괴물이다!"

너무 놀라서 일어나지도 못하고 바닥을 데굴데굴 구르다시피 물러선 우진은 숨이 넘어갈 듯 소리를 질렀다. 우진에게 떠밀려 옆으로 나뒹굴었던 상대는 움찔움찔 상체를 일으키는가 싶더니 우진이 바닥에 떨어뜨린 음식에 달려들어 그것을 허겁지겁 입에 쑤셔 넣었다.

마라나와 릴리는 재빨리 총을 뽑아 들고 우진의 앞을 가로막고 섰다.

"꼼짝 마! 정체를 밝혀라!"

마라나가 똑바로 총을 겨누고 질문했지만 그는 들은 척도 않고 음식을 밀어 넣었다. 그러다가 갑자기 자신의 목을 움켜쥐더니 괴로운 듯 캑캑거리며 음식을 토해냈다.

"괴물은 아닌 것 같은데요?"

마라나와 릴리의 뒤에서 빠끔히 목을 빼고 내다본 지혜가 작은 소리로 말했다. 수정도 로봇다운 담담한 분석으로 지혜의 말을 뒷받침했다.

─주인님의 말씀이 맞습니다. 인간입니다.

그 말에 용기를 얻은 박상 등이 말을 걸려는데 쓰러진 사람의 뒤쪽에서 두 사람이 더 나타났다.

"밥이다, 밥!"

"먹을 거다!"

일어서서 다닐 기력도 없는지 바닥을 꾸물거리며 기어오던 그들은 먼저 온 이가 무엇인가를 먹고 있는 듯한 모습을 보자 흥분해서 고함을 지르며 사납게 달려들었다.

"안 되겠어. 일단 제압해."

마리나가 릴리에게 말하는가 동시에 자매는 날렵한 동작으로 세 사람에게 다가가더니 다짜고짜 뒷덜미를 가격하여 기절시켰다. 그들은 찍 소리도 못 내고 힘없이 엎어졌다.

"아니, 왜 그래요?"

쌍둥이 자매의 난폭하다면 난폭한 대응에 놀란 박창이 물었다. 마리나가 딱딱한 어투로 설명했다.

"아무래도 많이 굶주린 것 같은데 속이 텅 빈 상태에서 갑작스럽게 음식물을 섭취하면 장이 꼬여서 죽을 수도 있어요. 이럴 때는 물부터 먹여야 해요. 그 다음에도 적어도 하루나 이틀은 죽이나 수프를 먹어야 하구요."

"이 사람들은 지구인이 아니잖아요?"

"인간뿐 아니라 동물에게도 해당되는 일이니까 여기 사람들이라고 예외가 아닐 가능성이 커요."

"그럼 어서 죽이라도 쑤어서 먹게 하는 것이 좋겠군요."

박상은 식량 꾸러미에서 비노 가루를 꺼내 레스프라트 사람들이 즐겨 먹는 죽을 끓이기 시작했다. 그동안 박창 등은 기절한 세 사람을 반듯하게 눕혀주었다.

"어? 이 사람, 여자였네?"

우진은 자신의 팔을 잡았던 사람이 여자라는 것을 알고 놀랐다. 초췌하고 무시무시한 행색을 하고 있는 데다가 너무 무작스럽게 행동하여 여자라고는 미처 눈치 채지 못한 것이었다.

"후와, 냄새~ 얼마나 안 씻었기에 이런 거야?"

박창은 얼른 그들에게서 떨어지며 코를 틀어막았다. 세 명 다 뼈마디가 그대로 드러날 정도로 심하게 마르고 초췌한 행색이었으며 오랫동안 씻지를 못했는지 역한 냄새를 풍겼다.

"그러게요. 대체 어떤 사람들이기에 이렇게 지하 깊은 곳에서 나타난 걸까요? 설마 여기서 사는 사람들은 아닐 테고……."

우진도 거리를 두고 서서 고개를 갸웃거렸다. 지혜가 말했다.

"빛도 비치지 않는 이런 곳에 사람이 살고 있을 리 없죠. 이 안에 들어왔다가 길을 잃고 식량이 떨어진 사람들 아닐까요?"

"하지만 근래에 우리 말고 먼저 들어간 사람들이 있다는 이야기는 못 들었지 않습니까?"

바다가 물었다.

"이만큼이나 넓은 지하 공간인데 설마 출입구가 하나뿐이겠어요? 시간의 관 쪽에 있는 건 공식적인 출입구고 그 외에도 일반에 알려지지 않은 비밀 출입구가 있을 수 있겠죠."

그때 잠시 에어 트럭에 갔던 박창이 우주복에 쓰는 헬멧을 가져와서 일행에게 나눠주었다.

"어쨌든 죽게 내버려 둘 순 없으니까 밥이라도 먹이고 챙겨줘야 할 텐데… 그냥은 우리 코가 못 견디겠어요. 이거라도 쓰고 있읍시다."

"그렇네요. 물이 없어서 씻으라는 말도 못하니까."

릴리가 키득거리면서 받아 들었다. 다른 사람들도 기절한 이들에게 좀 미안하다는 생각을 하면서도 헬멧을 받아서 썼다.

그러는 사이 박상의 비노 죽이 구수한 냄새를 풍기며 끓기 시작했다. 그 즈음 기절해 있던 세 사람이 하나둘 깨어났다. 그러나 옆에 있던 박창과 우진이 말을 걸 틈도 없이 미친 사람처럼 죽 냄비가 있는 곳으로 달려드는 통에 마리나와 릴리가 전기총을 뽑아 재차 기절시켜야 했다.

"안 되겠어요, 음식만 보면 이성을 잃으니……. 박창 씨, 제 에어 바이크에 가서 밧줄 좀 가져다 주세요. 무사히 음식을 먹이자면 묶어놓는 편이 좋겠어요."

박창은 마리나의 말에 따라 밧줄을 가져다 주었다. 마리나와 릴리는 그것으로 세 사람의 손발을 단단히 결박해 버렸다.

"조금 있으면 깨어날 테니 한 사람씩 담당을 정해서 숟가락으로 떠 먹입시다."

마리나가 제안했다. 그래서 무적택배 사람들은 그들이 깨어나기를 기다렸다가 한 명씩 맡아서 숟가락으로 물부터 몇 모금 마시게 한 뒤 죽을 먹였다. 그러나 자꾸 꼼지락거리며 음식 냄새가 강하게 풍기는 냄비 쪽으로 기어가려고 애쓰는 통에 먹이는 것이 쉽지 않았다.

"가만히 좀 있어봐요. 지금 먹여주잖아요."

박창이 짜증을 내며 자신이 맡고 있는 남자의 머리를 숟가락으로 탁 때렸다. 그래도 남자는 본능적으로 음식 냄비 쪽으로 기어가려 했다.

"어디에 묶든지 해야지 원."

통제하느라 애를 먹던 박창은 결국 그를 질질 끌어다가 플랫폼의 기둥에 묶어놓고 먹이기 시작했다. 다른 두 사람도 죽 먹이기기에 고전하다가 박창을 따라 했다. 세 사람은 묶인 몸을 버르적거리면서 어미 새에게 먹이를 조르는 새끼 새처럼 정신없이 죽을 받아먹었다. 숟가락을 들이밀기가 바쁘게 덤벼들어 덥석 물고 일단 입에 들어가면 놓으려 들지 않고 쪽쪽 빨아대는 통에 박창과 우진, 바다는 진땀을 뺐다.

"너무 지저분하다. 그 숟가락, 다시 쓸 수 있겠어?"

그 모습을 뒤에서 구경하고 있던 지혜가 얼굴을 찡그렸다. 릴리가 웃으며 말했다.

"이해하세요. 보아하니 죽기 일보 직전까지 굶은 모양이에요. 굶어보지 않은 사람은 이런 상태를 이해할 수 없을 거예요."

"그러는 릴리 씨는 며칠 굶어봤어요?"

"그럼요. 사나흘은 굶어봤어요."

릴리는 아무렇지도 않게 대답했다.

"설마…… 요즘 밥 굶는 사람이 어딨어요?"

지혜가 못 믿겠다는 투로 말하자 릴리는 어처구니없다는 듯 웃었다.

"아무렴 먹을 것이 없어서 굶었겠어요? 특공대 훈련 때 말이에요."

"아, 그렇겠네요."

지혜는 겸연쩍어했다.

세 명의 굶주린 조난자들은 한 냄비 가득 끓인 죽을 말끔히 비워내고 배가 불러지자 길게 만족스러운 신음을 내뱉었다. 그리고 두어 번 눈꺼풀을 깜빡이는가 싶더니 금방 코까지 골면서 곯아떨어졌다. 팔다리가 묶인 불편함도 전혀 느끼지 못하는 것 같았다.

"솔직히 말해 꽤 추하다. 그치?"

박창은 기가 막히다는 표정으로 박상에게 말했다.

"너무 굶어서 그런가 보지."

박상은 피식 웃고는 그들을 묶고 있는 밧줄을 풀어주었다. 자고 있는 사람들을 옮길 수도, 그렇다고 두고 갈 수도 없는 노릇이라 박상 일행은 그들이 깨어날 때까지 기다리기로 했다.

세 사람은 꼬박 하루를 넘게 자고 나서야 깨어났다. 제일 먼저 눈을 뜬 것은 처음에 우진에게 나타났던 여자였다. 가늘게 눈을 뜬 그녀는 잠시 현재의 처지가 이해되지 않는 듯 눈을 껌뻑거리고 있다가 천천히 고개를 돌려 주위를 둘러보았다. 박상 일행은 그들에게서 조금 떨어진 곳에 불을 피워놓고 둘러앉아 있었다. 여자는 박상 등의 모습을 믿기 어려운 표정으로 바라보고 있다가 조심조심 손을 뻗어 남자들의 몸을 흔들어 깨웠다.

"일어나, 노드, 비슈."

남자들은 가느다란 신음을 토하며 깨어났다.

"여기가 어디야, 로네스?"

"우리가 살아 있는 건가?"

"그것보다 저길 봐."

몸을 일으키려던 그들은 로네스가 가리키는 곳을 보고 멍하니 동작을 멈추었다. 둘 다 어안이 벙벙한 얼굴들이었다.

"맙소사! 이게 어떻게 된 일이지? 고대인이 내 눈에 보이다니……. 내가 뭘 잘못 보고 있는 것 아냐?"

노드라고 불린 남자가 로네스에게 물었다. 그녀는 고개를 주억거렸다.

"아냐. 틀림없는 고대인이야. 철인간이 같이 있잖아."

그녀의 말을 듣고 다른 남자 비슈가 신음처럼 내뱉었다.

"제기랄, 내게도 보여. 아무래도 우리가 굶다가 미쳐 버려서 환각을 보고 있거나 아니면 이미 죽어버린 모양이야."

"그런데 얼굴들이 왜 저렇게 하얗지? 로네스, 네 생각엔 어때?"

노드가 묻자 로네스는 대충 짐작해서 말했다.

"뒤에서 빛이 비춰서 그런 것 아닐까? 죽은 사람의 세계에서는 얼굴에서 빛이 난다고도 하잖아."

"그런데 네 얼굴은 왜 여전히 짙은 색이지?"

그들이 속닥거리는 소리를 듣고 무적택배 사람들이 몸을 돌렸다. 박상 등이 다가오는 모습을 보고 세 사람은 두려운 얼굴로 슬금슬금 붙어 앉았다.

"괜찮습니까?"

박상이 말을 걸었지만 그들은 두려움으로 얼어붙은 채 불안한 표정으로 눈알만 굴렸다.

"안심하세요. 우리는 위험한 사람들이 아닙니다. 당신들을 해칠 생각은 조금도 없습니다."

우진이 미소를 보이며 최대한 상냥하게 말했다. 박상 일행과 두 대의 로봇, 수정과 조수를 힐끔힐끔 쳐다보던 여자가 주춤거리며 입을 열었다.

"저어, 여긴 어디죠? 우리가 지금 살아 있는 건가요?"

"당연히 살아 있으니 이렇게 이야기를 나눌 수 있는 것 아니겠습니까?"

박창이 대답했다. 그러자 노드가 믿기지 않는다는 듯 박창의 모습을 아래위로 살펴보면서 물었다.

"하지만 여러분은 고대인이 아닙니까? 살아 있으면서 고대인을 만나고 이야기할 수는 없지 않습니까?"

그 말을 듣고 그들이 두려워하는 이유를 깨달은 박상은 피식 웃음을 흘렸다.

"우리는 고대인이 아닙니다. 이곳에 알아볼 것이 있어 들어온 것뿐입니다."

박상의 해명에도 그들은 전혀 납득하지 못하는 얼굴들이었다.

"하지만 저 두 분은 철인간이 아닙니까?"

비슈가 수정과 조수를 가리켰다.

"아, 그건……."

자신들을 어떻게 이해시켜야 할지 순간적으로 대답이 궁해진 박상이 곤란해하는데 우진이 대신 말했다.

"우리가 먼 곳에서 와서 그렇습니다. 고대인은 아니고 아주 먼 곳에서 어쩌다 이곳에 오게 되었습니다."

"그 아주 먼 곳이 어딘가요?"

로네스가 캐물었다.

"그러니까… 저 위… 라고나 할까요?"

우진은 손가락으로 위를 가리키며 애매하게 얼버무렸다. 세 사람의 표정은 더 더욱 오묘해졌다. 그때 지혜가 그들에게 물었다.

"그런데 여러분은 어떻게 여기에 들어왔지요? 우리가 펠레즈의 성주님의 양해를 얻어 이곳에 들어올 때 다른 사람이 있다는 말씀은 하지 않으시던데요."

세 사람은 바로 대답하기 곤란한지 미적거렸다. 잠깐의 망설임 끝에 로네스가 대답했다.

"저희는 다른 곳으로 들어왔습니다."

"이곳으로 들어오는 입구는 하나만이 아니라서 말입니다."

노드가 변명처럼 얼른 덧붙였다. 로네스는 무적택배 사람들의 눈치를 살피며 조심스레 물었다.

"펠레즈의 성주님을 통해 들어오셨다면 아메트와 무슨 관계가 있으신 모양이지요?"

"아니오, 아메트와는 전혀 무관합니다."

박상의 말에 박창이 킬킬거렸다.

"관계가 전혀 없는 건 아니지. 우리야 솔직히 아무 감정 없지만 아메트 쪽에선 우리에게 이를 갈고 있지 않겠어?"

가히 틀린 말은 아닌 터라 박상과 우진 등은 쑥스러운 얼굴로 그냥 웃었다. 지혜는 심각한 태도를 견지하며 세 사람을 바라보다가 계속 질문을 던졌다.

"다른 입구로 들어왔다고 하셨는데 무슨 목적으로 들어오셨죠? 그냥 놀러 들어오지는 않았을 텐데요."

세 사람은 난처한 기색으로 서로의 얼굴을 쳐다보았다. 어떻게 할 것인지 망설이는 눈치가 역력했다.

"혹시 고대의 보물이라도 찾으러 온 것 아닙니까?"

우진이 농담 삼아 해본 말에 그들은 일제히 흠칫했다. 뜻밖에도 노드는 고개를 푹 숙이더니 순순히 시인했다.

"맞습니다."

그러자 비슈가 그의 옆구리를 꾹 찌르고 속삭였다.

"어쩌려고 그래, 노드?"

"어차피 이 사람들 아니면 우린 죽은 목숨이야. 또 여길 나갈 때까지 도움도 더 받아야 하고……. 이 판에 감출 게 뭐 있겠어?"

노드는 반쯤 체념한 얼굴로 말했다.

"그래서 뭔가 단서라도 찾았습니까?"

우진이 물었다.

"아니오, 아무것도……."

노드는 어물쩍거리다가 말끝을 흐렸다. 애초부터 신통한 대답을 기대한 것도 아닌 터라 우진이나 다른 사람들은 구태여 더 캐물을 생각은 하지 않았다. 박상은 통역기를 끄고 일행에게 물었다.

"우린 이곳을 더 다녀야 할 텐데 이 사람들은 어떻게 하지요?"

"앞으로 2, 3주씩이나 데리고 다니는 건 무리입니다. 우선 우리가 불편해져요. 저나 릴리가 에어 카에 태워서 데리고 나가는 게 좋을 것 같습니다."

마리나가 말했다. 마리나의 의견이 일리가 있다고 생각한 박상은 세 사람에게 바깥으로 데려다 주겠다고 제안했다. 그러자 노드는 그에 대한 대답은 하지 않고 박상에게 조심스럽게 청했다.

"저어, 죄송하지만 그전에 뭐 좀 먹을 수 없을까요? 배가 고파서……."

구출 직후 먹었던 죽만으로는 부족한지 그들은 아직도 허기진 얼굴을 하고 있었다.

"알겠습니다. 잠시 기다리십시오."

무적택배 사람들은 그들에게 이곳 사람들이 즐겨 먹는 납작한 빵과 과일, 볶은 고기 등을 내어주고 편히 먹을 수 있게 자리를 비켜주었다. 자신들끼리 남게 되자 체면이고 뭐고 없이 허겁지겁 음식을 먹기 시작한 세 사람은 이내 크게 놀란 얼굴로 서로를 쳐다보았다.

"무슨 맛이지?"

"몰라. 아무튼 굉장히 맛있는걸."

"정말. 뭘 넣어서 이런 맛이 나는 걸까?"

조그만 소리로 소곤거린 그들은 바쁘게 먹어댔다. 내어준 음식을 남김없이 먹어치운 세 사람은 그제야 마음의 여유를 되찾고 무적택배 사람들과 주변의 다른 것들을 유심히 살피기 시작했다. 에어 카와 에어 트럭 및 조수와 수정을 바라보던 세 사람은 작은 목소리로 자기들끼리 심각하게 의논을 했다. 이야기를 마친 뒤 그들은 박상 일행에게 다가 왔다.

"식사는 다 하셨습니까?"

박상이 말을 건네자 노드가 일행을 대표해 인사했다.

"예, 정말 맛있게 잘 먹었습니다. 아직 제대로 인사도 드리지 못했군 요. 목숨을 구해주셔서 감사합니다. 저는 델라제 노드이고 이쪽은 제 약혼녀 외븐 로네스, 로네스의 오빠이자 제 친구인 외븐 비슈입니다."

노드의 인사와 동시에 세 사람은 고개를 조아렸다.

"우연히 지나다가 그렇게 된 것이니 너무 부담 갖지 마십시오. 저는 박상이고 제 동생인 박창입니다. 그리고 저 사람은……."

박상이 자신의 일행을 소개하자 노드는 일일이 고개를 숙여 인사하 고 박상에게 물었다.

"한 가지 여쭈어보고 싶은 것이 있는데 괜찮겠습니까?"

"뭡니까?"

"아까 하신 말씀 말입니다만… 여러분이 아메트와 아무 연관이 없 다는 말씀이 사실이십니까?"

"그렇습니다."

"여러분은 무슨 목적으로 이곳에 들어오셨는지요?"

"당신들과 같은 목적이라고 할 수 있겠지요."

"정말로 아메트와는 연관이 없겠지요?"

무엇 때문에 그 사실에 그토록 집착하는지 궁금하게 여기면서 박상 은 분명히 대답해 주었다.

"우리는 아메트와는 어떤 관련도 없습니다. 아까도 이야기가 나왔다시피 아메트와 우리는 오히려 적대적인 입장에 있습니다. 이곳에 온 것은 우리들 자신의 필요 때문입니다."

우진이 대화에 끼어들어 노드에게 물었다.

"그런데 여러분은 어디에서 오신 겁니까? 레스프라트 사람이 아닙니까?"

노드 등이 자신들에 대해 전혀 모르고 있는 것이 이상하게 느껴졌던 것이다. 적어도 이 부근 사람들이라면 수도 프라트에서 있었던 일이나 하늘에서 떨어진 사람들에 대해 모를 리 없었다.

"예? 레스프라트 사람이 맞습니다만 왜 그러시죠?"

노드와 로네스 등은 멀뚱하니 되물었다.

"근래에 레스프라트에 무슨 일이 있었는지 모르시는 것 같아서 하는 말입니다."

"무슨 일이 있었기에 그러십니까?"

그들은 점점 더 모르겠다는 표정들이었다.

"레스프라트가 프라트 들판에서 큰 전투를 치러 승리하고 아메트에서 독립했다는 이야기를 듣지 못하셨습니까?"

"예에?"

세 사람은 경악하여 입을 쩍 벌렸다. 정말로 아무것도 모르는 눈치였다.

"어, 언제 그런 일이 있었다는 말씀입니까?"

비슈가 말까지 더듬거리며 물었다.

"프라트 전투가 있은 지는 40여 일 남짓 되었을 겁니다."

"이럴 수가……."

노드는 어깨를 늘어뜨리고 허망한 표정으로 중얼거렸다.

"나도 모르는 사이에 그런 일이 있었다니……."

"언제 여기에 들어왔기에 그런 것도 모르고 있나요?"

릴리가 물었다. 로네스가 대답했다.

"얼마나 되었는지는 잘 모르겠지만 우리가 들어온 때는 3번째 달의 11번째 날이었습니다."

그 말을 들은 박상이 수정에게 물었다.

"며칠 전이 되지?"

"오늘로부터 62일 전이 됩니다."

수정의 답에 박상 일행은 깜짝 놀랐다.

"그렇게나 오래되었단 말입니까? 그동안 뭘 먹고 지냈습니까?"

우진의 질문에 노드가 대답했다.

"처음에 들어올 때는 케트 5마리와 티모 10마리에 물과 식량, 어유(魚油)를 가득 싣고 들어왔었습니다. 노끈도 많이 가져와서 입구 쪽에 묶어 두고 풀면서 들어왔죠. 목적했던 곳을 어떻게 찾아간 것까지는 좋았는데 거기서 목적을 이루지 못하고 시간만 지체하다가 결국은 단념하고 돌아 나오려고 했습니다. 그런데 우리가 풀어놓았던 노끈을 라부스 놈들이 쏠아버렸는지 약간의 토막만 남고 끊어지고 말았습니다. 그 바람에 길을 잃고 헤매다가 식량이 떨어져서 티모를 다 잡아먹고 라부스까지 보이는 대로 잡아먹었지만 너무 배가 고파 종국에는 끔찍하게도 케트까지 먹고 말았습니다. 그 다음에는 바닥 곳곳에 고여 있는 물을 마셔가며 헤매다 가 여러분을 만나게 된 겁니다."

"케트, 티모, 라부스가 뭐야?"

지혜가 박상의 귀에 대고 물었다.

"케트는 말 비슷한 동물이고 티모는 노새나 당나귀, 라부스는 쥐 같은 걸 말하더군."

"그런 동물은 비슷한 지구 동물로 번역되게 해놓지 그래?"

"하는 짓이나 역할이 비슷하다는 거지 생긴 건 좀 차이가 나니까."

"그래도 헷갈리지 않게 생긴 거나 역할이 비슷한 건 지구 동물로 번역되게 해놓자. 그게 좋겠어."

"알았어. 그럼 네가 수정에게 그렇게 명령하든지."

두 사람이 그런 이야기를 주고받는데 마라나가 노드에게 날카로운 질문을 던졌다.

"방금 목적지라고 한 것 같은데 무작정 여기에 온 것이 아니라 애초부터 목표한 곳이 있었다는 겁니까?"

노드는 짧은 순간 머뭇거리며 망설이는 눈치였으나 곧 순순히 인정했다.

"사실은… 그렇습니다."

"이봐."

비슈라는 친구가 노드의 팔을 살짝 치며 말리려는 제스처를 보였다. 노드는 쓰게 웃으며 친구에게 말했다.

"이분들이 아니었으면 우린 여기서 죽었을 거야. 레스프라트도 벌써 독립했다는데 더 숨길 게 뭐 있어?"

"노드의 말이 맞아. 게다가 우리는 이미 실패했잖아. 앞으로도 성공하지는 못할 테고."

로네스가 노드에게 동조했다. 비슈도 그런 그들의 말에 납득한 것인지 조용해졌다. 노드는 박상 일행에게 자신들의 이야기를 솔직히 털어놓았다.

"지금부터 300여 년 전에 위대한 도시 펠레즈의 지하에 대규모 조사단이 파견되었던 적이 있습니다. 공식적인 조사단으로는 마지막이었죠. 그 조사단에는 저희 가문의 선조이신 마석이란 분도 있었습니다. 전에 없는 규모와 준비를 갖추고 호기롭게 출발한 조사단이었지만 결과는 대실패였습니다. 지하 깊숙이 들어간 조사단은 내부에서 길을 잃고 말았고 오랜 시간 절망적으로 헤매던 끝에 단 한 명의 생존자를 남기고 전원 지하에서 목숨을 잃고 말았습니다. 그 유일한 생존자가 바로 마석님이었습니다. 하지만 혼자서 입구를 찾아 나온 마석님은 제정신이 아닌 상태였고 그 후에도 평생 회복되는 일은 없었습니다. 그분은 결국 외딴 곳에 갇혀서 여생을 보내셨지요. 그런데 그분이 낙서처럼 써서 남긴 노트가 있었습니다. 펠레즈의 지하에서 그분이 보고 겪었던 일들에 대한 기록이었습니다. 실성한 상태에서 쓴 글이라 종종 앞뒤가 맞지 않고 엉뚱한 이야기가 난삽하게 섞여 있어서 당시에는 그다지 믿을 만한 것이 못 된다고 여겨졌던 모양입니다. 하지만 그 후 몇몇 선조들이 비밀리에 노트의 기록에 의지해 이곳을 조사했는데 적어도 몇 가지 면에서 일치하는 점이 있다는 것을 발견했습니다. 그래서 그 노트는 저희 가문에 대대로 전해지게 되었습니다. 저도 그 노트를 보고 이곳에 올 생각을 한 것이구요."

"그런 기록이 있다고 해도 이렇게나 위험한 일인데 어떻게 이곳에 올 생각을 한 겁니까? 목숨을 걸고 나서야 하는 일이 아닙니까?"

바다가 이해가 되지 않는다는 표정으로 물었다.

"제게는 그럴 만한 사정이 있었습니다. 레스프라트가 패망할 당시 저희 가문은 끝까지 아메트에 대항하다가 멸문당하고 말았습니다. 제 부모님과 가족들은 전부 죽고 저 하나만 간신히 집사의 도움으로 살아

남을 수 있었습니다. 제가 아주 어릴 때의 일이라 저는 그런 사실을 모르고 그분을 아버지라 여기고 자랐습니다만 제가 20살 되던 해에 양아버지인 집사가 마석님의 노트와 가문의 문장, 그리고 얼마간의 보석이 들어 있는 상자를 제게 내어주며 사실을 알려주더군요. 그때부터 저는 가족의 원수를 갚고 가문을 되살릴 방법을 찾기 시작했습니다. 그러자면 레스프라트에서 아메트를 몰아내지 않으면 안 된다는 결론에 도달했습니다. 하지만 자금도, 사람도 없는 제가 할 수 있는 일이란 극히 제한적이었습니다. 그래서 내린 결론이 이곳에 숨겨져 있는 고대의 비밀을 찾아야겠다는 것이었습니다. 마석님의 노트와 그 후 이곳에 도전했던 다른 분들이 남긴 기록을 면밀히 연구한 뒤 충분한 시간을 가지고 준비한 끝에 친구들과 나섰던 것입니다."

"목적지에는 찾아갔다고 하셨지요?"

박상이 질문했다.

"예, 쉽지는 않았지만 찾아냈습니다."

"그곳으로 가는 길을 안내해 주실 수 있겠습니까?"

"글쎄요, 저희도 길을 잃고 어둠 속을 헤매던 중이라……."

노드는 정말로 자신이 없는 듯 곤혹스러운 표정이었다.

"그 노트를 지금 가지고 계신가요?"

이번에는 지혜가 물었다.

"예, 여기……."

노드는 이번에는 망설이지 않고 얼른 품 안에서 책처럼 생긴 것을 꺼내 지혜에게 내밀었다.

"고맙습니다."

지혜는 노트를 받아 펼쳐 보았다. 노트의 재질은 동물의 가죽을 아주 얇게 무두질하여 기름을 먹인 것으로 양피지와 흡사했다. 무적택배 사람들은 우르르 모여들어 노트를 들여다보았다.

"와아! 이게 글씨야?"

박창이 이마에 주름을 지었다. 노트에는 그림과 글씨가 거미줄처럼 어지럽게 얽혀 있었는데 어느 것이 그림이고 어느 것이 글씨인지 구분이 가지 않을 정도로 심하게 갈겨쓴 것이었다.

"수정, 해독할 수 있겠어?"

지혜의 질문에 수정은 잠시 동안 노트를 응시하고 있다가 대답했다.

—죄송합니다. 글자가 난해하여 정확한 해독이 어렵습니다.

"로봇의 한계로군요."

우진이 머리를 흔들며 씁쓸하게 웃었다. 지혜는 노드에게 물었다.

"이 내용을 읽으실 수 있나요?"

"어느 정도는 읽을 수 있습니다. 또 후대에 그것을 해독해서 필사한 다른 노트도 있긴 합니다. 하지만 군데군데 의미가 불분명한 부분이 있어서 그런 부분은 원본을 보도록 되어 있습니다."

"다른 건 필요없겠고… 목적지의 이름을 알 수 있나요?"

"베르나베 역입니다."

그 지명은 그의 머리에 단단히 새겨져 있었던지 노드의 입에서는 곧바로 답이 튀어나왔다. 지혜는 득의양양한 미소를 머금더니 수정에게 명령했다.

"수정, 베르나베 역을 찾아봐."

수정은 즉시 노선도에서 그곳을 찾아냈다.

—아르코 노선의 종착역입니다.

"그럼 현재 위치에서 아르코 노선으로 갈 수 있는 역은 어디지?"

―마스트로 역입니다.

"됐군."

지혜는 득의양양해서 일행에게 말했다.

"마스트로 역에 가서 아르코 노선으로 들어가서 베르나베 역으로 가면 되겠네요."

다른 사람들의 표정도 환해졌다.

"그러면 되겠군요."

"지체할 것 없이 당장 출발합시다."

무적택배 사람들은 노드 일행을 에어 트럭의 화물 칸에 태우고 즉시 마스트로 역으로 향했다. 전혀 예상치 못한 전개였지만 어쩌면 생각보다 간단하게 목적을 이룰 수 있을지도 모른다는 생각에 모두의 마음은 급해져 있었다.

제6장

네 번째 지도자

1

마스트로 역을 찾는 것은 별로 어렵지 않았다. 무적택배 사람들은 그곳에서 아르코 노선으로 방향을 돌려 베르나베 쪽으로 전진했다. 한참 동안 묵묵히 에어 카의 운전에만 집중하던 박창이 문득 혼잣말처럼 입을 열었다.

"지금 우리가 가는 곳에는 대체 뭐가 있을까?"

"가보면 알게 되겠지."

무심하게 대꾸하던 박상은 무슨 생각을 했는지 피식 웃었다.

"생각해 보니 웃기네. 그 사람들에게 이것저것 다 물어봤으면서도 정작 목적지에 무엇이 있는지는 물어보지 않았잖아."

"네 말마따나 가서 보면 알게 될 텐데 뭘."

지혜가 말했다. 그때 에어 바이크를 타고 앞에서 가고 있는 마리나가 말했다.

[모두 정지하십시오. 전방이 막혀 있습니다.]

그 말이 있고 마라나와 릴리의 에어 바이크가 멈추는 것이 보였다. 다른 이들도 탈것을 세웠다.

[막혀 있다니, 무슨 말입니까?]

에어 트럭의 바다가 통신으로 물었다.

[직접 내려와서 보세요.]

릴리가 짤막하게 대답했다. 무적택배 사람들은 모두 내려서 앞으로 가보았다. 전방이 막혀 있다던 마라나의 말은 사실이었다. 터널 천장이 파괴되어 있었고 위에서 무너져 내린 흙과 파편 더미로 터널은 완전히 봉쇄되어 있었다.

"곤란한데……."

박상은 고민스러운 얼굴로 턱을 매만졌다. 마라나와 릴리는 초조한 걸음걸이로 흙더미 앞을 왔다 갔다 하다가 두 손을 대고 힘껏 밀어보기도 했다. 지혜는 팔짱을 끼고 가만히 흙더미를 응시하고 있다가 조수에게 말했다.

"조수, 이 안을 조사해 봐."

―예, 주인님.

조수는 끝에서 밝은 빛을 발하는 가느다란 튜브를 몸체에서 내어 파편 더미의 틈 사이로 집어넣었다. 지혜는 자신의 휴대용 단말기를 꺼내 조수에게 주파수를 맞추었다. 단말기의 화면에 조수의 튜브 끝에 달린 소형 카메라에 잡힌 영상이 나타났다. 그것은 아주 빽빽하고 두터운 느낌의 흙과 이물질들이었다.

"이 이상은 조사기가 들어가지 않습니다."

조수가 말했다. 지혜의 옆에 와서 화면을 들여다보던 마라나가 물었다.

"지금 어느 정도 깊이까지 들어간 상태인가요?"

"34cm 정도."

"그것만으로도 충분히 두텁네요. 전체는 아마 그보다 훨씬 두텁겠죠?"

"그렇겠죠."

지혜의 대답에 마리나는 짧게 한숨짓고 머리를 짤짤 흔들었다.

"그렇다면 돌파는 불가능하네요. 폭파라도 한다면 모를까 현재 우리가 가진 장비로는 어림도 없어요."

우진이 황급히 말했다.

"폭파는 안 됩니다. 아무리 튼튼하다고 해도 1,000년이나 된 지하인데 섣불리 큰 충격을 가하면 다른 곳까지 무너질지 몰라요."

마리나가 픽 웃었다.

"걱정 마세요. 그 정도는 알고 있어요."

어두운 눈빛으로 흙더미를 바라보고 있던 바다가 박상에게 물었다.

"이젠 어떻게 하실 겁니까?"

박상은 실망한 기색을 감추고 최대한 담담한 태도를 취했다.

"어쩔 수 없지요. 이쪽 길은 포기하고 마스트로 역으로 돌아가서 베르나베 역으로 가는 다른 길은 없는지 방법을 강구해 봅시다."

"그게 좋겠습니다. 여기서 꾸물거려 봤자 소용없으니 갑시다."

마리나는 깨끗이 단념하고 자신의 에어 바이크로 돌아서며 일행을 재촉했다. 미련을 두어봤자 소용없는 일이었다. 그들은 아쉬움을 뒤로하고 방향을 돌렸다.

마스트로 역으로 되돌아간 무적택배 사람들은 노드 등과 플랫폼에 모여 앉아 다른 방법을 찾기 시작했다. 수정에게 지시를 내려가며 노선도를 이리저리 뜯어보던 지혜는 어느 순간 노선도를 내팽개치며 짜증을 냈다.

"안 되겠어요. 베르나베 역으로 가는 다른 길이 없잖아요. 이곳 마스트로 역이 마지막 환승역이었고 베르나베 역은 아르코 노선만의 종착역이니 말이에요."

"아니, 방법은 분명히 있어요."

마리나가 침착한 목소리로 말했다. 지혜가 무슨 말이냐는 듯 쳐다보자 마리나는 노드 일행을 가리켰다.

"이 사람들은 분명히 그곳에 갔었다고 했잖습니까? 터널을 따라가는 방법 말고 길이 있다는 이야기지요."

"터널 이외의 길이 있다구요?"

지혜가 미심쩍은 듯 콧잔등을 찡그리는데 릴리가 말했다.

"지구의 지하철만 해도 전차가 다니는 터널 이외에 곳곳에 비상구와 비상 통로가 있어요. 모르긴 해도 이곳 역시 그런 것이 있을 겁니다."

지혜는 노드와 그 일행에게 고개를 돌렸다. 박상 일행이 통역기를 켜지 않고 이야기를 하고 있던 터라 노드 등은 무슨 이야기가 오갔는지 모른 채 멀뚱멀뚱 앉아 있었다. 지혜는 통역기를 켜고 노드에게 물었다.

"혹시 지금 이 역에 온 적이 있습니까?"

노드는 사방을 살피더니 고개를 끄덕였다.

"아니오. 처음이라고 생각합니다."

지혜는 그것 보라는 양 어깨를 으쓱하더니 떨떠름한 낯빛으로 입을 다물었다. 그때 우진이 제안했다.

"아까 노드 씨가 본래의 노트 말고 뒤에 해석한 다른 노트가 있다고 하지 않았습니까? 어쨌든 그 기록 속에 베르나베 역으로 가는 힌트가 담긴 건 분명하니까 노트의 내용을 한번 훑어보는 것이 어떨까요?"

"그렇게라도 해봅시다."

박상과 다른 이들이 동의하여 그들은 노드에게 다른 노트를 부탁했다. 새로 해석했던 노트는 로네스의 품에서 나왔다. 지혜는 그 노트를 수정에게 주어 해독하도록 해보았으나 이번에도 수정은 정확한 해독이 어렵다는 반응을 보였다. 새로운 노트 역시 심하게 흘려서 쓴 글씨체인 탓에 알아보기 어려웠던 것이다. 그림을 방불케 하는 글씨를 들여다보던 박창이 농 반 진 반으로 감탄했다.

"새로 정리했다더니 원래의 노트에서 별반 나아진 것 같지도 않네? 글씨가 지저분한 것도 유전인가 봐?"

우진은 입가를 비집고 나오는 웃음을 참으며 말했다.

"수정이 해독할 수 없다면 우리가 읽어낼 방법은 없겠고 노드 씨에게 부탁해 보는 수밖에 없겠네요."

그래서 노트는 주인인 노드의 손으로 돌아가서 그의 목소리로 낭독되게 되었다. 노드는 노트를 읽기 전에 신중한 자세로 양해를 구했다.

"한 가지 미리 말씀드리자면 이 기록을 남기신 마석님이 맑은 정신 상태에서 쓰신 것이 아니라서 군데군데 내용이 어지럽습니다. 그리고 베르나베 역으로 가는 길에 대해서도, 특히 초반부는 별로 의지할 게 못 됩니다. 아마 내부를 헤매면서 마석님이 보신 여러 장소가 어지럽게 뒤섞인 것 같습니다."

"알겠습니다. 감안하면서 듣겠습니다."

박상이 그렇게 말하자 노드는 노트를 펼쳐 들고 읽어 나가기 시작했다. 지혜는 수정에게 노드의 낭독을 녹음하도록 지시하고 그 자신은 휴대용 단말기를 펼쳐 들었다. 마리나와 릴리는 필기라도 하려는지 상의의 소매 포켓에서 작은 수첩과 볼펜을 꺼내 들고 있었다. 노트의 내용은 퍽 길었다.

"…네어 역에서 핏빛 물고기의 머리가 보는 방향으로 걸어가면 흐물흐물한 어둠의 귀신들이 느리게 춤을 춘다. 옆에서, 아래에서, 위에서, 뒤에서 나를 앞서며 뒤따르며 에워싸는 귀신들. 그러다가 갑자기 오른쪽의 귀신들이 사라진다. 몸을 돌려 그곳을 들여다보면 숨어 있던 귀신들이 깊은 구멍 안에서 기다렸다는 듯이 일제히 몸집을 불린다……."

지하 공간에서 홀로 빠져나와 정신 이상으로 감금된 상태에서 기록했다는 마석의 기록은 분명한 후일담인데도 대부분 현재형 말투로 서술하고 있었다. 펠레즈를 벗어나 안전한 곳에서 노트를 쓰던 순간까지도 마석의 정신은 악몽에서 벗어나지 못하고 끝없는 어둠의 미로를 헤매고 있었던 것이 아닐까 하고 느껴지기도 했다. 또 한 가지 특이한 점은 처음에 그와 동행하여 들어갔던 사람들에 대해서는 처음부터 한마디의 언급도 없이 자신 혼자만 있는 상황을 이야기하고 있다는 점이었다. 비교적 맑은 정신으로 서술한 것 같은 부분과 얼토당토않은 헛소리가 뒤섞인 노트의 내용은 도중도중 노드 자신도 정확히 읽어내지 못하는 부분이 뒤섞여 있어서 더욱 혼란을 가중시켰다.

"이게 정말 참고가 될까?"

박창이 대단히 회의적인 기분이 되어 박상에게 속삭였다.

"참고가 되기에 저걸 가지고 베르나베 역을 찾아간 거겠지. 그래도 군데군데 역 이름이라도 나오긴 하잖냐."

"이야기가 하도 오락가락하니 난 도저히 집중이 안 되는데 다들 열심히 듣고 있네?"

박창은 손가락으로 귀를 긁으며 다른 사람들을 곁눈질했다. 아닌 게 아니라 지혜와 우진 등은 이 일견 황당하고 정신없는 이야기 안에서 무엇인가를 찾아내겠다는 굳은 결의를 담고 진지한 자세로 집중하고 있었다.

노드의 낭독은 계속되었다.

"…얼마나 지난 것일까. 오직 하나의 불에 의지해 나는 빛이라고는 존재하지 않는 깜깜한 길을 헤매었다. 그런데 갑자기 어둠 저편에서 희고 강한 빛이 비추어져 왔다. 점점 커지며 다가오는 불빛에 눈이 부셨다. 이상한 광경이다. 불빛을 쏘는 것은 횃불도, 태양도 아니고 땅에서 떠서 날아다니는 이상한 물체다. 그 위에는 사람이 올라타 있다. 그리고 그 뒤에는 빛나는 눈과 콧구멍을 가진 더 커다란 물체가 날아온다. 그러나 내게는 그것이 무엇인지 궁금해할 여유가 없다. 저들이 무엇이든, 신화의 괴물이든 저승의 무시무시한 문지기든 내게는 이 어둠과 적막보다 더 무서운 것이란 없다. 나는 한껏 두 팔을 벌리고 그 앞을 막아섰다. 빠르게 다가오는 빛은 너무 강렬하여 눈이 부신다. 눈을 제대로 뜨고 있을 수가 없다. 나는 목이 터져라 소리 지른다. 하지만 불빛은 멈출 줄을 모른다. 불빛이 나의 눈앞에 다가온 순간 나는 눈을 감았다. 그러나 아무 일도 일어나지 않았다. 어떤 소리도 들리지 않고, 아무 감각도 느껴지지 않는다. 나는 살며시 눈을 뜬다. 나를 스쳐 가는 그것이 보인다. 떠 있는 탈것을 탄 사람들이 찰나처럼 지나가고 그보다 큰 날으는 물체가 나를 뚫고 지나간다. 그리고 그 뒤를 이어 앞의 것보다도 더욱 큰 물체가 허연 빛을 쏘아대는 커다란 눈알을 번득이면서 나를 향해 달려들었다가 내 몸을 공기처럼 통과해 이내 건너편의 어둠을 노려보며 가버린다. 어쩌면 나는 고대인을 보고 있나 보다. 땅에서 떠올라 날고 있는 저 물체는 어느 그림에선가 본 것들과 닮아 있다. 까마득히 먼 과거에 이곳을 만들고 남긴 사람들, 고대인들이라면 길을 알고 있을 것이다. 그들은 이곳의 주인이 아닌가? 나는 서둘러 그들이 사라진 방향으로 몸을 돌린다. 후들거리는 나의 몸뚱어리는 바람도 없는데 널어놓은 빨랫감처럼 심하게 펄럭인다. 나는 잠깐 지독한 연민에 빠진다. 나의 가슴에, 팔에 한때는 탄탄한 근육이 있었고 힘이 넘쳤건만 지금의 나는 지푸라기 인형처럼 허허롭다. 빛은 어느새 저 멀리 사라지고 있다. 나의 마음은 급해진다. 말라 빠진 내 다리는 빛을 쫓아 허둥대며 앞뒤로 허우적거린다. 마침내 그들이 보인다. 여러 명의 고대인들이 기둥이 있는 공간에 모여 서 있다. 남자도 있고, 여자도 있다. 그들의 얼굴은 무척 희다. 그들의 곁에는 두 명의 철인간도 있었다. 그중 한 철인간은 파랗게 보석처럼 반짝이고 몸에서 빛이 났다. 위대한 도시 어디에서도 본 적이 없는 기이한 모습⋯⋯."

노드가 이 부분까지 읽었을 때 박상 일행은 누가 먼저랄 것도 없이 거의 자동적으로 고개를 돌려 수정을 주목했다. 노트를 읽고 있던 노드 자신도 이상한 것을 느꼈는지 읽기를 멈추고 무적택배 사람들과 수정을 쳐다보고 있었다.

"설마⋯ 아니겠지?"

박상이 어색하게 중얼거렸다.

"당연하지. 그 사람은 300년이나 전의 사람이잖아. 너무도 극한 상황에서 헤매다 지쳐서 환각을 본 게 분명해."

지혜도 대수롭지 않은 일로 치부하고 넘어가려 했다. 그러나 우진은 다른 의견을 피력했다.

"그치만 우연치고는 지나치게 일치하는 것 같은데요? 우리도 펠레즈의 시간의 관을 둘러보았지만 수정 같은 타입의 안드로이드는 없었지 않습니까?"

"맞아요. 거기다 얼굴이 희다든지 탈것을 묘사한 부분도 그렇고."

박창은 우진의 견해에 동의했다.

"우연이겠죠. 있을 수 없는 일이잖아요. 어떻게 300년 전의 사람이 우리를 볼 수 있다는 말이에요?"

지혜는 강하게 부정했지만 박창은 머리를 흔들었다.

"그렇게 한마디로 단정 지을 일은 아니야, 지혜 누나. 극한적인 상황에 처해서 인간의 숨겨진 능력이 발현되기도 한다잖아. 마석이란 사람도 그런 경우인지 모르지."

"제가 생각하기에도 박창 씨의 말이 일리가 있는 것 같네요. 프라트의 파디아님도 우리의 우주선이 떨어지는 것을 훨씬 이전부터 꿈으로 보았다고 했잖아요."

릴리가 박창에게 동조했다. 박창은 크게 고개를 주억거리며 힘주어 말했다.

"내 말이 그 말이에요. 파디아님의 꿈이 사실이라고 하면 마석 씨가 본 것도 충분히 사실일 수 있다는 거죠."

"그래서? 그게 뭐 어쨌다고? 또 신의 의지니 뭐니를 들먹일 참이야?"

지혜가 삐딱한 투로 힐문했다. 박창은 대단히 진지했다.

"우습게 들릴지도 모르지만 지금 같은 경우는 그런 생각도 들어. 이런 일들을 보면 우리가 모르는 어떤 초월적인 존재나 거대한 의지가 작용하는 것이 아닌가 싶기도 하고……. 지구에 있을 때는 종교란 것에 대해 깊이 생각해 본 적이 없었는데 여기 온 뒤부터는 자연히 생각하게 돼. 나도 종교를 믿어볼까?"

"바보 같애. 그건 우연일 뿐이야. 전에 누가 말한 것처럼 예지 능력이 있는 사람은 지구에도 종종 있잖아. 잘해봐야 그런 능력이 있는 사람이 어쩌다가 알아맞춘 정도겠지. 그리고 새삼 무슨 종교를 믿어보겠다는 거야? 지구 종교? 아니면 여기 종교?"

지혜는 한심하다는 식으로 박창을 몰아세웠다. 그때 박상이 그들을 나무랐다.

"두 사람 다 그만들 해. 그 문제는 나중에 다시 이야기하고 노트의 내용이나 끝까지 들어보자. 지금은 베르나베 역을 찾아가는 게 급선무야."

지혜와 박창이 조용해지자 박상이 노드에게 부탁했다.

"계속 읽어주십시오."

노드 역시 마석의 이야기에 등장한 고대인과 철인간에 대한 묘사가 마음에 걸리는 상태였으나 차마 박상 등에게 묻지 못하고 책으로 시선을 돌려 뒷부분을 읽어 내려갔다.

"나는 하얀 고대인들에게 다가가면서 있는 힘을 다해 고함을 질렀다. 나를 살려달라고, 제발 이곳에서 데려고 나가달라고. 하지만 아무리 외쳐도 그들은 아무 소리도 들리지 않는 듯 무시한 채 나를 돌아보지도 않았다. 그들의 옆에 가서 한 남자의 팔을 잡으려 했지만 내 손은 그의 몸을 연기처럼 스르륵 통과해 버린다. 그에게는 정말로 내 목소리가 들리지 않는 모양이다. 몇 번이나 말을 걸어도 대답은커녕 시선 한번 주지 않는다. 그들은 자신들끼리 내가 알아들을 수 없는 말로 대화를 나누고 그곳을 둘러보다가 자신들의 탈것을 타고 떠나 버렸다. 그들이 머무는 동안 나는 그들에게 나의 존재를 깨닫게 하려고 울기도 하고 애원하기도 하면서 무던히 노력했지만 모두 허사였다. 고대인들의 탈것은 번개처럼 빠르게 나의 시야에서 사라져 간다. 따라갈 기운을 잃어버린 나는 우두커니 그 모습을 바라보았다. 어째서 그들은 나를 이토록 외면하며 모른 척하는 것일까? 나는 마른 울음을 터뜨렸다. 그리고 다시 그들을 보지 못했다. 지금에 와서 드는 생각인데 그 고대인들은 정말로 그곳에 있었던 것이 아닌가 보다. 어쩌면 그들은 먼 과거에 이 도시에 마지막으로 남았던 사람인지도 모른다. 그들이 뿌리던 빛이 사라지고 나는 또다시 외톨이가 되었다. 발을 뗄 기력도 없어 차가운 벽에 등을 기대고 주저앉았다. 문득 내가 이미 죽어 있는 것이 아닐까 생각했다. 어쩌면 이곳은 펠레즈의 지하가 아니라 지옥인지도 모른다. 그런데 왜 나는 혼자 있는 것일까……."

이 대목에서 노드는 읽기를 멈추고 말했다.

"이 부분부터 여러 행은 의미가 불분명하고 혼잣말에 가까운 것이라서 별 의미는 없는 것 같습니다. 그곳을 건너뛰고 읽겠습니다."

노드는 두어 페이지를 넘기고 낭독을 재개했다. 읽기가 끝났을 때 마리나와 릴리의 노트에는 여러 개의 역 명과 몇 가지 포인트가 적혀 있었고 지혜의 휴대용 단말기에는 녹음과 동시에 문자로 입력된 내용이 담겼다.

메모를 들여다보면서 마리나가 일행에게 말했다.

"지금까지의 내용을 종합해 보건대 애초의 제 짐작대로 마석 씨는 전차용 터널뿐 아니라 중간중간에 만들어져 있는 비상 터널이나 통로를 이용하면서 다닌 것으로 여겨지네요. 이 내용을 바탕으로 해서 노드 씨 일행이 찾는 데 성공했다면 우리라고 못할 것도 없죠. 이걸 자료로 해서 찾아봅시다."

다른 사람들의 생각도 마라나와 같았다. 그들은 그곳에서 노트의 내용을 정리하고 필요한 사항들을 점검한 뒤 베르나베 역을 찾아서 떠났다.

전차용 터널이 아닌 다른 통로를 찾아 이동하는 것은 생각처럼 간단한 일이 아니었다. 노트의 기록과 노드 일행의 기억에 의지해서 힘들게 길을 찾아내도 사람들만 지날 수 있는 통로의 경우는 빙 돌아서 다른 길을 찾아야 했다. 에어 카와 에어 트럭까지 통과할 수 있는 통로를 찾아가며 사흘간이나 돌아다닌 끝에 무적택배 사람들은 목적했던 베르나베 역에 도달할 수 있었다.

베르나베 역은 다른 노선의 종착역들보다 더 깊은 지하에 위치해 있었고 규모 또한 매우 컸다. 플랫폼을 지나 터널로 조금 더 들어가자 커다란 광장처럼 보이는 휑하니 비어 있는 높고 넓은 공간이 나왔다.

"굉장히 넓은데? 운동회를 열어도 되겠다."

박창이 감탄했다.

"왼쪽에 남아 있는 시설이 있습니다. 저곳부터 살펴볼까요?"

선두에 있는 릴리가 말했다. 릴리가 말한 곳에는 선명한 붉은색의 큼직한 시설물이 여러 개 늘어서 있었다. 그때 에어 트럭의 우진이 말했다.

"노드 씨 일행이 그러는데 진짜 목적지는 저기 정면에 보이는 곳이라는군요. 그곳에 안으로 들어가는 문이 있답니다."

"그래요? 어떻게 할까요, 박상 씨?"

마리나가 박상에게 물었다.

"그쪽부터 가봅시다."

박상의 결정으로 그들은 광장처럼 트인 공간의 정면에 위치한 거대한 벽으로 다가갔다. 그곳에서 내려선 무적택배 사람들은 벽 앞에 가서 그것부터 살펴보았다. 바닥에서 천장까지 빈틈없이 틀어막고 있는 벽은 전부 금속제였으며 대단히 육중하고 튼튼한 느낌을 주었다. 금속 벽에는 커다란 문이 여러 개 달려 있었는데 어느 것이나 사람이 드나드는 출입구로 보기에는 너무 컸으며 꽉 맞물려 굳게 닫혀 있었다.

"문이 여러 개 있는데 어느 문이 입구입니까?"

박상이 노드에게 물었다. 노드는 왼쪽을 가리켰다.

"이런 큰 문 말고 저쪽 구석에 사람이 들어갈 만한 작은 문이 있습니다. 마석님의 노트에는 안으로 들어갈 수 있는 열쇠가 그 문에 있다고 되어 있었습니다."

"당장 가봅시다."

노드의 말이 떨어지기가 바쁘게 바다가 걸음을 서둘렀다. 그곳에는 노드가 말한 것처럼 사람이 출입하기 위한 문이 있었다. 형태로 보아 자동문이었고 문의 왼쪽에 사방 1m 정도 크기의 정사각형 금속판이 붙어 있었다. 노드는 그 앞으로 가서 말했다.

"바로 이것이 문을 여는 열쇠라고 여겨지는데 300여 년 전의 마석님도, 또 저희도 이것에 막혀서 결국 이 문을 통과하지 못했습니다."

무적택배 사람들은 그 앞에 모여 금속판을 뚫어져라 들여다보았다. 우진이 중얼거렸다.

"이건 꼭 그림 퍼즐같이 생겼는데요?"

"같은 게 아니고 맞네. 봐요, 여기 한 칸이 비어 있잖아요."

박창이 금속판에서 비어 있는 칸을 가리켰다. 금속판의 표면에는 도저히 형태를 짐작할 수 없는 섬세한 선이 얼기설기 얽혀 있고 간간이 작은 문양이 섞여 있었으며 그러한 선과 문양이 그려진 작은 정사각형의 얇은 조각들이 조각 하나 크기의 칸을 제외하고 금속판에 딱 맞게 끼워져 있는 구성이었다.

"제가 약혼녀인 로네스를 이곳에 데리고 온 것도 이것 때문이었습니다. 로네스가 이런 것을 잘 맞추는 편이거든요."

노드가 설명했다. 그에 이어 로네스가 말했다.

"굉장히 오랫동안 붙잡고 애써봤지만 어떻게 해도 맞출 수가 없었습니다. 동물이나 어떤 형상을 본딴 것이라면 시간이 걸려도 해낼 수 있었을 텐데 전혀 그런 종류가 아닌 것 같습니다. 게다가 조각들이 빡빡해서 움직이는 것도 대단히 힘들었구요."

"퍼즐 조각이 굉장히 많군요. 몇 개나 되는 거죠?"

우진이 로네스에게 물었다.

"599조각입니다."

"599조각……."

무적택배 사람들은 그 숫자만으로도 질려서 한동안 퍼즐을 멀거니 바라보았다. 박창이 투덜거렸다.

"누구 짓인지는 몰라도 굉장한 심술꾼이군. 599조각의 퍼즐이라니, 이걸 어느 세월에 하나하나 맞춰본데?"

"차라리 문을 부숴 버리면 어떻겠습니까?"

바다의 제안에 마리나는 반대했다.

"불가능해요. 이곳의 고대 문명이 사용한 금속은 펠레즈의 성벽에서 보았듯이 대단히 견고해요. 지금 우리가 가진 장비로는 파괴할 수 없어요. 무적택배호에 있는 미사일 정도라면 또 모를까."

"하지만 그걸 여기에 썼다간 내부까지 다 박살날걸요?"

릴리가 말했다.

"조수나 수정을 시켜서 맞추게 하는 것은 어떨까요?"

이번에는 우진이 방안을 내놓았다. 그러나 여기에는 지혜가 난색을 표했다. 팔짱을 끼고 퍼즐 그림을 응시하고 있던 그녀는 머리를 설레설레 흔들었다.

"이건 그림이나 실제로 존재하는 사물을 형상화한 것이 아니라 기하학적인 문양이라 본래의 모양을 모르는 상태에서 시도하자면 방대한 경우의 수가 발생해요. 그걸 일일이 맞춰보는 데는 아무리 로봇이라 해도 시간이 오래 걸릴 거예요."

"그래도 여기까지 온 이상 어떤 방법이든 시도해 봐야 하지 않습니까?"

바다가 답답해했다.

"그건 그렇지만 시간이 얼마나 걸릴지 장담할 수가 없네요. 로봇보다 우리가 못 견딜 가능성이 커요. 식량도 문제고……."

말끝을 흐리던 지혜는 무엇을 보았는지 허리를 굽히고 퍼즐에 얼굴을 바짝 들이댔다.

"왜 그래?"

박상이 물었지만 지혜는 퍼즐에서 눈을 떼지 않고 손을 흔들었다.

"잠깐만. 좀 있다 얘기해."

한동안 퍼즐을 구석구석 꼼꼼히 뜯어본 지혜는 머리 속으로 뭔가를 더듬는 듯 눈을 감고 있다가 조수에게 말했다.

"조수, 전에 우리가 이곳의 위성에 액세스했을 때 수신되었던 메시지의 자료가 기록되어 있어?"

─주인님께서 후일 쓸 일이 있을지 모르니 저장해 놓으라고 명령하셨습니다.

"그랬었나? 다행이군. 그걸 찾아봐."

지혜는 자신의 휴대용 단말기를 펼쳤다. 잠시 후 단말기의 모니터에 조수가 찾아낸 화상 데이터가 나왔다.

"뭘 찾는 거야?"

박상이 물었다.

"우리가 액세스를 시도했을 때 정체 불명의 위성에서 우리 쪽으로 보낸 메시지의 초기 화면에 나왔던 문양을 살펴보려구."

"그게 이것과 관계가 있을 것 같아?"

"모르겠어. 하지만 왠지 그 생각이 났어."

박상에게 대답한 지혜는 조수에게 명령했다.

"조수, 이 퍼즐이 지금의 문양으로 조합되는가 연산해서 맞춰봐."

─알겠습니다.

조수는 로봇 팔을 퍼즐에 대고 조각들을 이동시키기 시작했다.

"아무리 로봇이래도 시간이 꽤 걸릴 거예요. 우린 그동안 다른 곳이라도 살펴보면서 기다리죠."

지혜는 일행에게 그렇게 말하고 몸을 돌렸다. 다른 사람들도 그것이 좋겠다고 생각하여 조수를 그곳에 남겨두고 광장 왼쪽에 있는 시설물 쪽으로 가보았다.

그곳에는 커다란 타원형 구체 7개가 밀집해 있었다. 표면이 선명한 빨간색으로 덮인 구체 각각은 폭이 3미터가량이고 높이는 4, 5미터로 거대한 달걀을 세워놓은 듯한 모습이었다. 그것들은 서로 굵은 관과 파이프로 **빡빡**하게 연결되어 있었다.

"굉장히 깨끗하게 보존되어 있네요. 표면이 아직도 반질거려요."

갓 칠한 것처럼 매끄러운 광채까지 감도는 그것들을 둘러보던 우진이 감탄했다.

"작은 문도 달려 있군요."

마라나는 구체의 표면에 달린 문을 가리켰다.

"열 수 있습니까?"

바다가 물었지만 마라나는 머리를 흔들었다.

"아니오. 자동문인 모양인데 손을 걸 만한 틈도 없는걸요? 가동되지 않는 이상 힘들겠어요."

"지혜 누나, 이게 뭘 것 같아?"

고개를 치켜들고 구체들을 연결하고 있는 파이프 등을 쳐다보던 박창이 물었다.

"글쎄, 단정할 순 없지만 발전기 같은 것이 아닐까? 지구의 상식이긴 하지만 이런 곳에 반드시 있어야 하는 시설이고 또 형태적으로도 그 비슷한 느낌이 나. 그리고 이치적으로 생각해도 과거의 사람들이 이곳에 문명의 잔재를 남기려고 했었다면 그걸 가동시킬 에너지도 남겼을 테니까."

"그런데 이걸 어떻게 조사하지요? 이대로는 문이 열리지 않을 것 같은데 조사하려면 뜯어볼 수밖에 없겠는데요?"

원통 주위를 돌아보면서 릴리가 말했다. 지혜가 즉시 반대했다.

"절대로 지금 뜯어선 안 돼요. 그러다 손상이라도 입으면 어떡하구요? 저 안을 조사한 뒤에 살펴봐도 늦지 않아요."

"그런데 저 안에는 뭐가 들어 있을까요?"

조수가 있는 쪽을 돌아보며 우진이 궁금해했다.

"글쎄……."

다들 선뜻 짐작하지 못하고 고개만 갸웃거리는데 박창이 말했다.

"저 정도로 규모가 큰 곳이니까 뭔가 커다란 게 들어 있지 않겠어요? 거대 병기라든가 우주선 같은 거요. 거대 병기도 나쁘지는 않지만 우리에겐 쓸모가 없을 테고 근사한 우주선이 나오면 그게 제일이겠네. 아예 그걸 타고 지구까지 갈 수 있을지도 모르잖아요."

그러자 우진이 웃으며 호응했다.

"그런 우주선이 있다면 더할 나위 없겠지만 우주선 격납고치고는 규모가 작은걸요? 저 정도 규모로는 우주선이 들어 있대봤자 개인용 소형 우주선 정도지 장거리 항행용 우주선은 무립니다."

"그럼 역시 거대 병기? 아니면 최고 성능의 아름다운 안드로이드?"

"그 둘 중에서라면 안드로이드 쪽이 낫겠네요. 멀쩡한 안드로이드가 있다면 도움이 될지도 모르죠."

박창과 우진이 죽이 맞아 히히덕거리는 모습을 한심스러운 눈초리로 바라보던 지혜가 가볍게 빈정거렸다.

"둘이 어울려서 애니메이션을 많이 보더니만 둘 다 똑같아졌어. 아직 저 문이 열릴지 어떨지도 모르는데 김칫국부터 마시지 말아요. 이런 상황에 농담이라니, 하여간 태평하다니까."

지혜의 핀잔에 머쓱해서 입을 다물었던 박창이 불현듯 입맛을 다시더니 박상에게 말을 걸었다.

"김칫국 하니까 김치 생각 나네. 형, 우주선에 김치 남은 것 좀 있어?"

"김치 냉장고에 조금 남아 있어."

"우리 프라트에 돌아가면 김치볶음밥이나 해 먹을까?"

여전히 태평한 소리를 하고 있는 박창을 째려보던 지혜는 박상이 뭐라고 대답하기도 전에 박창의 귀를 잡아 비틀었다.

"못말려. 이런 때 먹는 생각이 나니?"

그러는데 옆에서 마라나와 릴리가 동시에 꼴깍 소리를 내며 침을 삼켰다.

"김치볶음밥, 맛있겠다!"

"정말 여기 들어온 이래 계속 밍밍한 것만 먹었잖아. 빵이랑 수프도 나쁘진 않지만 그래도 가끔은 매콤한 게 먹고 싶어."

"맞아. 빨갛게 양념한 떡볶이라든지 닭도리탕이라든지."

"닭도리탕? 그것도 좋지. 양파 듬뿍 넣고 감자는 큼직하게 썰어서⋯⋯."

쌍둥이 자매는 먹는 이야기에 빠져 한동안 먹고 싶은 것들을 열거해댔다.

"아아, 진짜 이해가 안 돼. 이런 상황에서 저런 말이 나오다니⋯⋯."

지혜는 질려 하며 신경질적으로 불평했다. 박상은 조용히 웃음을 흘렸다.

"좋은 쪽으로 생각해라. 우리가 지금까지 잘 견뎌온 건 저런 낙천성 덕분이니까."

조수의 작업은 생각보다 많은 시간이 소요되었다. 무적택배 사람들과 노드 등은 용도를 알 수 없는 구형 시설물을 둘러보다가 그곳에서 식사를 준비해서 먹고 쉬면서 작업이 끝나기를 기다렸다. 몇 시간쯤 지났을까, 조수의 무덤덤한 기계 음성이 지혜에게 보고했다.

─주인님, 완료했습니다.

그 소리를 듣자마자 사람들은 후닥닥 일어나서 문이 있는 곳으로 달려갔다. 문을 등지고 서 있는 조수의 모습 뒤로 휑하니 열려 있는 공간이 보였다. 조수가 만지고 있던 금속 퍼즐은 지혜의 짐작대로 위성의 메시지에 담겨 있던 문양을 이루고 있었다.

"세상에, 정말 열렸군요!"

노드 등 세 사람은 눈앞의 풍경이 믿어지지 않는지 경악한 표정이었다. 300년 전의 마석 일행도, 자신들도 끝내 넘지 못하고 비참하게 물러나야 했던 그 장벽이 거짓말처럼 열린 것이다.

"지혜 씨, 너무 대단해요. 어떻게 그 문양일 것이라고 알았어요?"

릴리가 지혜에게 물었다. 지혜는 계면쩍게 웃었다.

"알았다기보다는 퍼즐의 몇몇 조각의 작은 그림이 어디선가 본 것 같은 느낌이 나더라구요. 그래서 한번 시도해 본 거예요."

"하지만 왜 굳이 그 문양을 이용해서 이렇게 수고로운 방법으로 잠가놓았던 걸까요? 후손을 위해서 남긴 것이라면 이럴 필요까지는 없었을 텐데 말이에요."

우진은 이해하기 어렵다는 표정이었다. 지혜는 어깨를 살짝 으쓱거렸다.

"모르죠. 이 안에 들어갈 사람은 고대의 문명에 대해 어느 정도 알고 있어야 한다는 조건일 수도 있겠고 아니면 단순한 심술일지도……."

"그런 이야기는 다음에 하고 어서 들어가 보지요."

바다는 마음이 급해져서 안쪽을 기웃거리며 일행을 재촉했다. 그래서 그들은 플래시를 환하게 켜고 안으로 들어갔다. 지혜는 들어서자 우선 출입구 옆의 벽면을 비추며 스위치를 찾아보았다. 짐작대로 문에서 멀지 않은 곳에 여러 가지 스위치가 달린 계기판이 있었다. 계기판 위쪽에는 플라스틱처럼 보이는 재질의 문자판이 붙어 있었다.

"수정, 이것을 읽어봐."

지혜가 수정을 시켜 계기판을 알아보는 동안 다른 사람들은 플래시로 캄캄한 내부를 비춰가며 주르륵 훑어보았다.

"저기 뭔가가 있는데요?"

우진이 플래시로 안쪽을 비췄다. 그의 플래시가 비추는 곳에는 백색의 큰 물체가 있었다. 전체적으로 세로로 길쭉한 모양이었으며 표면이 울룩불룩했다.

"뭘까요?"

"글쎄, 이렇게만 봐서는 잘……."

그때 지혜가 스위치를 찾아 켰다. 지혜가 조명을 켜자 모두의 머리 위에서 푸르스름한 빛이 쏟아져 내려와 그곳을 밝혔다. 올려다보니 천장 전체에 일정한 간격으로 박혀 있는 납작한 원형 판이 그 빛의 발원지였다. 그러나 조명이라고 하기에는 어두운 편이어서 밝은 달빛에 가까운 정도였다. 하지만 그 정도로도 내부의 정경을 보기에는 충분했다. 그곳은 전체가 트여 있는 넓은 공간으로 창고나 공장 같은 분위기를 풍겼다. 그러나 천장과 바닥에 길게 나 있는 흔적들은 이곳이 과거에는 여러 개의 격벽으로 나뉘어 있던 곳임을 말해 주고 있었다.

"이상한 전등이군. 꽤 어둡잖아."

박상이 고개를 갸웃거리자 지혜가 뒤에서 걸어오면서 말했다.

"전등이 아니라 발광 반도체 같은 것 아닐까 싶어. 아무리 이 별의 고대 문명의 물건들이 튼튼하다고 해도 전등이 지금까지 남아 있다고 보기는 무리야. 하지만 반도체라면 다르지. 그건 일종의 금속이니까."

"어쩐지 전등치고는 어둡다 했어요."

우진이 납득하고 창고 중앙에 놓인 물체로 다가갔다.

"덮개 같은 것으로 씌워놓았군."

물체의 표면을 짚어본 바다가 중얼거렸다. 전체가 은백색의 천 같은 것으로 푹 싸여 있는 물체는 박상 일행이 타고 온 에어 트럭보다 훨씬 높고 길었다. 차량이라기보다는 기관차에 가까운 크기로 지구의 기관차와 비교하자면 길이는 조금 더 긴 정도였고 폭은 기관차 두 량을 나란히 붙여놓은 정도로 넓었다.

"이건 천이라기보다 지구의 알루미늄 같은 금속인 것 같네요. 천이라면 풍화되어서 이렇게 남아 있지 못했을 거예요."

지혜가 말했다.

"얇군요. 쉽게 찢어버릴 수 있겠는데요?"

마리나가 아절트 나이프를 뽑아 들며 하는 말에 지혜가 재빨리 말했다.

"안 돼요, 이 귀한 걸 찢다뇨. 이건 아주 쓰임새가 많을 거예요. 방수는 기본일 테고 천 년의 풍화를 이겨낸 건데 우리가 어디서 이런 것을 얻겠어요? 어딘가에 이음매가 있을 거예요. 조수랑 수정에게 치우게 할 테니까 다들 잠깐 물러나 있으세요."

지혜의 말에 따라 사람들이 비켜서서 지켜보는 가운데 조수와 수정은 전체를 둘러보고 바닥 쪽에서 이음매를 찾아 덮개를 벗겨냈다. 안에 있는 것은 커다란 전차(電車)처럼 생긴 것이었다.

"기관차… 일까요?"

릴리가 고개를 갸웃거리는데 뒤쪽으로 돌아가서 보고 있던 우진이 말했다.

"그보다는 수리차 같은 것이 아닐까요? 뒤에 기중기 비슷한 것이 달려 있는데요? 보통 이런 구조의 도구는 물건을 들거나 다른 차량을 치울 때, 혹은 물자를 옮기거나 할 때 쓰는 거니까 전투 차량이나 그냥 기관차는 아닐 것 같아요."

"여기 문이 있네요. 들어가 봅시다."

지혜가 측면의 문을 가리켰다. 손잡이를 잡고 옆으로 밀자 문은 부드럽게 열렸다.

"상태가 정말 좋네. 이 정도로 보존되어 있다니, 대단해."

지혜는 혼잣말로 감탄하며 조수부터 들여보냈다. 조수가 앞서 들어가서 안전을 확인한 뒤 박상 형제와 지혜가 수정을 데리고 차량 안으로 들어갔다. 여러 명이 한꺼번에 들어가면 내부가 너무 복잡해질 것 같아 다른 사람들은 전차 바깥을 둘러보면서 기다리고 있었다.

출입구로 들어가자 양 옆으로 이어지는 좁은 복도가 있었다. 지혜는 조수와 수정을 데리고 앞쪽으로 갔고 박상 형제는 반대 편으로 가보았다. 지혜가 간 앞쪽에는 조종실이라 짐작되는 공간이 있었다.

"뭐지? 전원이 들어와 있네?"

조종실로 들어서던 지혜는 깜짝 놀랐다. 복잡한 기기로 가득한 계기판은 지금이라도 작동할 것처럼 전원이 들어와 있었다. 계기판 위는 바깥 풍경이 비치는 넓고 평평한 유리로 되어 있고 계기판 한 옆에는 모니터 같은 화면이 있었으며 조종석으로 보이는 두 개의 의자가 나란히 있었다.

"이게 뭐지?"

지혜는 천장에서 늘어뜨린 줄에 얇은 판이 매달려 있는 것을 발견하고 집어보았다. 판의 표면에는 고대의 문자가 쓰여 있었다.

"수정, 이걸 해독해 봐."

―예. '왼쪽 벽면의 푸른색과 노란색 손잡이를 같은 순간에 위로 들어 올리시오' 라고 되어 있습니다.

"그 말뿐이야?"

―예.

왼쪽을 보니 푸른색과 노란색 손잡이가 달린 당기는 레버가 벽에 달려 있었다. 지혜는 어떻게 할 것인지 망설이다가 두 개의 레버를 잡고 동시에 위로 올렸다.

"설마 자폭 장치 같은 건 아니겠지?"

그렇게 중얼거리는 순간 계기판의 모니터가 켜지고 전차의 정면에 있는 커다란 문이 덜컹 소리를 내며 저절로 열렸다. 뒤이어 발밑에서 가볍게 위로 떠오르는 느낌이 드는가 싶더니 이내 그것은 부드러운 진동음을 내며 미끄러지듯이 앞으로 움직이기 시작했다.

"뭐, 뭐야?"

"어떻게 된 거야?"

뒤쪽에서 조사하고 있던 박상과 박창이 깜짝 놀라 조종실로 달려왔다. 지혜는 당황해서 어쩔 줄 모르며 쩔쩔매고 있었다.

"그냥 여기 적힌 대로 건드렸을 뿐인데 혼자서 멋대로 움직이기 시작했어."

지혜는 글씨가 적힌 판을 들고 울상을 지었다. 지혜뿐 아니라 조수, 수정 모두 계기판에서 멀찍이 떨어져 있어서 전차가 누구의 조작도 받고 있지 않다는 것은 분명했다. 박상의 통역기에 부착된 헤드폰으로 마리나의 다급한 음성이 들려왔다.

[어떻게 된 겁니까?]

"모르겠습니다. 지혜가 뭔가를 건드린 모양인데 그때부터 저절로 움직이고 있습니다."

[금방 뒤따라가겠습니다.]

그 짧은 대화가 오가는 사이 박상 등을 태운 고대의 전차는 광장을 지나 터널로 접어들고 있었다. 마리나와 릴리는 에어 바이크에 타고 우진은 에어 카를, 바다는 노드 일행을 에어 트럭에 태우고 황급히 그 뒤를 쫓았다.

"멈추게 할 수 없겠어?"

박상이 물었으나 지혜는 파랗게 질려서 정신없이 머리를 흔들었다.

"몰라. 조종법을 모르는걸."

"젠장, 뭘 어떻게 만져야 되지? 어떻게 된 게 여긴 핸들 같은 것도 없네?"

박창이 계기판을 두리번거리다가 손을 대보려 하자 지혜가 날카롭게 외쳤다.

"아무거나 손대지 마! 그러다가 더 이상해지면 어떡하려고 그래?"

"그렇다고 이렇게 미친 기관차처럼 폭주하게 내버려 둘 거야?"

"아무렇게나 건드린다고 방법이 되니?"

"아무것도 안 하고 있는 것보단 낫잖아!"

"대책없이 일부터 저지르려고 하지 좀 마!"

"내가 언제 뭘 어쨌다고? 건드려서 움직이게 한 건 누나잖아!"

두 사람의 언성이 차차 히스테릭하게 높아지자 박상의 침착한 음성이 가로막았다.

"가만히들 있어봐. 그렇게 큰일이 아닐지도 몰라."

박창과 지혜는 무슨 말이냐는 듯 박상을 쳐다보았다. 박상은 손에 들고 있는 플래시로 전차의 전면을 비추면서 말했다.

"이 전차, 똑바로 달리다가 조금 전에 스스로 방향을 바꿔 다른 터널로 들어갔어."

"그래서?"

박창이 물었다.

"폭주가 아니라 나름대로 정해진 코스를 따라 달리는 것 같아. 저걸 봐."

지혜와 박창이 고개를 돌려 앞을 보니 보통의 터널 벽면처럼 보이는 곳에 난데없이 통로가 열리고 이들이 타고 있는 전차가 그 안으로 들어가고 있었다. 그제야 박상의 말을 이해하게 된 두 사람은 가까스로 흥분을 가라앉혔다.

"사람 진짜 놀라게 만드네. 우릴 어디로 데려가려고 이러는 거야?"

구시렁거리는 박창에게 대답하듯 지혜가 말했다.

"지하에서 기다리는 마지막 지도자, 그에게 가는 거겠지."

박상은 마리나에게 연락했다.

"잘 따라오고 있습니까?"

[네, 뒤에 있습니다.]

"현재 자동 주행 시스템으로 움직이는 터라 우리가 멈출 수는 없겠습니다. 계속 따라와 주십시오."

[알겠습니다.]

박상의 차분한 음성에 안심한 때문인지 마리나의 목소리도 한결 침착해졌다. 박상 형제와 지혜를 태운 전차는 마치 보이지 않는 손의 인도를 받는 것처럼 캄캄한 터널을 미끄러지듯 전진했다.

2

베르나베 역을 떠난 전차는 그로부터 한동안 일반 터널과 비상 터널을 오가며 달렸다. 도중에 터널이 붕괴되거나 파괴된 곳에 다다르면 전차는 아무런 지시 없이도 스스로 뒤로 물러나서 다른 길을 찾아갔다.

"과연 대단해. 전차의 자동 조종 시스템이 이 정도라니."

어느새 과학자의 얼굴로 돌아온 지혜는 여유를 되찾고 냉철하게 상황을 분석하고 있었다. 그런데 어느 때부터인가 전차가 아래로 기우는 느낌이 들었다. 완만하게 아래로 내려가는 터널이었다. 그 상태로 한참 달려간 전차는 어느 순간부터 속도를 줄이더니 출발할 때와 마찬가지로 저절로 운행을 멈추었다.

"왜 멈추었지? 저 앞에 뭐가 있나?"

박상은 플래시로 그 너머를 비추려 애썼다.

"막혀 있는 것 아냐?"

박창이 말했다.

"내려가 보자."

박상 형제가 내려가자 지혜도 두 로봇을 데리고 따라 내렸다.

"무슨 일입니까?"

뒤에서도 마리나가 에어 바이크에서 내려서 박상이 있는 곳으로 오고 있었다.

"전차가 스스로 멈췄습니다. 저기에 뭔가 있는 모양이지요."

박상은 그렇게 대답하고 그 자리에 서서 나머지 일행을 기다렸다. 전원이 모이자 그들은 앞으로 걸어갔다.

"잠깐만요. 이걸 보세요."

갑자기 릴리가 걸음을 멈추고 플래시로 터널 벽면을 비추었다. 그곳에는 50㎝ 이상은 되어 보이는 두께의 금속제 홈이 터널 벽면을 따라 파여 있었다.

"차단 벽이 있던 자리가 분명하네요."

마리나가 단정 지었다. 그런 홈은 그것을 포함하여 일정한 간격을 두고 다섯 개나 되었다.

"이만큼 두꺼운 차단 벽이 다섯 개나 있었다니, 어마어마하네요."

우진의 탄복에 마리나가 말했다.

"중요한 시설이라면 얼마든지 가능한 일이죠."

"내가 보기에는 이걸 다 떼어갔다는 것이 더 대단한걸? 무지 두껍고 무거웠겠는데."

박창은 감탄인지 농담인지 모를 소리를 했다.

"그만큼 자원 사정이 나빴다는 이야기겠죠."

우진이 말했다.

"여섯 번째 차단 벽은 그대로 있군요. 다른 것은 전부 없앴으면서 이것만 남겨놓은 이유가 뭘까요?"

박상은 터널을 단단히 틀어막고서 그들 앞에 버티고 있는 금속 벽을 올려다보았다. 얼른 보기에도 육중한 무게감이 느껴지는 금속 벽은 펠레즈의 성벽과 같은 푸르스름한 광채를 띠고 있고 도저히 천 년 전의 것이라고는 믿어지지 않을 만큼 견고하고 튼튼해 보였다.

"이 안에 무엇인가 남겨놓았기 때문이겠죠."

바다는 기대에 찬 시선으로 그것을 보았다.

"그런데 이걸 어떻게 열죠? 설마 이 무거운 걸 손으로 밀어서 여는 건 아닐 테고."

박창이 말했다.

"어딘가 스위치가 있겠지."

지혜가 말했다.

"이것 아닐까요?"

릴리가 차단 벽의 왼쪽 끝 부분을 가리켰다. 그곳에는 사람의 가슴 높이쯤에 납작한 계기판이 달려 있었다. 무엇인가를 끼우는 납작한 홈과 짙은 푸른색의 유리판으로 이루어져 있었으며 버튼 같은 것은 없었다.

"어떻게 하는 건지 알겠어?"

박상이 지혜에게 물었다. 지혜는 고개를 갸우뚱거렸다.

"이건 아마 카드 같은 걸 끼우는 자리인 모양인데 이 파란 유리판은 글쎄… 홍채 확인 시스템 같은 걸까?"

"어느 쪽도 우리가 가능한 방법은 아니군."

박상은 씁쓸하게 중얼거리며 별 생각 없이 유리판에 살짝 손을 대보았다. 그런데 그것에 반응이라도 하는 것처럼 유리판에 엷은 푸른 빛이 들어왔다. 그리고 차단 벽에서 미세한 진동이 발생했다. 아주 작고 미세한 떨림이라 가까이 있지 않으면 느끼지 못할 정도였다. 잠시 그런 상태가 지속되다가 차차 잦아들었다. 그 뒤 계기판의 빛이 꺼지고 차단 벽이 천천히 옆으로 움직였다. 박상 일행은 물론이고 뒤에서 숨을 죽이고 지켜보던 노드 등은 크게 긴장하여 두어 걸음 물러섰다. 여섯 번째 차단 벽은 소리도 없이 부드럽게 오른쪽 벽 안쪽으로 조용히 밀려 들어가 마침내 완전히 모습을 감추었다. 차단 벽이 전부 측면으로 들어간 순간 눈앞이 갑작스럽게 환해졌다. 몇 주간이나 계속되는 압도적인 어둠에 익숙해져 있던 눈은 강렬하게 쏘아대는 빛 앞에 저절로 질끈 감겼다. 서서히 빛에 익숙해질 즈음 조심스레 눈을 뜨고 안을 둘러보니 천장이 높은 넓은 공간이 보였다. 차단 벽 바로 앞에 원형의 광장이 있고 가장자리 쪽에는 벽면을 따라 한 덩어리로 이어진 건물이 빙 둘러 있는 구조였다. 텅 빈 광장 중앙에는 검은색의 커다란 물체가 있었다. 그것은 박상과 지혜 등이 타고 온 전차와 비슷한 폭과 높이였으나 길이는 훨씬 길었다.

"공기가 아주 신선한 느낌인데요?"

안으로 들어서던 지혜가 걸음을 멈추고 숨을 크게 들이마시면서 말했다.

"정말 그런데요? 이렇게 지하 깊숙이 자리 잡은 곳인데 말이에요."

우진도 신기해했다.

"공기 정화 장치라도 작동하나 보죠."

마리나는 그런 것쯤 별것 아니라는 듯 대수롭지 않게 말하고 검은색 물체로 똑바로 다가갔다. 물체의 표면은 고운 모래 입자처럼 살짝 까끌거렸고 광택이 전혀 없어 목탄을 연상케 하는 깊은 흑색을 하고 있었다. 가까이에서 관찰한 결과 그것은 4개의 차량이 이어져 있는 구조였다. 둘째 차량의 몸체 양쪽에 은색으로 커다란 문양이 그려져 있다는 점을 제외하면 다른 색이라고는 전혀 들어 있지 않은 검은 전차였다.

"이것도 전차인 모양이군."

박상이 중얼거리는데 마리나가 단언했다.

"이건 분명히 군사용이에요. 그리고 전투용이 아니라 지휘용, 그것도 사령관급의 고급 지휘관용일 가능성이 커요."

"어떻게 그렇게 단정합니까?"

박창이 물었다. 마리나는 막힘없이 대답했다.

"첫째, 이것을 살펴보면 고급스러운 외장과 크기에 비추어 무장이라고 할 만한 것이 거의 눈에 띄지 않아요. 그건 이것이 실제로 기동할 때 호위를 많이 대동하고 다녔다는 걸 의미하죠. 그리고 이 장소도 그래요. 여긴 단순한 대피 시설이 아니라 대단히 주의 깊게 만들어진 벙커예요. 우릴 여기에 안내한 전차에 미리 입력되어 있는 코스를 따르지 않고는 찾아내지 못할 장소라는 점부터 그렇죠. 일반에는 알려지지 않은, 알려져서는 안 될 비밀 시설이라는 얘기예요. 비록 다섯 개를 뜯어가 버리긴 했지만 6중의 금속 차단 벽으로 막혀 있었다는 걸 봐도 충분히 짐작이 가는 일이죠. 그런 시설 안에 남겨진 전차니 그렇게 짐작하는 것이 당연하지 않겠어요?"

"타당한 짐작 같네요."

지혜도 수긍했다.

"이걸 타고 우주로 나갈 수 있을 것 같아요?"

박창의 뜬금없는 질문에 바다와 우진이 동시에 머리를 흔들었다.

"절대 무립니다. 이건 아무리 봐도 지상용인걸요."

우진이 말했다.

"그럼 우리에겐 아무 소용도 없네?"

박창은 흥미를 잃은 표정이었다. 그러자 지혜가 말했다.

"이게 어쩌면 전차나에 달린 거지."

"변변한 무기도 안 달렸다고 마라나 씨가 말했잖아. 이동 수단이라면 에어 카에 에어 트럭 다 있는데 이런 걸 어디다 써?"

박창이 볼멘소리를 했다. 지혜는 딱하다는 듯 박창을 쳐다보았다.

"넌 꼭 무기나 우주선 아니면 떠오르는 게 없니? 진정한 힘은 미사일 한두 대나 강력한 병기 따위를 말하는 게 아냐. 그건 바로 지식이라구. 마지막 지도자가 후손을 위해 남기려 했던 고대의 유산은 피괴의 도구가 아니라 문명의 토대를 이루는 학문과 지식일 거라고 봐."

"이 별의 지식이 우리에게 무슨 소용이 있어?"

박창이 반문했다. 지혜는 단호한 얼굴로 말했다.

"쓸모가 있어. 그것도 지대하게."

"어떻게 쓸모가 있는데?"

"일일이 설명하려면 길어져. 또 한대도 넌 잘 이해도 못할 거고."

"그런 말이 어딨어? 왜 내가 이해를 못해? 나도 배울 만큼 배웠어!"

부아가 치민 박창이 따지고 들자 저쪽에서 박상이 그들을 불렀다.

"쓸모가 있을지 없을지는 이걸 조사한 뒤에 따지는 편이 낫지 않겠어? 문이 열렸는데 안 들어가 볼래?"

두 사람은 언쟁을 멈추고 그쪽을 보았다.

문이 열렸다던 박상의 말대로 첫 번째 차량의 중간쯤에 문이 열려 있고 내부에서 계단까지 내려와 있었다.

"어떻게 열었습니까?"

우진이 눈이 동그래져서 묻자 박상이 멋쩍게 웃었다.

"그냥 어쩌다가 손으로 건드렸는데 열리더군요."

"어서 들어가 봐요."

지혜가 서둘렀다. 무적택배 사람들은 박상을 선두로 해서 전차로 들어갔다. 노드 등은 뒤에서 그 모습을 어물쩍거리며 보고 있었다.

"우린 어떡하지, 노드?"

로네스의 속삭임에 노드는 곤란한 기색으로 로네스와 비슈의 얼굴을 보았다.

"글쎄, 아무 말도 안 하는데 우리가 따라가도 될지 모르겠는걸?"

그렇게 망설이는 동안 박상 일행은 모두 안으로 들어가 버렸고 노드 일행은 따라 들어갈 타이밍을 놓치고 바깥에 남아 있게 되었다.

"문이 닫혀 버렸어."

로네스가 부루퉁해서 웅얼거렸다.

"여기서 기다려야지 뭐."

노드는 달리 할 말이 없어 어물거렸다.

"그런데 노드, 처음부터 궁금했는데 저 사람들은 대체 누굴까?"

비슈가 물었다.

"고대인이겠지."

"자기들이 하늘에서 왔다고 했잖아?"

"옛이야기에서 보면 하늘에 사는 고대인들도 있었다고 하니까 그쪽인가 보지."

"얼굴색이 다른 건?"

비슈가 또 물었다. 노드는 그의 얼굴을 흘끔 쳐다보고는 무뚝뚝하게 대꾸했다.

"몰라. 그것까지 내가 어떻게 알겠어? 아주 먼 곳에는 얼굴이 하얀 고대인도 있었나 보지."

"고대인이라면 왜 이곳의 지리를 몰랐지? 여긴 고대에 만들어진 곳이잖아."

비슈는 납득하지 못하고 또 질문했다.

"위대한 도시 펠레즈에 살던 고대인이 아니어서 모를 수도 있는 거지. 아주 멀리서 왔다고 저 사람들이 그랬잖아."

"좋아, 저 사람들이 하늘에서 온 고대인이라고 치자. 저 고대인들은 이미 여러 가지 신기한 장비를 가지고 있잖아. 떠서 다니는 탈것도 갖고 있고 철인간도 거느리고 있고. 그런데 여길 왜 왔을까? 여기 있는 것들로 뭘 어쩌려는 거지?"

"그걸 왜 나한테 물어? 내가 저 고대인들의 대변자냐? 그렇게 궁금하면 네가 직접 물어봐라."

비슈의 거듭되는 질문에 노드는 짜증을 냈다. 그러나 비슈는 물러서지 않았다.

"그런 건 당연히 네가 물어봐야지. 네가 우리 리더잖아."

"리더?"

노드의 눈매가 매서워졌다.

"말은 똑바로 하자. 너, 길 잃고 식량 떨어지자 뭐랬어? 날 알게 된 게 평생의 실책이라느니, 나가면 그 길로 갈라지자느니, 안 그랬어? 그런데 이제 와서 무슨 놈의 리더타령이야?"

노드가 노기등등해서 비슈를 몰아세우자 로네스가 그들을 타일렀다.

"그만들 해. 여기서 그런 걸 따지면 뭐 해? 저 사람들이 누구든 우리의 목숨을 구해준 생명의 은인이야. 그리고 저 사람들의 목적이 무엇이든 우리가 어떻게 할 수 있는 것도 아니고. 저쪽은 우리보다 숫자도 많고 철인간이 둘이나 있어. 그러니 쓸데없는 생각 따윈 하지 말고 저 사람들을 따라서 밖으로 나갈 궁리나 하는 게 좋아."

로네스의 말에 노드는 격앙되었던 감정을 진정시켰다.

"로네스의 말이 옳아. 괜히 잔머리 굴리다가 상황만 더 고약해질 수 있어. 막말로 저 사람들이 우릴 거둬가지 않고 여기 버려만 둬도 우린 죽은 목숨이야. 지금까지의 행동으로 봐선 나쁜 사람들 같진 않으니까 얌전하게 있으면 설마 데리고 나가주겠지."

노드가 말했다. 비슈는 머쓱해서 조용해졌다.

무적택배의 7명은 노드 일행에 대해서는 까맣게 잊어버리고 출입구 앞에 있는 좁은 복도를 지나 앞으로 갔다. 그곳에는 조종실이 있었는데 여기까지 박상 형제와 지혜가 타고 온 전차의 조종실과는 사뭇 다른 구조로 오히려 우주선의 통제실과 비슷한 느낌이었다. 조종실의 전면에는 대형 모니터와 그 위아래의 보조 모니터들을 비롯해 온갖 장치들이 어지럽게 배치된 계기판이 펼쳐져 있고 그 앞에는 세 개의 의자가 나란히 있었다. 세 개의 의자 양 옆에는 반투명 한 재질의 둥근 구체가 하나씩 있었는데 구체의 내부는 복잡한 장치가 달린 의자와 계기로 꽉 차 있었다. 조종실 뒤쪽은 앞보다 바닥이 한 단 높게 되어 있었으며 중앙에 자리한 등받이가 높고 큰 의자를 중심으로 몇 개의 의자가 둘러싸듯이 배치되어 있었다.

"확실히 민간용은 아닌 것 같군요."

바다는 이런 구조가 가히 낯설지 않은 듯 자연스러운 태도로 계기판 등을 둘러보다가 거기에 얹힌 납작한 금속판을 집어 들었다. 금속판의 표면에는 글자가 쓰여 있었다.

"이런 것이 놓여 있는데, 뭘까요?"

지혜는 바다에게서 그것을 받아 수정에게 건넸다.

"해독해 봐."

―예. '처음으로 이곳에 들어온 사람들은 먼저 자신을 등록할 것'이라고 되어 있습니다.

"등록?"

―예, 홍채와 이름, 직위를 기억시키라고 되어 있습니다.

"신원 등록을 하라는 모양이군. 방법이 적혀 있어?"

―예, 그림과 함께 설명이 있습니다.

지혜는 수정이 들고 있는 금속판을 보고 그림에 묘사되어 있는 장치를 찾아냈다. 그것은 계기판 오른쪽 끝에 있는 장치였다. 지혜는 일행을 돌아보고 말했다.

"이름과 홍채, 직위를 등록하라는데 어떻게들 하실래요?"

"직위?"

박상이 어리둥절해서 되묻자 마리나가 말했다.

"군용이라서 그럴 겁니다."

"하여간 입력을 해볼 테니까 여기 모여봐요."

지혜가 손짓했다. 다들 지혜의 뒤에 가서 서자 지혜는 금속판의 설명에 따라 계기를 조작했다. 그러자 그곳에서 길쭉한 기계 장치가 튀어나와서 올라왔다. 그것은 사람의 얼굴 높이에 이르더니 멈추었다. 그리고 자동적으로 대형 모니터가 켜지고 이들이 퍼즐을 풀 때 보았던 마크가 떠오른 다음 사라지고 사무적인 음성이 들려왔다.

[새 사령관께서는 등록기 앞에 서주십시오.]

군의 직위 등은 과거에서 그대로 계승되어 있어서인지 통역기를 통해 의미가 잘 전달되었다.

"사령관?"

무슨 말인가 싶어 박상이 멀뚱멀뚱 보고 있는데 지혜가 그의 팔을 잡아 기계 앞에 세웠다.

"그래도 네가 우리의 사장이자 선장이니까 여기서도 대장 해. 통역기는 컸지?"

통역기가 켜져 있는 것을 확인하고 지혜가 이끄는 대로 장치 앞에 박상이 서자 음성이 들려왔다.

[등록을 시작해도 되겠습니까?]

"어, 어."

[등록을 시작합니다. 눈을 깜빡이지 말고 똑바로 정면을 응시해 주십시오.]

박상이 얼떨떨해서 대답하자 기계 음성이 그렇게 지시하고 등록 장치에서 녹색의 빛이 쏘아져 나와 박상의 눈과 얼굴을 훑고 지나갔다.

[이름을 말씀해 주십시오, 사령관님.]

사령관님이라는 말에 박상은 쑥스러워서 조그맣게 말했다.

"박상……."

[등록이 끝났습니다. 다음 분의 등록을 시작하겠습니다.]

박상이 기계에서 비켜서자 박창이 킬킬거렸다.

"먼 데까지 와서 출세했네. 형, 병장 제대 했잖아. 형이 사령관이면 난 참모총장이다."

"시끄러, 임마!"

박상은 얼굴이 빨개져서 동생을 째려보았다. 박창은 키득거리며 등록기 앞에 섰다.

[등록을 시작하겠습니다.]

기계에서 빛이 나와 박창의 홍채를 훑고 지나갔다.

[이름을 말씀하십시오.]

"박창."

[직위를 말씀하십시오.]

"참모총장."

어깨를 쫙 펴고 거들먹거리면서 그렇게 말하자 박상이 얄밉다는 듯 그를 흘겨보며 웅얼거렸다.

"참모총장은 무슨, 취사병이나 해라."

그러자 기계 음성이 말했다.

[취.사.병. 등록되었습니다.]

"헉! 뭐야? 취사병이라니? 뭐야?"

박창이 기가 막혀 입을 쩍 벌리는 것을 보고 마리나가 박장대소했다.

"사령관님께서 그렇게 임명하셨으니 당연한 거죠. 군대에서는 직급이 모든 걸 말한다구요."

"형! 정말 이러기야?"

박창이 식식거리며 따졌지만 박상은 딴청을 피웠다.

"그러게 누가 하늘 같은 형을 놀리랬냐?"

"그런다고 이렇게 심술을 부려?"

"취사병이 어때서 그래? 앞으로 하는 거 봐서 출세시켜 줄 테니 내

말 잘 들어라."

"쳇, 그런다고 형이 진짜 사령관이 돼? 치사해서 그냥 취사병 한다!"

"마음대로 해라."

박상은 심술궂게 씨익 웃었다. 박창의 다음에는 마리나가 등록기 앞에 섰다.

"전 특전대 대장 하고 싶어요."

마리나의 희망을 박상이 수락하자 모니터에 여러 가지 마크가 주르륵 나타났다. 특전부대의 마크인 모양이었다.

"햐~ 멋지네. 마크까지 있어. 그것도 많네?"

마리나는 기뻐하며 열심히 고르다가 헷갈린다는 이유로 결국 맨 첫머리의 마크를 골랐다. 그 다음의 릴리는 헌병대장, 지혜는 과학총감이 되었다. 우진은 공군대장을 희망했으나 과거 이 나라에서는 공군과 육군을 따로 구분하지 않았던지 육군대장이 되었고 바다는 소박하게 우주군 파일럿에 머물렀다.

"제일 낮은 바다 씨도 대령급은 되는데 나는 뭐야? 다들 승진했는데 나만 강등됐잖아. 난 원래 하사관 제대했는데 말이야."

박창이 또 투덜거렸다.

등록을 마치고 나자 등록기는 원위치로 되돌아갔다. 잠시 동안의 흥분이 가라앉고 일행은 본격적으로 조종실을 탐색했다.

"아마도 이것이 조종석이겠죠?"

우진이 둥근 구체 안의 좌석을 가리키며 바다에게 물었다.

"그렇겠지. 둘 중 하나는 부조종석일 테고."

바다는 우진과 반대 편의 구체를 살피고 있었다.

조종실을 두루 살핀 뒤 그들은 조종실 이외의 곳을 둘러보기 시작했다. 모든 문은 자동문이었는데 잠금 장치가 되어 있지 않았던 모양으로 문 옆의 스위치에 손을 대면 바로 열렸다. 조종실의 옆에는 회의실로 짐작되는 작은 방이 있었고 그 외에 메인 컴퓨터실과 복잡한 장비로 가득한 수수께끼의 방이 있었다. 그곳에는 수술대처럼 생긴 길쭉한 선반과 그 옆에 놓인 긴 타원형 물체를 중심으로 머리 위부터 사방 벽까지 수납 공간과 기계 장비가 빽빽하게 설치되어 있었다.

"의료실일까요?"

릴리의 추측에 지혜가 고개를 저었다.

"그런 것치고는 장비가 너무 살벌해요. 가령 이 드릴이라든지 긴 꼬챙이 같은 건 사람을 대상으로 한 것들 같진 않아요."

"지혜 누난 그럼 이 방이 뭐 하는 곳이라고 생각해?"

박창이 물었다.

"철인간, 즉 안드로이드를 수리하고 점검하는 곳이었을 것 같아. 이 선반과 타원형 관은 아마 철인간을 눕혀놓는 장치일 테고."

지혜는 장비들을 살펴보면서 그렇게 결론지었다.

"다른 곳의 물건들은 그토록 말끔히 치웠으면서도 이런 설비를 이대로 남겨놓은 걸 보면 여기에 철인간이 있는 것 아닐까요?"

우진이 조심스럽게 추측했다. 지혜가 빙그레 웃었다.

"제 생각도 그래요. 사용 가능한 철인간을 남겨놓았을 가능성이 커요."

"잘됐네요. 어서 찾아봐요."

릴리는 손뼉을 탁 치고 기뻐하며 재촉했다. 다른 사람들도 은근히 마음이 들뜨기 시작했다. 고대의 철인간이라면 자신들에게 뭔가 도움이 될 정보를 가지고 있지 않을까 하는 기대 때문이었다.

철인간의 수리실 옆에는 화장실과 휴게실로 여겨지는 작은 방이 있었고 그 앞에는 다음 차량으로 이어지는 문이 있었다.

철인간을 발견하게 될지도 모른다는 기대를 품고 그들은 두 번째 차량으로 들어갔다. 두 번째 차량에서 제일 먼저 마주친 공간은 커다란 책상과 책장, 컴퓨터 등이 놓인 큰 방과 그것에 딸린 작은 방이었다. 집무실과 비서실쯤으로 짐작되었다. 비서실을 지나 다음 방의 문에 박상이 손을 댔을 때였다. 문이 열림과 동시에 무엇인가 큰 물체가 박상의 발치로 떨어지며 퍽 하는 딱딱한 소리가 났다. 박상은 화들짝 놀라 반사적으로 뒤로 물러서다가 박창과 부딪쳐 넘어질 뻔했다. 바닥으로 널브러진 그것은 사람의 형상을 하고 있었다.

"철인간이잖아!"

지혜가 소리를 질렀다. 바닥에 쓰러져 있는 것은 남성형 안드로이드였다. 그것은 펠레즈의 시간의 관에서 보았던 다른 철인간들과는 달리 매끈하고 말끔한 얼굴과 손을 가지고 있었으며 신체도 통일된 색과 형태를 하고 있었다. 그러나 가슴 부분에 커다란 구멍이 뚫린 채 미동도 없이 자빠져 있었다. 대구경 레이저 같은 무기에 관통당한 것 같았다.

"뭐야? 완전히 파괴돼 버렸잖아?"

쪼그리고 앉아 안드로이드를 살펴보던 지혜는 낙담했다.

"저쪽 차량의 수리실에서 고칠 수 없을까?"

박창이 묻자 지혜는 신경질적으로 받았다.

"내가 기적의 손인 줄 알아? 이곳의 메커니즘을 전혀 모르는데 약간의 고장도 아니고 이렇게 부서진 걸 내가 어떻게 고쳐?"

"그럼 이것도 아무 쓸모가 없겠네?"

박창은 김샜다는 표정으로 로봇을 내려다보다가 앞으로 나왔다.

"좀 비켜봐. 고칠 수도 없는데 보고 있으면 뭐 해. 치우고 방 안이나 조사하는 게 낫겠어."

박창은 지혜를 물러서게 하고 철인간의 머리를 잡고 자신의 몸 쪽으로 잡아당겼다. 그러자 목 부분부터 두부가 쑥 빠지며 철인간이 눈을 번쩍 떴다.

"으아앗!"

박창은 소스라치게 놀라 로봇의 머리를 냅다 지혜 쪽으로 던져 버렸다.

"꺄악!"

비명을 지르며 몸을 움츠리는 지혜를 대신해 박상이 그것을 받아 안았다.

"무슨 짓이야? 놀랐잖아!"

지혜가 발칵 화를 냈다.

"미안. 나도 놀라서 그랬지. 로봇이 목이 빠지는 것도 놀랄 일인데 눈을 확 뜨잖아."

박창이 겸연쩍게 사과했다.

"눈을 떴다구?"

지혜는 얼른 박상이 안고 있는 철인간의 머리로 눈길을 돌렸다. 그러나 철인간의 눈꺼풀은 잠자는 사람처럼 고요하게 닫혀 있었다.

"눈을 뜨긴 뭘 떠? 덩치값도 못하고 호들갑은."

박창을 하얗게 흘겨보고 지혜는 박상에게서 로봇의 머리를 받아 들었다. 동체에서 떨어져 나온 로봇의 목 부분은 뜻밖에도 매끈한 금속 표면을 하고 있었다. 그것은 목이 떨어져 나간 동체 부분도 마찬가지였다. 지혜는 눈이 동그래져서 로봇의 동체와 목을 몇 번이나 되풀이해서 보았다.

"세상에, 어쩌면 단면이 이렇게 생겼지? 로봇이 레고 블록도 아니고."

매끄러운 단면을 만져 보던 지혜는 의미심장한 눈빛으로 박창에게 지시했다.

"다른 부분도 떼어지는지 한번 당겨봐."

"다른 부분?"

박창은 철인간의 한쪽 팔을 잡고 힘껏 당겨보았다. 그러자 팔꿈치의 아랫부분이 비슷한 방식으로 떨어져 나왔다.

"헉! 진짜다!"

박창 자신도 놀라서 분리된 팔 아랫부분을 멍하니 쳐다보았다.

"신기하긴 한데 이런 식으로 결합이 약해서는 로봇이 제대로 걸어다닐 수나 있었을까?"

박상의 의구심에 지혜가 대답했다.

"가동 중일 때는 전류의 작용 같은 것으로 단단히 고착되어 있었겠지. 이 문명의 사람들은 로봇을 대단히 친근한 존재로 생활 전반에 활용하고 있었던 것 같은데 그만큼 보급이 되려면 내구성도 남다른 면이 있었을 거야."

말하던 도중 지혜는 불현듯 무엇인가를 깨달은 듯 고개를 크게 주억거렸다.

"이제야 알겠어. 그래서 시간의 관에 있던 철인간들이 모두 그런 모습을 하고 있었던 거야."

"무슨 말이야?"

박상이 의아해하며 물었다.

"시간의 관에 보관되어 있던 고대의 철인간들 말이야, 동체와 팔다리의 색이나 사이즈가 제각각인 경우가 많았었지. 다른 로봇의 파트를 결합시켜서 사용했을 것이라고 짐작은 했었지만 이런 식으로 분리와 접합이 간단하게 이뤄지니까 철인간들을 수리할 장비나 인력, 부품이 떨어진 뒤에도 한동안 활동이 가능했던 거야. 고장이 난 부위를 다른 철인간의 멀쩡한 부분과 교체해서 사용했던 거지. 역시 알면 알수록 놀라워."

"그럼 뭐 해? 이 녀석도 이렇게 부서져 버렸는데."

박창이 툴툴거렸다. 지혜는 자신의 품에 있는 철인간의 머리를 안타깝게 바라보았다.

"너무 아까워. 이 녀석만 멀쩡했더라도 많은 것들을 알아낼 수 있었을 텐데……."

"어쩔 수 없지. 그걸 살펴보는 건 나중으로 미루고 우선 이것부터 치우자."

박상은 지혜를 다독이고는 다른 사람들과 협력해서 철인간의 몸을 조심스럽게 들어냈다.

"저기에 한 사람이 더 있었군요."

문 옆에 서 있던 마리나가 턱으로 방 안을 가리켰다. 문에서 대각선 방향으로 안쪽에 침대가 놓여 있었는데 그 침대 위에 백골이 한 구 있었다. 한쪽 팔은 침대 아래로 늘어뜨려져 있고 그 아래 바닥에는 총처럼 생긴 것이 떨어져 있었다. 시신이 백골이 된 것에 비해 옷은 많이 헤져 있기는 했으나 비교적 형태가 온전히 남아 있었다. 아무런 장식이 없는 옷은 형태로 보아 잠옷이나 가운 종류인 것 같았다.

백골에 선뜻 다가서지 못하는 다른 사람들을 지나 태연한 걸음걸이로 침대에 다가간 마리나는 바닥의 물체를 집어 들고 요리조리 돌려보며 분석했다.

"생긴 것과 구조로 보아 총이 분명하겠군요. 이곳의 총은 처음 보지만 굉장히 고급스러워 보이는데요? 고급 장교의 것이었겠어요."

총을 든 채 마리나는 침대의 백골에게 시선을 돌렸다.

"이것으로 자신의 머리를 쏘아 자살한 것 같아요."

두개골 왼쪽에서 오른쪽에 걸쳐 관통한 큰 구멍이 있었다. 한편 릴리는 침대 발치에 놓인 커다란 직사각형 물체를 발견하고 그쪽으로 갔다. 우주용 캡슐이나 관처럼 생긴 그것은 걸쇠가 달린 뚜껑으로 덮여 있었다. 안에서 무엇이 튀어나올지 몰라 경계하면서 신중하게 뚜껑을 열어본 릴리는 비어 있는 내부를 보고 안도인지 실망인지 모를 짧은 한숨을 쉬었다.

"관인가 본데 비어 있네요. 자신의 것으로 생각하고 가져다 놓은 모양인데 이런 것까지 준비한 걸 보면 충동적인 행동은 아니었겠어요."

릴리가 말했다.

"자기가 자살을 하면 했지 철인간은 왜 부숴놨담?"

박창은 한쪽에 치워놓은 철인간을 돌아보며 이해할 수 없다는 듯 혀를 찼다.

"방 안의 정경을 보건대 일부러 파괴한 것은 아닌 것 같고 자살을 저지하려고 했기 때문이 아닐까요?"

마리나의 추정이었다.

"그럼 이 사람이 우리가 찾던 마지막 지도자인가 보군요."

박상이 맥 빠져 하며 중얼거렸다. 기껏 힘들게 여기까지 찾아왔는데 찾아낸 것이라곤 먼 옛날에 죽은 지도자와 파괴된 철인간, 어디에 써야 할지 모를 지휘 차량뿐이라니 허탈한 기분이 들었다. 지금까지 해온 것들이 전부 헛고생일지도 모른다고 생각하니 암담해지기도 했다. 만일 이대로 영원히 지구로 돌아가지 못하게 된다면 자신들은 어떻게 되는 것일까? 동생을 포함한 일행을 어떻게 책임져야 할까? 그리고 언제까지 지금의 결속을 유지할 수 있을까? 짧은 순간에 여러 가지 잡다한 걱정이 뇌리를 스쳐 갔다.

"뭔가 기록이라도 남겼을지 모르죠. 설마 이것뿐이겠습니까?"

바다는 포기하지 않고 끝까지 희망을 찾아보려는 태도를 보였다. 박상은 대답하고 싶은 기분도 나지 않아서 다른 일행들이 방 여기저기를 뒤지며 조사하는 동안 잠자코 방 안을 둘러보았다.

방 내부는 꽤 고급스러운 만듦새였다. 침대 옆에는 조각상 모양의 스탠드가 놓인 작은 서랍장이 있고 그 옆에는 크고 멋진 책상과 의자가 있었다. 침대에서 마주 보이는 벽면에는 대형 모니터가 걸려 있었다. 그 아래에는 냉장고와 오디오인지 영상 기기인지, 아니면 둘 다인지 용도가 모호한 가전제품이 있었다. 다른 벽에는 옷장으로 짐작되는 큰 벽장이 들어 있었다.

책상과 침대 부근을 살펴보던 우진은 침대 옆에 있는 서랍장을 열어보고 그 안에서 무엇인가 큼직한 것을 발견해서 꺼내 들었다.

"여기에 이런 것이 있는데요?"

그것은 파일 북처럼 생긴 두 권의 두툼한 책자였다.

"이리 줘봐요."

지혜는 우진에게 가서 그것을 받아 들었다. 파일 북 안을 들춰보던 지혜는 조금 놀랐다.

"종이가 아니라 비닐 같은 재질이야. 고대 문명에선 이런 걸 종이로

썼나?"

그녀의 혼잣말에 우진이 짐작을 보탰다.

"아니면 세월이 흘러도 손상되지 않게 일부러 이런 재질을 고른 것일 수도 있겠죠."

파일 북은 두껍고 견고하게 발라진 표지 안에 지구의 비닐과 흡사한 얇고 매끌거리는 용지들이 끼워져 있었고 각 페이지마다 빽빽하게 문자와 그림이 들어 있었다. 지혜는 그것을 수정에게 주어 내용을 읽어보게 했다. 수정은 파일 북의 표지에 적힌 문자부터 읽기 시작했다. 무적택배 사람들은 모두 하던 일을 멈추고 수정의 번역에 귀를 기울였다.

"기스칼 총사령부 참모장 휘하 참모였으며 직위는 중령, 펠레즈의 4대 지도자인 고렌 메노프가 이것을 후대에 남긴다."

"역시 군인이었군."

마리나가 그럴 줄 알았다는 듯 고개를 끄덕였다.

"이것은 기스칼 총사령관용 지휘용 유닛 ***이다. 이것을 발견하는 후대의 사람들이 부디 모두를 위해 잘 이용하기 바란다……."

고대의 문자가 큰 변동 없이 이어져 내려온 덕분에 몇몇 의미가 불분명한 단어와 구절들을 제외하고 수정은 비교적 평탄하게 읽어 내려갔다. 파일 북의 첫 권에는 이 지휘용 차량의 기능에 대한 설명과 조종실의 여러 기재들을 다루는 법이 실려 있었는데 곳곳에 그림이나 사진을 첨부해서 처음 접하는 사람도 쉽게 이해할 수 있게끔 애쓴 흔적이 역력했다. 누가 보더라도 그것은 이곳을 처음 방문하는 사람들을 위해 일부러 남긴 기록이 분명했다. 그러나 중요한 구절마다 등장하는 '조력자 ***에게 협조받을 것'이라는 문구에 일행은 점점 걱정스러워졌다. 그 조력자라는 것이 문 앞에 파괴되어 있던 철인간을 지칭하고 있을 것이라는 짐작 때문이었다.

"이런 젠장, 걸핏하면 저 철인간의 도움을 받으라고 하는데 정작 그 녀석이 부서져서야 방법이 없잖아."

박창이 혼잣말로 구시렁거렸다. 지혜도 그 점을 인식하고 있던 모양으로 도중에 수정에게 해독을 멈추게 했다.

"아무래도 저 파괴된 철인간이 열쇠가 되는 모양이네요. 이래서야 이 기록을 해독해 봤자 별 소용 없겠어요."

지혜는 실망한 기색으로 한숨지었다.

"파일 북이 두 권이던데 다른 건 뭡니까?"

릴리가 물었다. 수정에게 해독하게 해보니 그것은 지휘 차량의 조종 매뉴얼이었다. 조종 매뉴얼이라는 말을 들은 바다의 안색이 밝아졌다.

"포기하기엔 아직 이릅니다. 이 지휘 전차를 당분간 100% 활용하지는 못하겠지만 매뉴얼이 있다면 적어도 조종은 가능할 겁니다. 조종은 우진 씨와 제가 어떻게든 해보겠습니다. 일단 이 지휘 차량을 우리 우주선이 있는 곳으로 가지고 가서 방법을 강구해 봅시다. 이곳 펠레즈 말고도 위대한 도시가 또 있다고 했으니까 다른 곳에서 돌파구가 열릴지도 모르지 않습니까?"

"방법이라면 어떤 걸 말씀하시는 건가요?"

릴리가 물었다.

"저 로봇을 수리할 가능성을 찾아보는 거지요. 아까 지혜 씨도 말씀하셨지 않습니까? 이곳의 로봇들은 다른 로봇의 파트를 제어해서 사용하는 기능이 있었다고 말입니다. 그러니까 쓸 수 있는 부분을 찾아내서 조합하면 깨울 수 있을지도 모르지요."

"그건 추측일 뿐이지 아직 단정할 수는 없어요. 게다가 이곳의 철인간들은 시간의 관에서 보았듯이 다른 곳에서도 기능이 다 할 때까지 사용했을 거구요."

지혜는 회의적이었다. 그러나 바다는 힘주어 강변했다.

"여기에 이만한 시설이 이렇게 멀쩡하게 남아 있는 것을 보면 다른 도시라고 이러지 말라는 법이 없습니다. 당장 이 지휘용 차량만 해도 어딥니까? 우리가 제일 처음 이곳에 떨어졌을 때 상상이나 할 수 있던 일입니까?"

그 말에는 지혜도 다른 말을 하지 못했다.

"조종은 저와 우진 씨가 해볼 테니까 여러분은 지휘용 차량의 나머지 부분과 이곳의 시설을 조사하고 계십시오. 이걸 발판으로 삼아 포기하지 않고 노력하면 반드시 방법을 찾아낼 수 있을 겁니다."

바다는 확신을 담아 희망을 북돋우려 애썼다. 곧 마리나가 호응하고 나섰다.

"맞습니다. 지금도 진전이라면 진전 아닙니까? 미리 낙담할 필요는 없어요. 바다 씨의 말대로 합시다. 해봐서 손해 볼 건 없잖아요?"

박상도 크게 고개를 끄덕였다.

"바다 씨의 말대로 합시다. 손 놓고 아무 일도 하지 않으면 결국 아무것도 얻을 수 없습니다. 뭐라도 해봅시다. 그럼 바다 씨와 우진 씨는 조종 매뉴얼을 연구해서 이것을 조종해 보십시오. 매뉴얼을 읽으려면 수정의 도움이 필요할 테니 두 사람은 수정을 데리고 조종실로 가고 나와 나머지 사람들은 다른 곳을 조사해 봅시다."

박상의 결정에 따라 그들은 마지막 지도자의 시신과 망가진 철인간을 일단 그 방에 남겨두고 나왔다. 문을 닫기 전 마리나와 릴리는 문 앞에 멈춰 서서 경건한 태도로 침대를 향해 거수경례를 했다. 박상이 쳐다보자 마리나가 미소를 지으며 말했다.

"시대와 장소를 떠나 한 사람의 군인으로서 참으로 존경할 만한 분이라고 생각해서요. 마지막에 안드로이드를 본의 아니게 파괴한 건 유감스럽지만 국가가 붕괴되고 문명이 멸망하는 와중에도 끝까지 로봇들을 지휘해 가며 도시를 건설하고 아이들을 지킨 것은 절대로 아무나 할 수 있는 일이 아니에요."

박상도 그녀의 말에 깊이 동감했다.

"그 말씀이 맞습니다. 우리도 묵례라도 하고 갑시다."

박상의 제안으로 그들은 그 자리에서 잠시 고개를 숙이고 고인의 명복을 빌었다.

그곳에서 우진과 바다는 수정을 데리고 조종실로 돌아가고 나머지 다섯 사람은 아직 보지 못한 나머지 곳들을 조사했다. 사령관의 침실 옆에는 샤워실과 화장실, 작은 주방 등의 시설이 더 있었다. 두 번째 차량의 뒤에 붙은 두 개의 차량은 보다 많은 사람들이 머물 수 있게 되어 있었다. 여러 명의 사람들이 머물렀던 듯 큰 샤워실과 화장실, 부엌, 식당, 의료실이 있었고 침실도 여러 개 있었는데 각 침실마다 벽을 타고 5개씩의 캡슐 침대와 옷장, 사물함이 있었다. 차량마다 군데군데 묘한 장치가 붙은 작은 밀폐 공간이 복도에 있다는 것을 제외하면 모든 공간은 최대한 효율적으로 배치되어 있었다.

"여긴 분명히 참모들과 무장 요원들이 있었던 곳일 겁니다. 일종의 이동식 지휘소였던 것 같아요."

내부를 두루 둘러본 다음 마리나가 내린 결론이었다.

"하지만 이것만으로 대체 뭘 어쩌라는 의미일까요? 이 차에 특별한 병기가 달려 있는 것도 아닌 것 같고 그렇다고 이것의 지휘를 받을 군대가 있는 것도 아닌데 말이죠."

박창이 의아해했다.

"아직 이 전차만 봤을 뿐이지 기지 전체를 다 둘러본 건 아니니까 모를 일이죠."

마리나의 대답이었다. 지휘차를 전부 둘러본 그들은 기지 내부를 조사하기 위해 차량에서 내려갔다.

밖으로 나가니 노드 일행이 광장 한 켠에 멀뚱하니 서서 그들을 기다리고 있었다.

"미안합니다. 여기서 계속 기다리고 계셨군요."

그제야 그들의 존재를 깨달은 박상이 당황해서 사과하자 노드는 괜찮다며 웃었다.

"아닙니다. 저희는 신경 쓰지 마십시오."

그 말 뒤로 잠깐 어색한 침묵이 흘렀다. 박상 등은 노드 일행을 잊어버리고 자신들만 지휘차에 들어갔다가 나온 사실이 미안해서였고 노드 등 세 사람은 그들대로 안에서 어떤 일이 있었는지 궁금하기는 한데 얌전히 입 다물고 있기로 서로 약속한 바가 있어서였다. 박창이 노드에게 말했다.

"이제부터 저곳을 둘러볼까 하는데 같이 가시겠습니까?"

"예, 폐가 되지 않는다면……."

그렇지 않아도 이것저것 궁금하기도 하고 몹시 지루하던 차라 노드는 그 제안을 감사히 받아들였다.

그들은 광장을 지나 가쪽에 빙 둘러 있는 건물로 갔다. 그러나 무엇인가 남겨져 있지 않을까 하는 기대는 오래지 않아 실망으로 바뀌었다. 상당수의 사람들이 있었을 것으로 추정되는 건물은 모든 물품이 치워지고 덩그러니 비어 있는 상태였다.

"여기도 깨끗이 다 가져갔네. 아무것도 없잖아."

박창이 허탈해했다. 다른 사람들도 마찬가지였다. 싸늘한 기운마저 감도는 텅 빈 건물을 구석구석 돌아다녀 보았지만 어디에도 남아 있는 것은 없었다. 그러다가 지하로 내려가는 비상 계단을 발견한 그들은 마지막 기대를 걸고 계단을 내려갔다. 제법 긴 계단을 전부 내려가자 좁은 복도가 나오고 복도를 따라 드문드문 몇 개의 문이 있는 지하 공간이 나타났다. 매우 두껍고 튼튼한 느낌을 주는 공간으로 출입구 이외에는 창문이 전혀 없었다.

"왠지 여기는 뭔가 있을 것 같은데요?"

릴리가 기대로 눈을 반짝였다. 박상을 선두로 그들은 가까이에 있는 문부터 조심스럽게 열어보았다. 그러나 기대와는 달리 그곳도 텅 비어 있었다. 그렇게 아무것도 없는 빈방이 두 개 이어지다가 복도 한쪽 끝의 방문 앞에 도달한 그들은 가벼운 흥분을 느꼈다. 문 너머로 미세한 진동이 느껴졌기 때문이다. 박상은 문 옆의 계기판에 손을 얹었다. 다른 문들이 그러했듯이 문은 부드럽게 열렸다. 그 안은 상당히 넓었으며 환하게 불이 켜져 있었다. 천장과 바닥은 옅은 붉은색을 띤 금속제였고 한가운데에 커다란 기둥 같은 장치가 있는 것이 먼저 눈에 띄었다. 그 기둥을 둘러싸는 형태로 원형 장치와 의자들이 배치되어 있었고 사방의 벽면을 따라 높이가 천장까지 닿는 기계 장비들이 빽빽하게 들어차 있었다.

"동력실, 아니면 기계실인가?"

박상이 중얼거리자 지혜가 그를 비집고 앞으로 나섰다.

"제가 살펴볼 테니까 여러분은 거기 가만히 있으세요. 잘못해서 건

드리기라도 하면 위험해요."

나머지 사람들에게 당부한 그녀는 조수를 이끌고 방 내부를 천천히 돌아보았다. 다른 사람들은 지혜가 입을 열 때까지 기다렸다. 한참을 꼼꼼히 살펴보던 지혜가 말했다.

"동력실인 모양이네요."

"현재도 에너지를 생산하고 있는 겁니까?"

마리나가 물었다.

"그런 것 같군요. 에너지를 생산하는 시설이 이 아래에 있고 이 방의 설비는 그것을 제어하는 역할을 하는 것 같은데 이런 구조는 보통 핵 발전 시설 아니면 지열을 이용하는 시설이에요. 그런데 핵 발전은 지구도 버린 지 오래된 방식이고 또 여긴 지구도 아니니까 아마도 지열이 아닐까 싶어요. 하지만 여기서 생산되는 에너지를 당장 우리의 우주선에 이용할 수는 없을 거예요. 전에도 말했지만 에너지의 파동이 달라서라도 지구의 장비에 적용이 안 돼요. 또 이쪽의 메커니즘을 모르는 상태에서 섣불리 손댔다가 파손되거나 폭발할지도 모르구요."

"결국 있으나마나라는 이야기잖아. 괜히 긴장했네."

박창이 시무룩해서 맥 빠져 했다. 지혜는 그 말에 대답하지 않고 방을 나왔다.

"아무튼 지금은 이대로 둘 수밖에 없어요."

그녀는 딱딱한 말투로 말하고 문을 닫았다. 그곳을 나와 나머지 방을 조사하던 그들은 동력실의 반대 편에서 통제실을 발견했다. 그러나 그곳은 기지 내부의 전등과 기타 전자 설비를 조정하는 곳일 뿐이었다.

무적택배 사람들과 노드 일행은 결국 아무런 소득 없이 건물을 나왔다. 펠레즈의 재건하면서 이곳에서도 동력실과 통제실을 제외한 모든 설비를 가져간 것이 분명했다.

다시 광장으로 나온 그들의 눈에 검은 지휘차가 지면에서 2, 30㎝쯤 떠오른 상태로 움직이고 있는 것이 보였다. 바다와 우진이 운행 연습을 하는 중이었다. 그러나 아직 조종이 손에 익지 않은 모양으로 움직임이 썩 매끄럽지 못하고 불안정했다. 박상 등은 광장 구석에 앉아서 한동안 그 모습을 지켜보고 있었다.

"후아아~ 졸린다."

문득 박창이 입이 찢어져라 하품하며 기지개를 켰다. 옆에 있던 박상은 시간을 확인하고 놀란 얼굴로 중얼거렸다.

"벌써 시간이 이렇게 되었나? 12시가 넘었어."

지혜도 입을 가리고 길게 하품했다.

"어쩐지 피곤하다 했더니 한밤중이 되었네. 여기 들어온 다음부터는 시간 감각이 없어졌다니까. 꼭 우주에 있는 것 같아."

"슬슬 잘 준비를 하는 게 좋겠군. 오늘만 날은 아니니까."

박상은 옷을 툭툭 털고 일어나서 지휘 차량의 바다와 우진에게 연락해서 연습을 끝내게 했다. 지휘차에서 내려오는 우진은 퍽 흥분한 모습이었다.

"아직 전부 알아낸 건 아니지만 저 지휘차, 성능이 대단한데요? 저 안에서 이 기지의 전등이며 공기 정화 장치 등의 설비도 제어할 수 있고 저 바깥에 있는 수리차도 부르거나 차고로 돌려보낼 수 있게 되어 있어요. 그리고 지상으로 나가는 길도 여러 개의 루트가 입력되어 있으니 자동 조종에 맡기면 된다고 매뉴얼에 적혀 있구요. 조종에 익숙지 못해도 나가는 것은 전혀 걱정없겠어요."

박상은 그 말을 듣고 다행스러워했다.

"잘됐군요. 그렇지 않아도 우리가 들어온 입구는 큰 터널에서 작은 터널로 이어지는 구조여서 저것이 나갈 수 있을지 걱정스러웠는데."

"에너지는 어때요? 충분한 것 같나요?"

지혜가 물었다.

"예, 가득 채워져 있습니다. 아마도 이 기지 어디선가 무선으로 공급받고 있는 것 같습니다."

"그럴 테죠. 건물 지하에 동력실이 있더군요."

시간도 잊고 늦게까지 활동한 터라 다들 배가 고팠다. 그들은 간단히 야식을 챙겨 먹고 기지 내부를 소등한 다음 건물 안의 적당한 방을 골라 불을 피우고 침낭을 펴서 잠을 청했다.

■ 제7장

널리 인간을 이롭게 하라

1

다음날 무적택배 사람들은 아침 식사를 마치고 기지 내를 정리한 뒤 지상으로 떠날 준비를 했다. 자동 조종 기능이 있어서 우진과 바다가 조종이 익숙해질 때까지 기다릴 필요가 없다고 판단한 때문이었다. 출발에 앞서 그들은 박상의 요청으로 지휘차의 회의실에 모여 짧은 회의를 열었다. 노드 일행은 올 때처럼 에어 트럭에 타고 출발을 기다리고 있었다.

무적택배의 7명 전원이 자리에 앉고 나자 박상이 입을 열었다.

"이렇게 따로 모이라고 한 것은 다름이 아니라 앞으로 지상에 올라가서 어떻게 할 것인지에 대해 의논하기 위해섭니다. 비록 우리가 찾아냈다고는 하지만 이곳의 시설이나 우리가 지금 타고 있는 지휘차나 본래는 이 도시 펠레즈에 속한 것입니다. 그러므로 이 지휘차가 우리의 소유라고 생각해서는 안 된다고 봅니다. 우리는 지구로 돌아갈 방법을 찾기 위해 잠시 빌리는 것에 불과합니다. 후일 우리가 지구에 귀환할 방법을 찾게 되면 그때는 이것을 이곳에 되돌려 놓기로 합시다."

박창을 비롯한 6명은 이의를 달지 않고 저마다 고개를 끄덕였다. 우진이 박상에게 물었다.

"그런데 당장 펠레즈의 사람들에게 이 지휘차를 뭐라고 설명해야겠습니까? 마지막 지도자가 지하에서 기다린다는 말이 지금까지 전해올 정도인데 우리가 이것을 타고 나가면 굉장히 놀랄 텐데요."

박상은 귀 옆을 긁적였다.

"그것에 대해서도 생각해 봤는데 어떻게든 둘러대야 하겠지요. 현재의 레스프라트 사람들이 이용하기에는 시기상조라든가 하는 식으로 말입니다."

"그건 둘러대는 것이 아니라 사실 그대로인데요?"

마리나가 웃으며 말했다. 박상도 따라 웃었다.

"어설픈 거짓말보다는 진실이 나은 법이죠."

"아직 이르다고 설명하는 건 그렇다 치고 지금 꺼내 온 이유에 대해서는 뭐라고 하죠?"

우진은 아무래도 마음에 걸리는지 보다 구체적으로 물었다. 박상은 여전히 미소 띤 얼굴로 농담처럼 말했다.

"그것도 사실대로 말하죠. 얼마간 사용한 뒤 다시 원래의 장소에 보관할 것이라고."

"그런 말로 납득해 줄까요?"

우진은 걱정이 떨쳐지지 않는 표정이었다.

"아마도 그렇지 않을까 생각하는데… 적어도 우리에게 억지로 내놓으라고 하지는 않겠지요."

박상은 낙관적으로 생각하고 있었다.

"맞아요. 우릴 신의 사도로 여기는데 설마 우리가 자기들에게서 고대의 유산을 빼앗는다고 의심하기야 하겠습니까?"

박창이 형을 거든답시고 한마디 하고 나섰다. 그러나 박상은 그의 도움을 조금도 반가워하지 않고 못마땅한 눈초리로 동생을 째려보았다.

"빼앗다니! 빌리는 거라고 했잖아!"

"알았어, 빌리는 거. 근데 그런 식으로 말하니까 꼭 동네 양아치들이 써먹는 수법 같지 않아? '야, 돈 있으면 이 형아 좀 빌려주라. 이건 뺏는 게 아니라 빌리는 거다' 뭐 이런 거 있잖아."

어깨를 건들거리며 연기까지 선보이는 박창의 실없는 우스개에 다른 이들은 웃음을 터뜨렸고 박상은 이글이글 불타는 눈으로 박창을 노려보다가 웅얼거렸다.

"이 자식, 절대로 여기서 출세시켜 주나 봐라. 넌 끝까지 취사병이다."

다행인지 불행인지 박창은 그 말을 듣지 못했다. 짧은 웃음이 잦아든 뒤에 바다가 물었다.

"지휘차에 대해서는 그렇게 설명하는 것으로 한다 해도 둘째 차량에 있는 마지막 지도자의 시신은 어떻게 하실 겁니까?"

"그분의 유해는 펠레즈 사람들에게 건네서 장례를 치르게 하는 것이 어떨까 합니다만……."

"좋은 생각이네요. 그렇게 하죠."

"저도 찬성이에요."

마리나가 대뜸 찬성하고 릴리가 뒤를 이었다. 다른 이들도 박상의 생각에 동의했다. 이야기를 끝낸 그들은 펠레즈의 마지막 지도자의 유해를 그의 방에 있던 관에 넣고 그의 철인간은 수리실로 옮겨놓은 뒤 각자의 위치로 갔다. 바다와 우진, 지혜는 지휘 차량에 남았고 박상은 에어 카, 박창은 에어 트럭의 운전을 맡았다. 마리나와 릴리는 에어 바이크를 타고 들어올 때와는 반대로 가장 후방에 섰다.

지휘차가 벙커의 차단 벽을 지나 터널로 나가자 그곳에 대기하고 있던 전차는 자동으로 움직여 왔던 길로 돌아가 버렸다. 지휘차는 자동 조종으로 터널을 유려하게 빠져나갔다. 일반 전차가 다니는 터널과는 별도의 비상 통로를 이용하는 것 같았다.

한참 동안 터널을 달려 지하를 벗어 나오자 바깥은 한낮이었다. 회색 구름이 얇게 끼어 있어 약간 흐리기는 했지만 오랜만에 접하는 대낮의 빛은 충분히 눈이 부셨다. 고대의 지휘차가 나온 출구는 무적택배 사람들이 들어왔던 시간의 관이 있는 언덕이 아니라 펠레즈 외곽에 위치한 다른 언덕이었다. 멀리 펠레즈의 성벽이 보였다.

"이런 곳에 비밀 출입구가 있었군요. 꼭 비밀 출동 같은데요?"

가장 나중에 나온 릴리가 즐거워하며 뒤를 돌아보았다. 그녀의 말이 가히 틀리지는 않은 것이 커다란 바위로 위장된 출구는 이들이 나온 뒤 다시 닫혀 감쪽같이 원래의 모습으로 돌아가 있었다. 그러나 그것을 보고 감탄하던 것도 잠시, 모두의 시선은 선두의 지휘차에 집중되었다. 지휘차의 외형이 변하기 시작한 것이다. 네 개의 차량이 따로따로 떨어져 나가더니 가장 앞의 조종 차량을 가운데에 두고 뒤의 두 개 차량이 양 옆에, 사령관실이 있는 둘째 차량은 조종 차량의 위로 이동해서 결합했다. 변용을 마친 지휘차는 지하에 있을 때에 비해 길이는 1/4로 줄었으나 폭은 3배, 높이는 2배로 커졌다. 에어 카의 조종석에서 그 모습을 지켜보고 있던 박상이 영문을 몰라 하며 바다에게 물었다.

"지금 어떻게 한 겁니까, 바다 씨?"

[조종 매뉴얼에 지하 주행 모드와 지상 주행 모드란 것이 있어서 지상 주행 모드로 실행했더니 이렇게 됐습니다.]

바다도 지휘차의 갑작스러운 변형에 얼떨떨해 있었다.

"가변까지 하다니, 성능 하난 놀랍군."

감탄과 놀라움을 섞어 박상이 혼잣말을 하는데 우진이 장난기 어린 목소리로 물었다.

[이제 어떻게 할까요, 사령관님? 펠레즈로 갈까요?]

"그래야겠죠. 마지막 지도자의 장례도 치르고 이 일을 설명해야 할 테니."

그들은 방향을 펠레즈의 성벽으로 돌리고 고도를 높여 시간의 관이 있는 언덕으로 향했다.

지휘차와 박상 일행의 에어 카 등이 시간의 관으로 날아서 그 앞에 내려서자 그곳을 경비하는 병사들은 지휘차의 크기와 모습에 크게 놀라면서도 그간 박상 일행이 오가는 모습에 익숙해져서인지 이전보다는 침착한 모습들을 보였다.

병사들이 성주를 부르러 간 동안 박상 일행은 4번째 지도자의 관을 옮기기 위해 전원 지휘차로 들어갔다. 마지막 지도자의 유해가 있는 두 번째 차량은 조종 차량의 위에 올라 있었는데 뜻밖에도 위아래의 차량은 짧은 엘리베이터로 연결되어 있었다. 용도를 알 수 없는 장치가 있던 밀폐 공간이 엘리베이터가 된 것이었다.

"진짜 기술력 좋네요. 우리 우주선보다 훨씬 좋은데요?"

우진이 벙글거리면서 감탄을 아끼지 않았다.

사령관의 침실로 간 그들은 지혜를 제외한 여섯 명이 양쪽에서 관을 들고 나르기 시작했다.

"로봇을 둘이나 두고 사람이 이런 일까지 해야 하다니, 이런 건 조수랑 수정 시키면 안 되나?"

박창의 불평에 지혜는 그를 흘겨보았다.

"로봇이 만능인 줄 알아? 수정은 사무용이고 조수는 엔지니어링 보조 로봇이야. 물건 나르는 용도가 아니라구."

"그래도 기본적으로 파워는 있을 거 아냐."

박창이 그래도 포기하지 않고 따지자 박상이 심드렁하게 말했다.

"그 둘은 서로 키가 안 맞아서라도 안 돼. 조수는 수정의 반토막밖에 안 되는데 둘이 들었다간 관이 기울어져서 어떻게 되라고."

"젠장, 이래서 작업용 안드로이드를 하나쯤 샀어야 했는데. 복도가 좁아서 움직이기 힘드네."

박창은 자꾸 어깨가 부딪치는 벽을 신경 쓰며 구시렁거렸다. 공간 활용상의 필요성 때문인지 전반적으로 복도가 좁아서 양쪽에서 사람들이 관을 들고 걷기에는 좀 빡빡했다.

바깥으로 관을 들고 내려간 일행은 지휘차 옆의 풀밭에 조심스럽게 그것을 내려놓았다. 에어 트럭을 타고 무적택배 사람들을 따라온 노드 등은 밖에서 박상 일행을 기다리고 있었다. 시간의 관을 지키는 관리와 병사들은 주위에 모여 있었다.

조금 있으려니 성주가 여러 사람들을 거느리고 숨차게 올라왔다. 성주는 무적택배 사람들의 모습이 보이자 허리를 굽혀 인사하고 더욱 걸음을 서둘러 다가왔다.

"그렇지 않아도 들어가신 지 여러 날이 지난 터라 이제나저제나 기다리고 있었습니다. 가셨던 일은 잘되셨는지요?"

성주는 다소 수선스럽다 싶을 정도로 살갑게 인사를 건넸다.

"예, 슈스 성주께서 편의를 돌봐주신 덕분에 잘 둘러보았습니다."

박상은 성주에게 인사하고 노드 일행을 소개했다.

"지하에서 우연히 만난 사람들입니다. 이 사람들이 있어서 크게 도움을 받았습니다. 이번에 저희가 펠레즈의 4번째 지도자의 유해를 발견해서 모시고 나오는 데는 이 사람들의 공이 매우 컸습니다."

"4번째 지도자를 찾으셨다구요?"

펠레즈의 성주는 깜짝 놀라서 자신도 모르게 큰 소리로 외쳤다.

"예, 유해를 모시고 나왔습니다."

박상이 관을 가리키자 성주와 그 외 사람들은 황급히 관을 향해 엎드렸다. 그것은 노드 등도 마찬가지였다. 그들이 절을 마치기를 기다려 박상은 지휘차에 대해서 성주에게 설명했다.

"저것은 4번째 지도자께서 후세를 위해 남기신 것입니다. 하지만 지금의 여러분에게는 저것을 이해하고 이용할 능력과 기반이 부족합니다. 저희가 당분간 기능을 점검하고 이용한 뒤 본래의 자리에 되돌려놓을 것입니다. 4번째 지도자께서 남기신 과거의 유산을 진정한 힘으로 구사할 때까지는 아직 시간이 더 필요하기 때문입니다."

반쯤은 사실이고 반쯤은 거짓말인 셈이었지만 이 설명을 제발 납득해 주길 바라면서 박상은 침착하고 당당한 태도를 유지하려 애썼다. 우물쭈물하면 괜히 수상해 보이지 않을까 하는 우려에서였다. 과연 슈스 성주의 얼굴에는 큰 실망과 의문의 빛이 떠올라 있었다.

"천 년이나 세월이 지났는데도 여전히 그때가 아니라는 말씀이십니까?"

"그렇습니다."

박상은 이렇게 된 이상 끝까지 우기는 길밖에 없다고 굳게 마음먹고 한마디로 잘라 말했다. 박창을 비롯한 무적택배의 승무원들은 박상이 어떻게 이 상황을 타개할지 조마조마한 심정으로 지켜보고 있었다.

"고대의 선조들이 어떠한 번영을 누리고 있었는지는 펠레즈의 여러분이 누구보다도 잘 알고 계실 겁니다. 과거의 번영은 결코 초자연적인 신비가 아니라 인간들 스스로가 오랜 세월 축적하고 발전시킨 지적활동의 산물이었습니다. 따라서 그 구조와 원리를 이해하지 못하면 결코 활용할 수 없습니다. 지금의 여러분에게는 아직 그 기반이 부족합니다. 어느 날엔가 그것들을 여러분의 것으로 할 날이 오겠지만 아직은 그때가 아닙니다."

사실을 말하자면 모든 것의 열쇠가 되는 철인간이 못 쓰게 망가진 상태여서 4번째 지도자가 과연 무엇을 후손들에게 남기려고 했는지도 불분명했지만 그것까지 이야기할 수는 없어서 박상은 가급적 좋은 쪽으로 말했다.

성주가 박상의 말뜻을 제대로 이해했는지 여부는 불투명했으나 어떻든 받아들이는 분위기였다.

"신의 사도께서 그리 말씀하시면 그런 것이겠지요."

실망한 기색이기는 해도 성주는 그 이상 캐묻지 않고 4번째 지도자의 시신이 있는 관으로 시선을 돌렸다.

"펠레즈의 4번째 지도자께서 다시 지상에 오신 것만으로도 경하할 일입니다. 최대한 성대하게 그분의 장례를 치르고 모시도록 하겠습니다. 이 일을 프라트의 폐하께 알리고 장례 준비를 할 동안 신의 사도 여러분께서는 부디 성주관에 드셔서 쉬고 계십시오. 저녁에는 부족하나마 연회를 열어 모시고 싶습니다."

"너그러이 이해해 주시고 또 이렇게 초대까지 해주시니 감사합니다. 기꺼이 초대에 응하겠습니다."

박상은 이쯤에서 성주가 깨끗이 물러나 준 것에 내심 고마워하며 그의 초대를 감사히 받아들였다. 여러 날 동안 지하를 돌아다녀서 피곤하고 지쳐 있던 무적택배의 나머지 사람들은 기쁜 내색이 역력했다. 박상은 노드 등을 가리키며 성주에게 부탁했다.

"폐가 되지 않는다면 저 사람들도 저희와 함께 가도록 해주십시오. 조금 전에 말씀드렸듯이 이번 일에 공이 큰 사람들입니다. 이야기를 들어보니 레스프라트가 아메트에서 독립하기 전 레스프라트의 독립에 기여하고자 하는 마음으로 지하에 들어갔다고 합니다."

"그렇습니까? 당연히 그렇게 해야지요."

성주는 흔쾌히 대답하고 노드에게 다가가려 하다가 흠칫 걸음을 멈추었다. 오랜 기간 씻는 것은 고사하고 기아 속에 생사의 기로를 헤맨 노드 일행은 지저분한 몰골에 더해 온몸에서 역한 냄새를 풍기고 있었다. 노드와 친구들도 그 사실을 스스로 느끼고 있는 듯 몹시 부끄러워하며 땅바닥만 내려다보고 서 있었다. 제대로 씻지 못하기는 무적택배 사람들도 마찬가지였으나 그들은 그나마 물에 적신 타월과 우주용 특수 세제로 간간이 얼굴과 머리를 닦으며 다닌 터라 눈에 띄게 더럽거나 냄새가 나지는 않았다.

"정말 큰일을 하셨소. 지금은 4번째 지도자의 유해를 모시는 일이 우선이니 자세한 이야기는 후에 듣기로 하고 우선은 성주관에 가서 쉬고들 계시오."

성주는 최대한 상냥한 표정으로 노드 일행에게 말하고 말을 마치자마자 빠른 동작으로 멀찍이 물러섰다. 박상 일행과 노드 일행은 성주의 아들 겐디의 안내를 받아 성주관으로 향했고 성주는 4번째 지도자의 관을 우선 시간의 관에 모시게 한 뒤 자신은 관을 실을 마차와 장례 절차를 준비한다며 부하들과 시내로 내려갔다.

펠레즈의 성주관은 박상 일행이 이 별에 온 이래 본 가장 크고 웅장한 건물이었다. 천 년을 헤아린다는 도시의 역사가 그대로 반영된 듯 세월의 풍화와 시대별로 더해진 장식과 손질이 자연스럽게 공존하는 모습이었다.

오랜만에 몸을 깨끗이 씻고 안락하게 꾸며진 침실에서 쉬면서 시간을 보낸 그들은 저녁 무렵 성주가 마련한 만찬에 초청되었다.

넓은 연회장의 중앙을 비우고 테이블이 벽면을 따라 길게 凹 자 형으로 배치되어 있고 테이블마다 음식이 풍성하게 차려져 있었다. 성주는 중간 테이블의 상석에 박상 등을 앉게 하고 자신은 가족과 그들의 옆에 앉았다. 노드와 친구들에게는 왼쪽 테이블 위쪽 자리가 주어졌다. 말끔하게 씻고 면도도 하고 새옷으로 갈아입은 그들은 지하에서 만났을 때와는 사뭇 인상이 달라져서 처음에는 알아보지 못할 정도였다.

프라트에서 여러 날 지냈지만 이런 큰 자리에는 처음 참석하게 된 박상 등은 어떻게 행동해야 할지 잘 몰라서 성주의 행동을 살피며 앉아 있었다.

"와아, 술을 많이 내놓았네. 거기다 이렇게 큰 병에 술을 담아주다니, 진짜 호화롭다. 확실히 부자인가 봐."

"위대한 도시 펠레즈의 성주인데 당연한 거 아니겠냐?"

노드와 그의 친구 비슈가 수군거리는 것을 본 우진은 얼마나 많은 술이 나왔기에 그러는가 싶어서 테이블을 살펴보았다. 하지만 술병으로 짐작되는 토기 병이 한 사람당 한 병 꼴로 놓여 있고 병의 크기도 소주병 정도여서 그렇게 많다고 보기는 어려운 수준이었다. 다른 곳에 큰 술통이라도 있는 것인지 둘러보아도 그런 것은 보이지 않았다.

참석자들이 전원 자리를 잡고 연회가 시작되기 직전 성주관의 집사가 성주의 앞에 목이 길쭉한 금속제 병을 가져와서 정중히 올려놓았다. 이곳의 귀금속으로 만들어진 병은 겉에 화려하고 복잡한 장식이 되어 있어 그 자체로도 무척 고가의 물품으로 보였다. 성주가 일어나자 참석자들의 시선이 일제히 그에게 쏠렸다. 성주는 목소리를 가다듬고 엄숙한 태도로 말했다.

"오늘의 연회는 영광되게도 신의 사도 여러분을 모신 대단히 특별한 자리입니다. 신의 사도 여러분께서는 레스프라트를 아메트의 압제에서 해방시켜 주셨고, 또 이번에는 우리의 위대한 도시 펠레즈를 건설하고 문명을 지켜주신 고대의 마지막 지도자 고렌 메노프님의 유해를 지상으로 모시고 오셨습니다. 이렇게 경사스럽고 뜻깊은 일을 맞이하게 되어 기쁘기 한이 없습니다. 오늘은 모쪼록 마음껏 먹고 마시며 이 기쁨을 함께 누리십시다."

성주의 말이 끝나자 연회장 한 켠에 있는 악사들이 음악을 연주하기 시작했다. 성주는 자신의 앞에 놓인 병을 들어 박상의 잔에 따랐다. 박상은 깜짝 놀라 잔을 들어 술을 받았다. 이곳의 잔은 한국의 소주잔보다 더 작아서 고량주 잔만했다. 성주는 박상 이외에도 무적택배의 전원에게 술을 따르면서 술에 대해 설명했다.

"이것은 펠레지아라고 하는 아주 특별한 술입니다. 담은 지 200년이 넘어야 마시기 시작하는데 아주 귀한 손님을 대접할 때만 내고 있지요. 마음에 드실지 모르겠습니다."

7명에게 따른 뒤 성주는 술병을 자신의 등 뒤에서 대기하고 있는 집사에게 건넸다. 집사는 병을 받아 성주와 그의 아내, 아들에게 따랐다. 다른 테이블에서는 각자가 병을 들어 자신의 잔에 따르고 있었다. 그동안 지혜의 뒤에 서 있던 수정은 항시 휴대하는 성분 검사기로 무적택배 사람들이 먹어도 괜찮을지 술이며 음식들을 체크했다.

"다른 뜻이 있어서는 아니고 의례적으로 하는 행위이니 양해해 주십시오."

지혜가 양해를 구하자 성주는 상냥하게 미소 지었다.

"괘념치 마십시오."

모두의 잔에 술이 담긴 뒤 성주는 큰 소리로 모두에게 말했다.

"자, 모두들 오늘을 기념하며 술을 드십시다!"

성주의 권유에 참석자들은 잔을 들고 양 옆과 앞을 향해 가볍게 고개를 까딱여 인사했다. 박상 등도 잔을 집어 들기는 했으나 바로 입에 대지 않고 이곳의 다른 사람들이 어떻게 마시는지 곁눈질로 탐색했다. 사람들은 술을 단숨에 비우지 않고 조금 머금고 입 안에서 굴리면서 느긋한 태도로 그 향을 음미하고 있었다. 양주와 비슷한 요령이라 짐작한 무적택배 사람들은 그들을 따라 했다. 성주가 대접한 술은 장황한 설명에 걸맞게 그윽한 황금빛을 띠고 있었으며 맛이 깔끔하면서도 부드럽고 풍부한 향이 감돌았다.

"입에 착 붙네."

박창이 감탄하며 술잔을 바라보았다.

"음, 가히 명주인데요?"

우진은 눈을 지그시 감고 그 맛을 음미했다. 박상은 통역기를 끄고 목소리를 낮추어 일행에게 주의를 주었다.

"입에 맞는다고 막 마시지는 맙시다. 여기 성주님도 굉장히 아껴 마시는 눈친데……. 우린 이미 성주 부자의 보검을 부수는 크나큰 재산상의 피해를 입혔지 않습니까?"

보검 이야기가 나오자 장본인인 지혜의 얼굴이 붉어졌다.

"그 이야기는 왜 또 꺼내고 그래?"

지혜는 입속으로 툴툴거렸다.

통역기를 끄고 이야기한 까닭에 알아듣지 못한 성주는 박상 일행의 옆 테이블에 앉은 노드 등에게 주의를 돌리고 박상에게 물었다.

"참, 델라제 노드라고 했던가요? 저 젊은이들은 어떻게 하시겠습니까?"

그때까지 술이며 음식을 먹느라 정신이 없던 노드 일행은 음식을 입에 문 채 동작을 멈추고 박상을 슬그머니 쳐다보았다.

"저희가 프라트로 갈 때 동행해서 갈까 합니다. 노드 씨의 가문은 아메트의 침공 때 크게 피해를 입어 노드 씨 혼자만 간신히 살아남았다고 들었습니다. 이번 일에 노드 씨를 포함한 세 사람의 도움을 크게 받았으니 저희도 힘이 될 일이 있다면 해야 하지 않을까 합니다."

그 말을 듣고 노드는 크게 감격해서 고개를 조아렸다. 성주는 노드와 로네스, 비슈를 쳐다보면서 말했다.

"그렇지 않아도 연회에 앞서 세 사람을 따로 불러 이야기를 들었습니다. 참으로 용기있는 젊은이들이더군요. 300여 년 전의 기록을 단서로 그런 모험에 나서다니 보통 담력으로는 불가능한 일이지요. 들어보니 나름대로 준비도 철저히 했던 모양이구요. 시도는 좋았더군요. 아무튼 그곳에서 목표로 한 장소를 찾아내고 여러분을 만나 안내하게 된 것도 신의 이끄심이 아닌가 싶습니다."

또다시 언급되는 신이라는 말에 박상은 양심의 가책 비슷한 기분을 느꼈지만 성주는 진심으로 그렇게 생각하고 있는 것 같았다. 노드 일행이 이 사실을 어떻게 생각하고 있을지 걱정되어 몰래 살폈으나 얼굴만 보아서는 알 수가 없었다. 박상은 불편한 마음을 미소로 감추면서 성주에게 물었다.

"그런데 4번째 지도자의 장례는 언제쯤 하실 예정이십니까?"

"일단은 시간의 관에 모셔놓고 프라트에 계신 폐하께 전령과 전서조(傳書鳥:편지를 전하는 새)를 보내서 이 사실을 알렸습니다. 여러분도 알고 계시겠지만 얼마 후면 프라트에서 폐하의 즉위식이 있을 예정입니다. 레스프라트의 부활과 새로운 왕조의 성립을 정식으로 선언하는 중요한 일인지라 레스프라트의 신하라면 꼭 참석해야 하는 자리입니다. 제 입장에서는 4번째 지도자의 장례식과 폐하의 즉위식 어느 것도 소홀히 할 수 없는 중대사입니다. 그래서 어떻게 해야 할 것인지 폐하의 판단을 기다려야 할 것 같습니다."

"그렇습니까?"

박상은 머리 속으로 자신들의 일정을 가늠해 보았다. 4번째 지도자의 유골을 자신들이 발견해 지상으로 데려온 인연도 있어 장례식만큼은 참여하기로 일행과 합의를 본 터였다.

"며칠 내에 장례식이 열리기는 어렵겠군요."

"폐하의 즉위식이 아니더라도 그렇지요. 이 일은 비단 우리 도시뿐 아니라 인근의 수많은 사람들에게도 대단히 특별하고 각별한 의미가 있는 일이니까요. 다소 시간이 걸리더라도 충분히 준비해서 할 수 있는 한 가장 성대하고 엄숙하게 거행할 생각입니다."

성주의 대답을 들은 박상은 잠깐 통역기를 끄고 일행에게 물었다.

"어떻게 할까요? 장례식이 열리려면 꽤 오래 걸릴 것 같은데 그때까지 펠레즈에 계속 머물기는 어렵지 않겠습니까?"

"어렵게 생각할 것 뭐 있어? 여기서 이삼 일 쉬다가 프라트에 가서 우리 할 일 하고 장례가 열릴 때 다시 오면 되는 거지."

박창이 뭐가 문제냐는 듯 대뜸 말했다. 다른 사람들도 고개를 끄덕여 동의를 표했다. 일행의 뜻이 모이자 박상은 성주에게 말했다.

"폐가 되지 않는다면 저희도 4번째 지도자의 장례식에 참석했으면 합니다. 우선은 프라트에 돌아가 있을 테니 일정이 정해지는 대로 알려주십시오."

"그래 주신다면 저희로서는 더할 나위 없는 기쁨입니다. 반드시 알려 드리겠습니다."

성주는 공손하게 대답했다.

연회는 밤이 이슥하도록 계속되었다. 세련되고 우아한 느낌의 음악이 흐르는 가운데 무희의 춤과 마임 같은 기예가 선보였고 사람들은 담소를 나누며 술과 음식을 즐겼다.

연회가 끝나고 방으로 가면서 박창이 만족한 얼굴로 빵빵해진 배를 슬슬 문질렀다.

"아, 오랜만에 실컷 먹었네. 역사가 오래되어서 그런지 술도 맛있고 요리의 종류도 다양해."

"피스벵 설탕을 꽤 활용하고 있더군."

박상이 말하자 박창이 으쓱해했다.

"맞아. 내 말처럼 미각의 혁명이 일어났잖아. 시도해 보길 잘했지 그냥 포기했더라면 지금쯤 우린 끔찍하게 무미건조한 맛의 고문을 받고 있었을걸? 이제 고추 맛만 성공해도 더 다양한 맛을 즐길 수 있을 텐데……."

"정말 급한 건 간장과 된장이라니까."

"간장과 된장은 무리야. 난 메주 띄우는 법을 몰라. 그리고 여긴 메주콩도 없잖아?"

"고추는 있냐?"

"……."

잠시 말문이 막혔던 박창은 금방 기운을 되찾고 말했다.

"그래도 해볼래. 달리 할 일도 없잖아? 내가 우주선을 수리하겠어, 철인간을 개조하겠어, 아니면 병사들 훈련을 시키겠어?"

"맘대로 해라. 고추장을 만들든지 칠리 소스를 만들든지."

박상은 시큰둥하게 대꾸하며 방문을 열었다.

펠레즈에서 이틀을 머물면서 휴식을 취한 무적택배 사람들은 사흘째, 오전에 노드 일행을 데리고 프라트로 떠날 준비를 했다. 지휘차 등이 세워져 있는 곳까지 따라 나온 성주는 프라트에서 즉위식이 있은 뒤에 베르테스를 포함한 주요 인사들이 펠레즈에 와서 4번째 지도자의 장례식을 치르게 되었다고 알려주었다.

"여러 가지로 도와주시고 환대해 주셔서 감사합니다. 먼저 프라트에 가 있겠습니다."

박상의 인사에 성주가 고개를 조아렸다.

"저희도 곧 준비를 갖추어 프라트로 갈 예정입니다. 폐하의 즉위식 때 다시 뵙겠습니다.”

인사를 나누고 차에 올라 출발한 박상 등은 정오를 조금 지나서 프라트의 구왕궁이 있는 언덕에 도착했다. 그들이 언덕에 내려섰을 때 구왕궁의 정원 터에서는 일단의 특공대원들이 평소처럼 훈련을 하고 있었다. 그들은 무적택배 사람들이 평소에 몰고 다니는 차량들 이외에 커다란 검은 물체가 더해져 내려오는 모습에 매우 놀란 듯했다. 박상 등이 탈것에서 내려설 즈음 카라인이 건물에서 나와 그들을 맞이했다.

“그렇지 않아도 위대한 도시 펠레즈에서 연락을 받고 기다리고 있었습니다. 가셨던 일은 잘되셨습니까?”

카라인이 인사를 건넸다.

“예, 펠레즈의 성주께서 여러모로 편의를 봐주셔서 잘 마치고 왔습니다.”

박상은 그렇게 대답하고 주방이 있는 왼쪽 건물을 쳐다보았다. 그곳에서도 주방 사람들이 전원 몰려나와서 머리를 숙이고 있었다.

“우리가 떠나기 전에 입안했던 은닉, 침투 훈련은 잘 수행하셨습니까?”

마리나가 카라인에게 물었다.

“예, 계획대로 수행하고 평가를 마쳐 놓았습니다.”

“수고 많으셨습니다. 나중에 함께 검토합시다.”

카라인에게 말한 마리나는 박상에게 말했다.

“뒷정리는 우리가 대원들과 함께 할 테니 들어가서 쉬고 계십시오.”

“고맙습니다. 그럼 부탁합니다.”

박상 등은 마리나와 릴리에게 정리를 맡기고 노드 일행을 데리고 자신들이 숙소 겸 작업 공간으로 삼고 있는 왼쪽 건물로 향했다. 노드와 로네스, 비슈는 무적택배호가 올라앉아 대파되어 있는 왕궁의 중앙 건물을 얼빠진 얼굴로 바라보면서 박상 일행을 따라갔다.

얼마 지나지 않아 파디아와 미테르의 사제들이 언덕을 올라와 박상 일행을 찾아왔다.

"위대한 도시 펠레즈에서 연락을 받고 조만간에 오시지 않을까 생각하고 있었습니다. 펠레즈의 지하는 깊고 넓기가 측량할 수 없다고 하던데 무사히 다녀오셔서 다행입니다."

지극히 예의를 갖춘 말투임에도 파디아의 목소리에서는 묘한 친근감이 느껴졌다.

"오늘 저녁에는 폐하와 재상께서 찾아뵙겠다고 전해오셨습니다."

"폐하께서요?"

"예, 뭔가 드릴 말씀이 있으신 모양입니다."

베르테스가 자신들에게 할 말이 뭘까 생각하면서도 박상은 차라리 잘됐다 싶었다. 노드 일행을 어떻게든 베르테스에게 인사시켜야겠다고 생각하고 있던 차라 그가 왔을 때 소개하면 자연스러울 것 같았다.

"곧 즉위식이 열릴 것이라고 들었는데 언제쯤입니까?"

우진이 파디아에게 물었다.

"열흘 뒤라고 들었습니다."

"준비가 한창이겠군요."

"예, 그런 것으로 알고 있습니다."

"잔치 음식으로는 어떤 것이 나옵니까?"

뜬금없이 튀어나오는 박창의 엉뚱한 질문에 그렇지 않아도 큰 파디아의 눈이 더 커졌다. 그녀는 머뭇머뭇 말끝을 흐렸다.

"글쎄요, 그것까지는……."

박상은 박창을 째려보며 핀잔을 주었다.

"그런 건 왜 묻는 거야? 그리고 그런 걸 물으려면 주방 사람들에게 물어야지."

그러나 박창은 혼자만의 생각에 빠져서 중얼거렸다.

"축하의 자리에는 역시 화려하게 장식한 케이크가 제격인데……."

"너나 그렇게 생각하지 여기 사람들이 케이크를 아냐? 이쪽 요리사들이 알아서 어련히 잘 차리려구."

박상은 일축했지만 박창은 뭔가 다른 궁리를 하는 눈치였다.

그날 저녁 파디아가 알려준 대로 베르테스와 레히트를 위시한 몇 명의 사람들이 무적택배 사람들을 찾아왔다. 응접실에서 만나 펠레즈에 갔던 일에 대한 이야기가 오갈 즈음 박상은 노드 일행을 불러 그들에게 소개했다. 베르테스와 레히트는 세 사람의 지하 탐험기를 대단히 흥미롭게 들었다. 박상의 소개를 듣고 난 레히트가 노드에게 질문했다.

"프라트에 신의 사도들께서 오시기 전에 위대한 도시 펠레즈의 지하에 들어갔었다면 퍽 오래 그곳에 있었다는 이야기인데 식량은 어떻게 해결하셨소?"

"예, 제 조상이신 마석님의 기록에서도 식량이 가장 큰 문제라는 점을 알았기에 저희들 딴에는 치밀하게 대비를 했습니다. 지하에 들어갈 당시 말 5마리와 당나귀 10마리를 마련해서 물과 식량, 어유(魚油)를 가득 싣고 노끈도 많이 준비해서 입구 쪽에 묶어두고 풀면서 안으로 들어갔습니다. 도중에 많이 헤매기는 했지만 당초의 목적지를 찾아가기까지는 그런대로 순조로웠습니다. 그런데 막상 도착한 뒤가 문제였습니다. 그곳에 있는 고대의 열쇠를 도저히 풀 수가 없어서 한동안 헛되이 시간만 보내다가 식량이 떨어질 것을 염려해 단념하고 돌아 나오려고 했습니다. 그런데 저희가 풀어놓았던 노끈을 쥐들이 쏠아버린 것이 아닌가 짐작됩니다만 몇 개의 토막만 남고 없어지고 말았습니다. 목적지에 갈 때 큰 터널 이외에도 작은 터널을 많이 이용하면서 진행했던 터라 한 번 길을 잃으니 다시 길을 찾는다는 것이 쉽지 않았습니다. 그러다가 가지고 간 식량이 바닥났고 처음에는 당나귀를 한 마리씩 잡아먹다가 다음에는 쥐도 보이는 대로 잡았습니다. 하지만 먹을 것이 없는 지하 깊은 곳이라 쥐도 별로 없었습니다. 물은 가끔 지하에 고여 있는 것을 찾아서 마셨으나 나중에는 너무 배가 고파서 어쩔 수 없이 말까지 먹었습니다. 불을 밝힐 기름도 떨어지고 절망적으로 죽음만을 기다리다가⋯ 이분들을 만나서 구사일생으로 이렇게 살아나오게 되었습니다.”

차분하게 설명해 나가던 노드는 박상 일행을 가리키는 대목에서 잠깐 머뭇거렸다. 고대인이라 짐작하고 있던 자신들의 당초 생각과 사람들이 부르는 신의 사도라는 명칭 사이에서 헷갈리고 있는 것이었다.

“말까지 먹어야 했다니 정말로 상황이 최악이었구려.”

레히트가 혀까지 차며 진심으로 동정하는 투로 말했다. 그렇게 생각하는 것이 레히트만은 아니었던지 베르테스 등의 인상도 살짝 일그러져 있었다. 그들의 반응을 바라보던 박창은 이해할 수 없어하며 형 박상에게 속삭였다.

“암만 들어도 이상하네? 어떻게 말을 먹는 게 쥐를 먹는 것보다 더 끔찍한 거지?”

“글쎄다.”

사정을 모르니 박상도 그렇게 말할 수밖에 없었다. 그때 베르테스가 노드에게 물었다.

"델라제 노드라고 했소? 그대의 가문이 아메트의 침공 때 해를 입고 그대만 목숨을 구했다고 했는데 정확히 어디에 있는 가문이었소?"

"펠레즈 주의 북동쪽에 있는 시렘이란 곳이었다고 합니다."

"알겠소."

베르테스는 고개를 돌려 레히트에게 일렀다.

"재상께서 이 사람들이 프라트에 머물 동안 있을 곳을 돌봐주시고 시렘의 델라제 가문을 복권토록 해주십시오."

"예, 차질없이 조치하겠습니다."

레히트는 그렇게 대답했다. 노드는 감격해서 넙죽 엎드렸다.

"감사합니다, 폐하."

그 이야기가 일단락된 다음 레히트가 박상에게 말했다.

"실은 오늘 이렇게 찾아뵌 것은 위대한 도시 펠레즈에 다녀오신 것에 대해 인사를 드릴 겸 여러분께 간절히 청하고픈 일이 있어서입니다. 꼭 들어주셨으면 합니다."

어떤 말이 나오려나 불안 반 궁금중 반의 심정으로 박상은 레히트의 다음 말을 기다렸다.

"이미 알고 계시겠지만 앞으로 10일 후에 폐하의 즉위식이 있을 예정입니다. 레스프라트의 새로운 출발과 새 왕조가 섰음을 공식적으로 선언하는 자리가 될 것입니다. 그때 박상님께서 폐하께 왕관을 씌워주시고 새로운 왕조의 상징이 될 깃발을 내려주셨으면 합니다."

아닌 밤중에 날벼락도 아니고 무슨 말인가 싶어 쳐다보자 레히트가 차분한 어조로 설명했다.

"여러분께서는 레스프라트의 구왕궁으로 직접 내리시어 아메트의 태수를 불길로 처단하셨고 그로서 레스프라트가 아메트로부터 독립하는 결정적인 계기를 만들어주셨습니다. 뿐만 아니라 그 직후 베르테스 폐하를 레스프라트의 국왕으로 지명하시고 프라트 들판에서의 전투를 지원해 주셨습니다. 베르테스 폐하는 박상님께서 직접 임명해 주신 왕이십니다. 그러니 박상님께서 왕관을 씌워주시는 것은 당연한 일이 아니겠습니까?'

박상은 '억' 소리가 튀어나올 뻔한 것을 가까스로 삼켰다.

'오해라고 말하고 싶지만 이제 와서 오해라고는 입이 찢어져도 말할 수 없지.'

박상은 우울하게 속으로 중얼거렸다.

'안 한다고 할 수는 없을까?'

그런 생각을 하며 일행의 얼굴을 훑어보니 다들 하는 수 없지 않느냐는 듯한 표정이었다. 마땅히 거절할 명분이 없기도 하고 앞으로도 한동안 레스프라트에 머물 수밖에 없다는 생각에 박상은 그러마고 할 밖에 도리가 없었다. 박상의 수락에 베르테스와 레히트는 적이 만족스러워했다. 레히트는 감사의 말을 했다.

"쾌히 수락해 주시니 감사할 따름입니다."

베르테스도 고개를 숙여 감사를 표했다. 이야기를 마치고 자리에서 일어서며 레히트가 노드에게 말했다.

"그대들은 나와 같이 가세. 프라트에 머물 동안 있을 곳을 마련해 주겠네."

"예."

노드는 황송해하며 대답하고 박상 일행에게 인사했다.

"그동안 정말 감사했습니다. 다음에 또 인사드리러 오겠습니다."

노드 등 세 사람은 무적택배 사람들에게 공손하게 머리를 숙이고 레히트를 따라 나갔다. 모두 나가고 동료들만 남게 되자 박상은 머리를 싸매고 우울하게 웅얼거렸다.

"즉위식에 참석하는 것만도 부담스러운데 왕관까지 씌워줘야 하다니… 어떻게 하면 되는 거지?"

박창은 뭐가 걱정이냐는 듯 가볍게 말했다.

"모자 씌우듯이 팍 씌우면 되는 거 아냐?"

"왕관을 씌워주다가 땅에 떨어뜨리면 어쩌지? 그래서 왕관이 박살이라도 나면?"

"걱정도 팔자야. 설마 하니 유리로 왕관을 만들었겠어?"

박창이 코웃음을 치는데 우진이 웃지 않으려고 애쓰면서 짐짓 심각하게 말했다.

"그래도 분위기가 무척 썰렁해지긴 하겠죠."

"맞아, 무지 썰렁해지겠지?"

박상은 온갖 상황을 가정하면서 고민에 빠져들었다.

"왕관은 씌울 때는 단번에 팍 씌우는 걸까, 천천히 폼을 잡고 씌우는 걸까? 입을 다물고 해야 할까, 아니면 뭐라고 말을 해야 하나? 또 씌우고 나서는 어떻게 해야 하는 거지?"

내버려 두면 끝없이 고민할 것 같은 그를 보고 박창이 혀를 끌끌 찼다.

"딱해서 못 봐주겠네. 내가 내일 아침에 파디아님께 물어봐 줄게. 즉위식 날까지 아직 시간은 많이 있으니까 그 안에 천천히 준비해도 되잖아."

"그래 줄래?"

박상의 얼굴에 화색이 돌았다. 그는 박창의 팔을 꽉 잡고 신신당부했다.

"꼭 그렇게 해줘야 한다? 될 수 있으면 식의 순서랑 그 외 상세한 사항까지 알아봐라. 알겠지?"

"알았어. 자세하게 물어볼게. 그러니 진정해."

박창에게 단단히 다짐을 받은 박상은 한시름 덜었다는 듯 안심하는 기색이었다. 그러다가 금방 또 다른 걱정거리를 생각해 내고는 모두에게 물었다.

"그런데 즉위식 때 우리들은 어떤 옷을 입고 참석해야 할까요?"

다른 사람들도 그 생각은 미처 하지 못했던 터라 애매한 표정이 되었다. 마라나가 말했다.

"그것도 생각해 봐야겠네요. 평상복을 입기도 그렇지만 우주복을 입는 것도 이상할 테고."

그때 박창이 말했다.

"어렵게 생각하지 맙시다. 로마에 가면 로마법을 따르랬다고 여기 식으로 입으면 되죠. 파디아님에게 부탁하면 알아서 준비해 줄 겁니다."

"그것도 괜찮은 생각이긴 한데 파디아님을 너무 귀찮게 하는 것 아닐까요? 명색이 한 종교의 최고 수장이고 바쁘실 텐데요."

우진이 걱정했다.

"나도 조금 미안하긴 한데 그래도 어떡하겠어요? 그 밖에 부탁할 만한 사람이 없는걸. 베르테스님은 왕이니 부탁하기 더 어렵고, 주방 사람들은 뭐든지 시키는 대로 잘하긴 하지만 그것도 주방 일이나 한정되는 거고, 그렇다고 운동이다 훈련이다 바쁘게 지내는 특공대 사람들에게 그런 걸 부탁할 수도 없잖아요. 그러니 매일 우리가 있는 곳으로 오는 파디아님에게 부탁하게 되는 거죠."

"매일 만난다고? 그 대신관이 매일 여기에 오는 거야?"

지혜가 이상해했다.

"우리를 신의 사도라고 생각하니까 그런 것이겠지."

박상은 대수롭지 않게 넘어갔지만 지혜는 석연치 않은 표정으로 의문을 나타냈다.

"정말 그렇게 믿고 있는 걸까?"

"적어도 그녀나 신관들은 그렇게 생각하고 있지 않을까? 그들의 입장에선 우리의 등장으로 예언의 실현이 이루어진 셈이니까."

박창이 말했다. 박상은 한숨을 내쉬며 중얼거렸다.

"긍정도, 부정도 하지 않기로 정하긴 했지만 언제까지 이대로 있어야 할지도 문제다. 때문에 이런 일까지 맡게 되었으니……."

박상의 눈치를 살피던 우진이 말했다.

"그런데 그 재상님이 말씀하신 깃발은 어떻게 하실 겁니까?"

"깃발? 그런 것도 있었지?"

왕관을 씌우는 일에만 정신이 팔려 깃발에 대해서는 잊고 있던 박상은 우진의 말에 그것을 기억해 내고는 낯빛이 변했다.

"깃발이라니 문장이나 마크를 말하는 모양인데 내가 무슨 수로 그런 걸 만들지?"

이마에 주름을 짓고 또 고민에 빠져드는 형을 보고 박창이 아이디어를 냈다.

"우리 회사 마크를 주면 어때?"

그러나 박상은 고마워하기는커녕 눈을 부라렸다.

"우리 회사 마크? 주먹에다 발바닥 그려진 그걸 새 왕조의 깃발이라고 주란 말이야? 가뜩이나 그놈의 마크 때문에 택배 회사가 아니라 태권도장이나 무도장으로 의심받는 판에 그걸 누굴 줘? 말하다 보니까 생각났는데, 너 그거 진짜 디자인 회사에 맡긴 것 맞아? 네가 만들어놓고 디자인 비 꿀꺽한 거 아냐?"

박상의 난데없는 추궁을 받자 박창은 당황했다.

"무, 무슨 소리야? 그거 디자이너가 만든 거 맞아. 회사 이름이 무적택배니까 이미지에 맞게 해준 거지. 그리고 형도 동의했으니까 그게 우리 마크가 된 거잖아."

"시끄러. 우주선의 도장을 맡기기 직전에 가져왔으니까 시간이 없어서 하는 수 없이 넘어간 거지 절대 동의한 적 없어."

"회사 마크로 그 정도면 임팩트있고 멋지지 뭘 더 바래?"

"멋지긴 뭘 멋져? 불량스럽지."

"그 예산에 그 정도면 잘 빠진 거야. 더 일류로 만들고 싶었으면 디자인 비를 더 책정했었어야지."

"잘 빠지긴 뭐가 잘 빠져? 아무리 생각해도 그건 프로의 솜씨로 보긴 힘들어."

엉뚱한 이야기로 빠져서 둘의 목소리가 점점 커지는 것을 들으며 지혜는 한심스러워했다.

"둘 다 철 안 드는 건 똑같애. 어릴 때부터 하나도 변하지 않았다니까."

형제가 으르렁거리고 있는데 우진이 두 사람에게 말했다.

"제게 한 가지 생각이 있는데요?"

박상 형제는 언쟁을 멈추고 우진을 쳐다보았다.

"사장님 말씀처럼 현실적으로 우리가 새 왕조의 문장을 만들어주는 건 무리니까 기존의 것을 이용하도록 하죠. 펠레즈에서 가져온 4번째 지도자의 지휘차에 있는 문장을 주는 겁니다."

"지휘차의 문장? 그러면 간단하기는 하지만 그래도 되겠습니까?"

박상은 솔깃해하면서도 망설였다.

"안 될 것 뭐 있어, 하면 되지."

박창은 적극 찬동했다.

"좋은 생각이네요. 우리가 마크를 만들 수는 없잖아요."

마리나도 찬성했다.

"그럽시다. 더 이상 골치 아프게 생각하기 싫으니까. 컴퓨터로 스캔해서 출력해서 줍시다. 그러면 자기들이 알아서 쓰겠지."

만사가 귀찮아진 박상은 우진의 안에 따르기로 했다.

2

펠레즈에서 돌아온 다음날부터 무적택배 사람들은 프라트에서의 일
상으로 돌아갔다. 지혜는 지휘차 안에 있던 철인간을 본격적으로 조사
하는 작업에 들어갔고 박상 형제는 주방에서 고추 맛을 만드는 실험을
재개했다. 마리나 자매는 카라인에게 보고를 받으며 특공대의 훈련 상
황을 점검하고 바다와 우진은 정원 터 한쪽에서 지휘차의 운전 연습과
기능 점검을 했다.

점심 시간에 모여 식사를 마치고 차를 마시던 중 우진이 박창에게
물었다.

"즉위식에 대해서 알아보셨습니까?"

"파디아님께 물어봤더니 직접 본 적이 없어서 잘 모르겠다고 하면서
다른 나이 지긋한 신관에게 물어서 가르쳐 주더군요."

"그러고 보면 파디아님은 대신관이라는 높은 신분에 있는 것치고는 굉장히 젊어 보이던데 정확히 몇 살이나 되셨죠?"

마리나가 물었다.

"이쪽 나이로 24살이라더군요."

박창의 대답을 들은 우진과 마리나 등은 놀라는 표정이었다.

"젊다는 건 알고 있었지만 생각보다 훨씬 젊어요. 그런데 어떻게 그렇게 젊은 나이에 대신관이 된 걸까요? 지구를 봐도 종교의 최고 지도자들은 대개 나이가 많잖아요."

마리나가 말했다.

"다른 종교는 어떤지 모르겠는데 미테르 교 같은 경우는 대신관을 연륜으로 선출하지는 않는가 보더군요. 이쪽 사람들이 '신의 축복'이라 부르는 특별한 능력을 가지고 태어난 아이를 찾아내서 어릴 때부터 대신관 후보로서 교육한대요. 보통은 선대의 대신관이 어디쯤에 그런 아이가 태어난다고 지목을 한다더군요."

박창의 설명에 우진은 대단히 흥미로워했다.

"지구의 라마교 비슷하네요. 달라이라마를 비롯한 라마교의 주요 지도자들도 그런 식으로 정해진다고 들었어요."

릴리는 이해가 된다는 표정으로 고개를 주억거리며 말했다.

"그래서 파디아님의 예언을 다들 그렇게 철석같이 믿었나 보군요? 특공대원들 중에도 미테르 교 신자들이 많아요. 그들은 파디아님을 크게 존경하고 신뢰하더군요."

"그러니 그 예언의 날 하늘에서 화염에 휩싸여 떨어져 내린 우리들이 신의 사도로 오인받는 것도 무리는 아닌 셈이죠."

박창은 웃으면서 말했지만 우진은 심각해져서 말했다.

"전 무신론자는 아니지만 특별히 믿는 종교도 없었는데 여기 오면서

부터는 이상한 생각이 많이 들어요. 보이지 않는, 우리가 알 수 없는 어떤 힘이 때론 작용하는 게 아닐까 하는 그런 생각요."

그때까지 잠자코 다른 사람들의 이야기를 듣기만 하던 바다가 박창에게 물었다.

"파디아님의 예시 중에 우리가 이곳을 떠나는 비전은 없답니까?"

박창이 머리를 긁적였다.

"그런 이야기는 듣지 못했어요. 그 예지 능력이란 것이 마음대로 통제할 수 있는 것이 아니라 꿈이나 환영처럼 불시에 찾아드는 모양이에요. 즉 어떤 일에 대해 알고 싶다고 해서 그것을 알게 되는 건 아니라는 거죠."

그때 박상이 퉁명스레 말했다.

"지금 주제가 그게 아니잖아. 즉위식에 대해서 알아오긴 한 거야?"

"알았어. 지금 얘기할 테니까 보채지 마."

박창은 하얀 백지를 꺼내 테이블 위에 놓고 볼펜으로 그림을 그리면서 일행에게 즉위식에 대해 설명하기 시작했다.

"이게 즉위실이 열리는 대형 홀이고 여기쯤에 단상이 있어요. 우리는 단상 측면의 이 문으로 들어가서 단상 위에 마련된 의자에 나란히 앉아 있게 될 거라더군요. 원래는 선왕과 선왕비가 앉는 자리랍니다. 왕관을 씌우는 것도 선왕이 하는 일이라더군요. 그러니까 형이 선왕의 역할을 대신하는 셈인 거죠. 새로 왕이 될 사람이 단상에서 정면으로 보이는 뒤쪽의 큰 문으로 들어와서 사람들 사이를 지나 단으로 올라오면 선왕이 일어섭니다. 그러면 시종장이 왕관이 얹힌 쟁반을 들고 선왕의 옆으로 다가오죠. 새로운 왕이 선왕 앞에 무릎을 꿇으면 선왕은 왕관을 높이 들어 모두에게 보이게끔 한 후 새 왕에게 남기는 말을 큰 소리로 말하고 머리에 씌워주면 된대요."

"우리는 그동안 가만히 앉아 있기만 하면 되는 거야?"

지혜가 물었다.

"그건 아니지. 형이 왕관을 씌우러 일어날 때 우리도 같이 일어서서 있어야 해."

"씌우고 나면요?"

이번에는 릴리가 물었다.

"왕관을 받은 새 왕이 참석자들에게 돌아서서 왕으로서의 다짐을 말하는 동안 새 왕의 뒤에 시종들이 옥좌를 옮겨놓는 답니다. 그러면 새 왕이 앉고 뒤에 있는 선왕과 선왕비도 앉는대요. 하지만 이번 경우는 아마 우리들이 먼저 앉고 나서 왕이 앉고, 그리고 주요 인사들의 충성 맹세가 있을 거라고 하더군요."

"그런데 왕관을 씌울 때 한다는 남기는 말이란 건 뭐냐?"

박상이 적이 불안한 얼굴로 물었다.

"통역기로는 그렇게 통역이 되던데……. 나도 무슨 뜻인지 잘 몰라서 파디아님에게 물어봤는데 선왕이 새로운 왕에게 남기는 당부나 교훈 같은 거래. 일반적으로 새 왕에게 부족하다고 여겨지는 점에 대한 충고나 필요하다고 생각되는 덕목, 아니면 그 시기에 맞는 국가적 필요에 대한 내용이라더군. 예를 들어 새 왕이 인내심이 부족하다고 염려될 경우에는 '다른 이들의 말에 귀를 기울이는 왕이 되라' 같은 게 있겠고 반대로 유약하다면 '결단력을 갖춘 왕이 되라'가 될 수도 있고 어수선한 시기라면 '강한 왕이 되라, 부국강병에 힘써라' 그런 식인 모양이야."

"뭐 그런 것까지… 골치 아프군."

새롭게 부상한 고민거리에 박상은 인상을 쓰고 한숨을 푹푹 내쉬었다.

"그런 말까지 생각해야 한단 말이지? 난 베르테스 왕을 잘 알지도 못하는데… 그에게 무슨 말을 해야 하지?"

박상의 푸념에 박창이 턱을 긁적이며 씨익 웃더니 말했다.

"장가가라, 어때? 왕이면서 아직 미혼이잖아."

박상은 동생을 쨰려보았다.

"장가? 너나 가라. 나도 안 간 장가를 남한테 가라고 하게 생겼냐? 남은 골치가 아프구만 장난이나 치고."

박창을 나무라고 땡감 씹은 표정으로 끙끙거리던 그는 도저히 안 되겠던지 다른 사람들에게 도움을 청했다.

"다들 뭔가 좋은 생각 없습니까?"

그러자 지혜가 입가에 슬며시 떠오르는 미소를 감추고 천연덕스럽게 말했다.

"과학 강국 건설!"

그 말이 떨어지기 무섭게 마리나 자매와 우진이 차례로 뒤를 이었다.

"체력은 국력!"

"건강한 몸에 건전한 정신!"

"민주주의여, 만세!"

박상은 어이가 없다는 표정으로 일행의 얼굴을 죽 훑어보다가 마지막으로 동생 박창의 얼굴을 지그시 노려보았다.

"이 자식……."

"내가 시킨 거 아냐. 왜 나한테 그래?"

박창이 항의했지만 박상은 노려보는 시선을 거두지 않고 씁듯이 내뱉었다.

"모두 너한테 바보 바이러스가 옮은 게 분명해."

"무슨 소리야? 유머 감각을 나눠 받았다고 평가해 줘."

그러나 박상은 박창의 말을 들은 척도 않고 이내 혼자만의 고뇌에 잠겼다.

"젠장, 자기 일이 아니라고 다들 농담이나 해대고. 죽이 되든 밥이 되든 내가 생각해 보는 수밖에 없겠어."

그는 조그맣게 구시렁거리더니 벌떡 일어나 방을 나가 버렸다.

"우리가 좀 심했나요?"

우진이 꾹 참고 있던 웃음을 흘리며 미안해했다. 지혜는 손을 내저으며 웃었다.

"걱정 말아요. 이만한 일로 삐치는 성격은 아니니까. 조금 있으면 다 풀어질 거예요."

그런데 금방 문이 확 열리더니 박상이 다시 들어왔다. 웬일인지 그의 얼굴이 아까보다 밝아져 있었다.

"하나 생각이 나긴 했는데……."

"이렇게 빨리 생각해 내다니, 의외네? 좋은 아이디어라도 떠올랐어?"

박창이 싱글거리며 물었다. 박상은 겸연쩍은 듯 가볍게 헛기침을 했다.

"아이디어라고 하긴 좀 그렇고 그냥 생각난 거야."

"뭔가요?"

마리나가 궁금해했다. 박상은 약간 망설이는 눈치를 보이다가 결심을 굳히고 말했다.

"널리 인간을 이롭게 하라……."

그 말을 들은 무적택배 사람들은 멀뚱한 표정들이었다. 곧 박창이 어이없다는 투로 말했다.

"그거 단군신화에 나오는 말이잖아. 형이 환웅이야?"

"아무렴 어때. 그 말 가지고 특허나 지적 저작권 주장할 사람이 있는 것도 아닌데. 아무튼 좋은 말이잖아. 그래도 일국의 왕에게 주는 말인데 아무 말이나 하는 것보다는 낫지."

박상은 그렇게 우기다가 자신도 쑥스러웠던지 일행에게 말했다.

"그게 별로라면 여러분이 다른 아이디어를 내도 좋아요. 쓸 만한 게 생각나면 말해 주세요."

그러나 달리 괜찮은 아이디어가 나오지 않아 새 왕에게 남기는 말은 결국 홍익인간으로 정해졌다.

그날 저녁 하루 일과를 마치고 저녁을 먹은 뒤 무적택배의 7명은 산책을 겸해 정원을 거닐고 있었다. 정원이라고는 해도 무적택배호가 추락하던 날 전부 태워 하얗게 재로 만들어 버린 터라 지금은 그저 넓은 운동장 같은 모습이었다. 한쪽 끝에 지휘차며 에어 카 등의 차량이 세워져 있고 가운데는 비워져 있었다. 낮에는 특공대원들이 돌아가며 훈련을 하고 있었지만 저녁 시간 이후에는 덩그러니 비어 있었다.

앞으로의 계획을 의논하며 어슬렁어슬렁 걷고 있는데 정원 끝의 입구에 익숙한 얼굴들이 나타났다. 노드와 그의 약혼녀 로네스, 노드의 친구이자 로네스의 오빠인 비슈였다. 현재의 그들은 말쑥한 차림을 한 데다 며칠 사이에 제법 살도 붙어서 펠레즈의 지하에서 만났을 때와는 확실히 다른 모습이었다. 박상 등에게 걸어온 그들은 가까이 와서 고개를 숙이고 인사했다.

"마침 모두 함께 계셨군요."

"얼굴이 좋아 보이는데요? 딴사람들 같아요."

박창이 웃으며 인사를 건넸다. 노드가 머리를 긁적이며 따라 웃었다.

"부끄럽습니다, 흉한 모습부터 보여 드려서."

"저녁은 드셨습니까?"

박상이 물었다.

"예, 먹고 왔습니다. 레히트 재상께서 잘 돌봐주셔서 불편없이 지내고 있습니다."

"할 이야기가 있어서 온 것 같은데 들어가서 차라도 마시면서 이야기합시다."

노드가 작별 인사를 하러 온 것쯤으로 짐작한 박상은 그들과 건물 안으로 들어갔다. 무적택배 사람들이 응접실로 사용하는 방으로 가서 모두 둘러앉고 박상은 방 한 켠에 놓인 화덕에서 끓인 물에 말린 식물의 분말을 타서 레스프라트 식 차를 만들었다. 박상이 차를 내주자 노드 일행은 모두 일어서서 공손히 받아 들었다.

"처음 만나는 사이도 아닌데 그렇게 어려워할 필요는 없습니다. 전처럼 편하게 하십시오."

펠레즈의 지하에서 지낼 때보다 눈에 띄게 긴장하고 어려워하는 그들의 모습에 박상은 어쩐지 착잡해졌다. 노드가 빙긋 웃었다.

"말씀은 감사합니다만 그럴 수는 없지요. 베르테스 폐하와 레히트 재상 같은 분들께서도 여러분들 앞에서는 그렇게 조심하시는데요."

그렇게 말하던 노드는 정색을 하고 자세를 바로 잡더니 말을 이었다.

"실은 비슈는 내일 고향으로 돌아가기로 했지만 저와 로네스는 이번에 폐하로부터 중요한 책임을 받게 되었습니다. 그래서 그것을 보고하고 인사를 드리려고 왔습니다."

"그래요? 잘됐군요."

무적택배 사람들은 진심으로 축하해 주었다. 노드 일행이 목숨을 걸고 찾아나섰던 펠레즈의 유산을 자신들은 손쉽게 찾아내서 이용하고 있는 셈이라 그들에게 미안한 마음도 없지 않아 있던 차였다.

"어떤 일을 하게 되었습니까?"

우진의 질문에 노드는 겸연쩍은 미소를 머금고 말했다.

"저와 로네스가 받은 임무는 바로 신의 사도 여러분을 모시는 일입니다. 이제부터는 필요하신 것이 있으시거나 레스프라트 내의 어딘가로 가실 때는 저희에게 말씀하시면 됩니다. 저희가 폐하의 명을 대리하여 모든 편의를 살피겠습니다."

박상을 비롯한 무적택배 사람들은 어리둥절했다. 잠시 침묵이 지나가고 박창이 일행에게 의견을 구하듯 말했다.

"지금까지 파디아님께서 잘 챙겨주셨는데 굳이 따로 사람을 둘 필요가 있을까요?"

그러자 노드가 적극적인 자세를 보였다.

"물론 그동안 파디아 대신관께서 잘해오신 것은 저희도 들어서 알고 있습니다. 하지만 베르테스 폐하께서는 미테르의 신관들께서 모시는 것과는 별도로 행정적인 측면이나 그 외 자잘한 일들을 지원하고 수행할 사람이 필요하다고 생각하신 것 같습니다. 저희도 레스프라트를 위해 무엇인가 하고 싶다고 생각하던 터라 좋은 기회라고 생각하고 기쁘게 받아들였습니다."

노드의 말을 듣고 지혜가 통역기를 끄고 일행에게 말했다.

"차라리 잘된 일인지도 몰라요. 앞으로 고대의 다른 유적도 찾아가 봐야 하고 우주선을 수리하려면 여러 가지로 필요한 것들이 많을 텐데 아무래도 왕의 신하 쪽이 물자 동원력이나 치안 면에서 더 확실하지 않겠어요?"

박상도 수긍했다.

"일리가 있군. 그간 파디아님께만 너무 의지해 온 것 같기도 하고."

"우리 생각에도 그런 것 같아요."

마라나와 릴리도 똑같이 고개를 주억거렸다. 바다와 우진의 생각도 그 점에서는 일치했다. 그래서 박상은 노드에게 수락의 뜻을 밝혔다.

"알겠습니다. 베르테스 폐하께 감사히 받아들이겠다고 전해주십시오."

"감사합니다. 최선을 다해 모시겠습니다."

노드와 로네스는 환한 얼굴로 꾸벅 고개를 숙였다. 그런데 바다가 노드 일행에게 물었다.

"세 분은 집을 떠나온 지 꽤 되는 것으로 아는데 집에 들르지 않아도 되겠습니까?"

그러자 비슈가 대답했다.

"노드와 로네스는 여기에 남아 있고 제가 돌아가서 노드의 가족과 저희 가족을 데리고 와서 수도를 방문하기로 했습니다. 프라트 구경도 하고 곧 즉위식이며 위대한 도시 펠레즈의 4번째 지도자의 장례식 등의 큰 행사도 있으니까 오히려 기뻐할 겁니다."

"비슈 씨는 앞으로 프라트에 살지 않을 겁니까?"

우진의 질문에 비슈는 사람 좋은 미소를 머금었다.

"전 고향에서 조용히 지내는 게 좋습니다. 저번에는 노드와 로네스가 간다고 하니까 모른 척할 수 없어서 따라나섰지만 이젠 그냥 가족과 있고 싶어서요."

"잘 생각하셨습니다. 돌아가시거든 가족에게 잘해주십시오. 원할 때 가족을 만날 수 있다는 건 축복이니까요."

바다가 쓸쓸한 얼굴로 말했다.

"물론 그럴 겁니다. 위대한 도시 펠레즈의 지하에서 헤매면서 가족의 소중함을 정말 절실하게 느꼈습니다. 다시는 보지 못할지도 모른다고 생각하니까 부모님의 얼굴이 사무치게 그립고 간절하더군요. 이곳에서 살아 나가면 꼭 효도해야지, 다시는 속상하게 하지 말아야지 하고 몇 번이나 다짐했었죠."

열심히 자신의 결심을 토로하던 비슈는 무적택배 사람들의 표정이 어두워지는 것을 눈치 채고 슬그머니 입을 다물었다. 그는 자신이 뭔가 해서는 안 될 말이라도 입에 담은 것이 아닌지 걱정하며 박상 등의 안색을 살폈다. 그의 우려를 감지한 박상이 표정을 바꾸고 부드럽게 말했다.

"꼭 그렇게 하십시오. 당신들은 행운아입니다. 그 사실을 깨달았을 땐 너무 늦어버릴 경우가 많은데 당신들에게는 아직 많은 기회가 있으니까요."

"예, 그럴 생각입니다."

노드 등 세 사람은 진심을 담아 대답했다. 지혜가 노드에게 질문했다.

"전에 듣기로 펠레즈 이외에도 위대한 도시가 있다고 들었는데 그곳도 펠레즈만큼 오래되었습니까?"

"디파 말씀이시군요. 디파도 위대한 도시 펠레즈와 엇비슷한 시기에 세워졌다고 들었습니다. 가본 적은 없지만 규모도 펠레즈에 뒤지지 않는 것으로 알고 있고요."

이야기 도중 노드는 기분 나쁜 일이라도 떠올랐는지 미간을 살짝 찌푸렸다.

"그런데 디파는 현재 갈 수가 없습니다. 아메트와 국경 지대에 있어서 현재도 아메트의 치하에 있거든요."

"아메트 군이 물러나지 않은 겁니까?"

박창이 물었다.

"그런 것도 있지만 디파의 성주인 마니어가 과거에 레스프라트를 배신하고 아메트 군에게 성문을 열고 항복했던 자인 까닭이 더 큽니다. 그 일은 레스프라트가 패망하게 된 시발점이기도 했지요. 그래서 그 뒤로 레스프라트 사람들은 디파에 위대한 도시라는 경칭을 붙이지 않고 있을 정도입니다. 그러니 레스프라트가 독립했다고 해서 다시 돌아올 수는 없겠지요."

"그 외에는 위대한 도시가 없나요?"

지혜는 불안을 감추며 물었다. 노드의 대답은 실망스러운 것이었다.

"레스프라트에 있는 위대한 도시는 그 둘이 전부입니다. 아메트의 수도 오르세도 위대한 도시이고 그 외 지역에도 몇 있기는 하지만 아무튼 그렇게 많지는 않습니다."

레스프라트 내에서는 더 이상 단서를 얻을 수 없을지도 모른다는 어두운 예감이 현실화되면서 박상 일행은 낭패스러운 기분이 되었다. 펠레즈 이외의 다른 위대한 도시를 조사하려던 계획이 시작도 하기 전에 난관에 부딪칠 것이라고는 예상치 못한 일이었다. 지혜가 어두운 얼굴로 조그맣게 중얼거렸다.

"지휘차의 철인간을 고치려면 다른 도시의 유적들도 찾아봐야 할 텐데 어쩌지?"

우진이 제안했다.

"지휘차의 정보를 이용해 보면 어떨까요? 이 별의 전체 지도랑 여러 가지 정보가 있는 것 같던데요. 꼭 위대한 도시가 아니라도 과거 문명의 유적이 있을 만한 곳을 찾아보는 것도 방법이 되지 않을까 싶은데요. 그리고 아메트는 레스프라트와 적국이니까 그곳의 위대한 도시에는 가지 못하겠지만 다른 지역에 있는 위대한 도시는 괜찮지 않겠습니까? 우선 레스프라트에서 가볼 만한 곳을 조사해 보고 그 다음에 다른 곳들도 찾아다니면 될 것 같은데요."

우진의 말을 듣고 있던 박상이 무슨 생각에서인지 마리나에게 고개를 돌리고 물었다.

"마리나 씨, 레스프라트와 이 일대의 지도를 구할 수 있습니까?"

"네, 얼마든지요. 특공대 훈련 때 이용하고 있는걸요. 과거의 문명 덕분인지 지도는 퍽 쓸 만한 것을 사용하고 있더군요."

"잘됐군요."

박상이 고개를 끄덕이며 일행에게 말했다.

"지금 우진 씨가 내놓은 안이 괜찮은 것 같습니다. 우리도 즉위식과 펠레즈의 장례식에 참석해야 하니까 당분간은 움직이지 못할 테고 그동안 앞으로 어떻게 할 것인지 지도를 가지고 동선을 정하고 준비를 해봅시다."

"시간 끌 것 없이 내일부터 당장 시작하지요. 지휘차의 조종도 웬만큼 손에 익어서 지도 검색 정도는 우진이와 제가 충분히 할 수 있을 것 같습니다."

바다가 기운을 되찾고 의욕을 보였다.

노드 등은 박상 일행이 통역기를 끄고 알아들을 수 없는 말로 이야기를 나누는 동안 가만히 앉아서 기다리고 있었다. 이야기가 끝난 뒤 박상은 통역기를 켜고 노드에게 사과했다.

"죄송합니다, 우리들끼리만 이야기해서."

"아닙니다. 저희들에게는 개의치 마시고 이야기 나누십시오."

노드는 아무렇지도 않다는 듯한 얼굴로 예의 바르게 말했다. 우진이 그에게 물었다.

"두 분이 프라트에서 머물 곳은 마련되었습니까?"

"예, 레히트 재상께서 마련해 주셨습니다. 하지만 로네스와 그 문제를 가지고 의논해 보았는데 여러분께서 꺼리시지만 않는다면 가까운 곳에 숙소를 마련했으면 합니다. 그래야 여러분이 필요로 하실 때 곧바로 모실 수 있을 것 같습니다."

노드의 청에 박상이 잠시 생각하더니 대답했다.

"사실 이 건물이 우리의 것도 아니니 우리가 결정하기는 그렇고 폐하나 재상께 여쭤보고 괜찮다고 하시면 이 건물에 방을 마련해도 되겠지요. 지금도 빈방은 여럿 있으니까요."

"감사합니다. 그럼 폐하께 말씀드리고 내일부터 이곳에 머물도록 하겠습니다."

노드가 말했다. 숙소 문제까지 정해지고 나자 노드는 일어날 채비를 했다.

"내일 아침부터는 여기서 뵙기로 하고 오늘은 이만 가보겠습니다. 비슈가 내일 일찍 출발할 예정이라서……."

비슈는 나가기 전에 고개를 꾸벅 숙이고 인사했다.

"그동안 감사했습니다. 고향에 갔다 와서 다시 뵙겠습니다."

방을 나가는 세 사람의 뒷모습을 바라보고 있던 박상이 문이 닫히고 나자 의자 등받이에 등을 기대고 복잡한 표정으로 중얼거렸다.

"저 사람들은 과연 우리를 누구라고 생각하고 있을까? 정말로 신의 사도라고 여길 리는 없을 텐데……."

"또 뭘 걱정하는 거야? 혹시 우릴 사기꾼이라고 여길까 봐?"

박창이 물었다. 그 말이 정곡을 찔렀던 것인지 박상은 말이 없었다. 박창은 형의 어깨에 팔을 얹고 그를 다독였다.

"요즘 들어 왜 그렇게 잡생각이 많아졌어? 신의 사도라고까지는 믿지 않더라도 결코 나쁜 쪽으로 생각하지는 않을걸? 펠레즈의 지하에서 우리를 만나지 못했으면 그 사람들은 거기서 굶어 죽었을 거라고. 자기들의 생명의 은인이고 게다가 베르테스 왕에게 소개까지 해줬잖아."

"그래, 그렇겠지. 하지만 난 여기 사람들에게 어마어마한 존재로 오해받는 게 부담스럽고 속이는 것 같아서 찜찜해. 짜증도 나고."

박상이 떨떠름한 투로 불평했다.

"참, 레히트 재상님이 부탁했던 새 왕조의 깃발 말인데요, 그건 즉위식이 열리기 전에 건네야 하지 않을까요?"

우진이 갑자기 생각난 듯 화제를 바꾸었다.

"내일 스캔해서 프린트한 걸 노드 씨에게 주면 되겠네요. 그는 왕의 신하니까 베르테스님에게 바로 전달되겠죠."

지혜가 대답했다.

"그러면 되겠군요."

그렇게 대답하던 우진은 무엇을 생각했는지 혼자서 피식 웃음을 흘렸다.

"왜 웃어요, 우진 씨? 뭐 재미있는 일이라도 생각났어요?"

마리나가 물었다.

"아뇨. 그냥 문득 생각하니까 좀 웃겨서요. 펠레즈의 지하에서도 그랬었지만 하루에도 몇 번씩 낙관론과 비관론이 교차하거든요. 요즘에는 제가 꼭 조울증 환자가 된 것 같은 기분이 들어요. 어떤 때는 어떻게든 되겠지, 잘될 거야 싶다가도 또 어느 순간이 되면 한없이 비관적이 되어서 모든 노력이 부질없이 느껴지면서 이대로 포기하고 싶어지고 그렇거든요."

"우진 씨도 그래요? 난 나랑 마리나만 그런가 했는데."

릴리가 눈을 동그랗게 떴다. 지혜가 기운없이 웃었다.

"사람이 다 똑같지 별수있겠어요? 말은 안 해도 다들 마찬가지일걸요?"

그러나 박상은 머리를 짤짤 흔들면서 그때까지도 자신을 어깨동무하고 있는 박창을 가리켰다.

"아니, 이 녀석은 예외일 거야. 이 녀석은 항상 조증인 게 틀림없어."

"무슨 소리야? 난 그저 불길한 생각은 안 하려고 노력할 뿐이야. 긍정적인 사고로 난관을 이겨내려는 나의 필사적인 노력을 몰라주다니."

"필사적? 노력?"

박상은 차마 못 들을 말을 들었다는 듯이 박창을 어이없이 바라보다가 내뱉었다.

"아무 데나 갖다 붙이기는. 안 들은 걸로 치런다."

"왜? 내 말이 틀렸어? 노력하니까 이 정도지, 아니면 밤낮 질질 짜면서 가족들 이름이나 울부짖고 있어야 만족하겠어?"

"조증과 울증 둘 다 싫으니 제발 정상적으로 살아다오."

박상은 딱딱한 어조로 말하고 자신의 어깨에 얹힌 박창의 팔을 툭 쳐서 걷어냈다.

다음날 오전 무적택배 사람들은 다른 때와는 달리 모두 지휘차의 조종실에 모여 있었다. 지휘차의 표면에 그려진 마크를 스캔해서 무적택배호에 있는 프린터로 출력한 것을 노드에게 건네고 지휘차의 컴퓨터로 과거 문명의 지도를 조사하는 중이었다.

조종실 정면의 대형 모니터에는 레스프라트를 포함한 이 일대의 지도가 나와 있었다. 지도에는 주요 지점마다 여러 가지 표시가 되어 있고 짧은 설명문으로 짐작되는 문자가 적혀 있었다. 지혜는 그것을 현재의 레스프라트 지도와 맞추어보고 수정에게 우선 레스프라트의 광역 내에 있는 지역의 중요 지명과 문자를 읽도록 명령했다. 생소한 지명과 설명이 이어지던 중 수정의 입에서 '젠브룸 첨단 공업 지대'라는 말이 나오는 순간 모두들 귀가 번쩍 틔었다.

"수정, 멈춰! 방금 전의 지명을 다시 읽어봐!"

—예, 젠브룸 첨단 공업 지대입니다.

"그곳을 더 상세히 검색해 봐."

—예.

수정은 계기판을 조작하여 지도의 한 부분을 짚었다. 그러자 그 부분이 확대되면서 더욱 긴 설명문이 모니터에 나타났다.

"읽어봐."

—예, 젠브룸 첨단 공업 지대. 철인간 및 기타 지능형 기계의 개발

및 생산 시설이 집중된 지역.

"그걸로 끝이야?"

—예, 설명은 이것으로 끝입니다.

지혜는 개운치 않은 표정으로 조종석에 앉아 있는 우진에게 물었다.

"설명이 너무 간단한 것 같은데 더 자세하게 알 수 있는 방법은 없나요?"

우진이 머리를 흔들었다.

"지금으로선 이 정도가 고작입니다. 더 자세한 정보를 검색하는 방법이 있을지도 모르지만 알아낼 방법은 없군요."

"설명이 너무 간단하잖아. 중, 고교 때 쓰는 사회과 부도만도 못하네."

박창이 투덜거렸다.

"할 수 없지. 그 정도라도 다행으로 여겨야지."

혼잣말처럼 말한 지혜가 수정에게 물었다.

"수정, 현재의 레스프라트 지도에서 저곳과 일치하는 위치에는 무엇이 있지?"

—오래된 도시 젠브루가 표기되어 있습니다.

"됐어!"

지혜는 기쁜 나머지 자기도 모르게 큰 소리를 냈다.

"굉장해! 완전 꼭 짚은 거잖아! 여기만 찾을 수 있다면 철인간을 수리할 수 있을지도 몰라!"

"아직 그곳의 상태를 전혀 모르는데 지나친 낙관 아닐까?"

박상의 침착한 음성이 지혜의 흥분을 가라앉혔다.

"오래된 도시란 게 있다잖아. 이름도 옛날이랑 비슷하고."

"위대한 도시는 아니잖아."

박상은 신중한 태도를 취했다.

"오래된 도시는 또 뭡니까?"

우진이 마리나에게 물었지만 마리나도 모르겠다는 얼굴이었다.

"모르겠어요. 그런 것이 있다는 이야기도 처음 듣는걸요."

박상이 말했다.

"노드 씨에게 물어보면 알지 않겠습니까?"

"노드 씨는 아까 새 왕조의 깃발에 사용할 마크를 가지고 밑으로 내려가던데요."

릴리가 대답했다.

"두 사람 다 내려갔습니까?"

"아뇨. 로네스 씨는 남아 있을 것이라고 하더군요."

"그럼 됐습니다. 로네스 씨에게 물어보면 되죠."

박상은 그렇게 말하고 자신이 직접 지휘차를 나가서 로네스를 찾아 데려왔다. 펠레즈에서부터 지휘차를 보아오기는 했지만 그 안에 들어오는 것은 처음인 로네스는 매우 긴장해서 쭈뼛거리며 박상을 따라왔다. 그녀는 조종실의 모습에 꽤나 놀란 듯 조심스럽게 내부를 훔쳐보았다. 초조하게 기다리고 있던 지혜는 로네스가 들어오자마자 단도직입적으로 질문을 꺼냈다.

"한 가지 묻고 싶은 것이 있어서 오시라고 했습니다. 오래된 도시라는 건 뭡니까? 위대한 도시와는 뭐가 다르죠?"

"오래된 도시요? 블로스나 젠브루 같은 곳을 말씀하시는 겁니까?"

로네스는 어리둥절한 표정이 되어 되물었다.

"맞아요, 젠브루. 어떤 곳이죠?"

"오래된 도시는 일반적으로 위대한 도시만큼 규모가 크거나 오래되지는 않았지만 고대의 유산을 바탕으로 건설된 도시를 말합니다. 위대한 도시처럼 체계화된 문명의 도시는 아니지만 그래도 오래전부터 사람들의 터전이 된 곳입니다."

로네스는 차분한 어조로 조리있게 설명했다. 그녀의 태도로 보아 적어도 그런 곳에 대해 정보가 있는 것으로 짐작한 지혜는 다행이라 생각하며 보다 직접적으로 물어보았다.

"젠브루라는 도시에 대해 아는 바가 있습니까?"

"아니오. 가본 적은 없습니다. 다만 책에서 읽어보았을 뿐입니다. 젠브루 일대는 토양이 척박하고 물도 적어서 주로 유목을 하는 사람들이 살고 있다고 합니다."

"그곳에는 어떤 유적이 남아 있는지 아세요?"

"고대의 유적 같은 것은 거의 남아 있지 않은 모양입니다. 금속 조각이나 색깔이 들어 있는 돌 파편은 많은 나오는 모양입니다만……."

"그래요?"

지혜는 조금 실망했으나 금세 마음을 다잡고 일행에게 제안했다.

"즉위식과 펠레즈의 장례식이 끝나면 이곳부터 가보기로 하죠."

"로네스 씨의 말대로라면 남아 있는 것도 별로 없는 모양인데 헛수고 아닐까?"

박창이 우려했지만 지혜의 생각은 달랐다.

"그건 가봐야 알 일이지. 지구를 생각해 봐도 그런 중요 시설은 지하에 많이 만들잖아. 주요 공업 지대라서 공격도 많이 당했겠지만 그런 것을 가정하고 만든 시설이라면 의외의 성과를 얻을 수도 있어."

"지혜 씨 말씀대로 가봅시다. 여기에 가만히 있다고 저절로 방법이 생기는 것은 아니지 않습니까?"

바다는 적극적으로 지혜의 생각에 찬성했다. 다른 사람들도 비슷한 생각이었다. 박상이 결론을 냈다.

"좋습니다. 그렇게 합시다. 그러기 위해서는 준비할 것이 많을 겁니다. 젠브루가 어떤 곳인지도 더 알아봐야 할 테고 뭘 타고 갈지도 정해야죠."

박상의 말에 지혜가 제안했다.

"이 지휘차를 타고 가는 게 좋겠네요. 전원이 다 탈 수 있고 주방이나 침실 같은 생활 시설도 다 있으니까요. 에너지 문제도 펠레즈 지하에 있는 비밀 시설을 이용하면 성가시기는 해도 해결되고요."

지혜에 이어 바다가 말했다.

"그것이 아니라도 지휘차를 타고 가야 할 이유가 있습니다. 매뉴얼에서 확인해 봤는데 지하의 시설물을 스캔할 수 있는 기능이 있더군요. 이것이 있으면 땅 밑에 남아 있는 시설을 찾는 데 크게 도움이 될 겁니다."

"그럼 결론났네요. 이걸 타고 가죠."

박창이 무릎을 소리나게 치고 말했다. 박상도 반대하지 않았다.

"그러면 이 차에 식량과 물품을 채워 넣어야 하겠군요. 지금은 아무것도 없으니 말입니다."

그러자 마리나가 의견을 냈다.

"노드 씨에게 부탁하면 어떨까요? 펠레즈의 지하에서 그렇게 오래 버틴 걸 보면 준비성이 보통이 아니던데."

"그렇게 합시다. 물자를 채워 넣으려면 어차피 누군가에게 부탁해야 하니까. 신세 지는 김에 젠브루라는 곳에 대한 정보도 같이 부탁합시다."

박상은 마라나의 의견을 받아들여 로네스에게 말했다.

"부탁할 일이 있으니 노드 씨가 돌아오면 저녁때 만나자고 알려주십시오. 그리고 젠브루라는 곳에 대해 상세한 정보를 수집해 주셨으면 합니다."

"알겠습니다. 그렇게 전하겠습니다."

로네스는 젠브루에 대해 알아보기 위해 곧 지휘차를 나갔다.

그 시각 노드는 무적택배 사람들이 프린트해 준 종이를 가지고 베르테스와 재상 레히트를 알현하고 있었다.

"흐음, 이것이 신의 사도들께서 내려주신 문장이란 말이지?"

레히트는 혼잣말로 중얼거리며 커다란 백지에 프린트되어 있는 문장을 유심히 들여다보았다. 상석에 앉은 베르테스는 말없이 자신의 앞에 놓인 또 한 장의 종이를 바라보고 있었다.

"굉장히 얇은 종이로군. 게다가 무척 매끄럽고. 고대의 기술로 만들어진 것일까?"

종이의 표면을 신기한 듯이 손끝으로 어루만지던 레히트는 노드에게 말을 건넸다.

"이런 식으로 생긴 문장은 퍽 생소한 느낌이 드는데 어떤 의미가 있는 것이오?"

"예, 그것은 저희가 신의 사도님들과 함께 찾았던 위대한 도시 펠레즈의 4번째 지도자께서 계시던 크고 검은 차에 그려진 문장입니다. 신의 사도들께서 말씀하시기를 펠레즈의 4번째 지도자께서 사용하셨던 문장이라고 하셨습니다."

그 말을 듣자 레히트는 깜짝 놀라서 확인했다.

"위대한 도시 펠레즈의 마지막 지도자의 문장이란 말이오?"

"예."

"이것을 내주시면서 다른 말씀은 없으셨소?"

"특별히 별다른 말씀은 없으셨습니다."

노드는 레히트가 왜 저렇게 놀라는 것인지 이상하게 여기면서 공손하게 대답했다. 레히트는 고개를 숙이고 골똘히 생각에 잠겨 있다가 입을 열었다.

"알았소. 신의 사도 여러분께 감사하다고 전해주시오."

"알겠습니다."

"델라제 경도 알고 있겠지만 이번 폐하의 즉위식에는 그분들이 참석하셔서 폐하께 왕관을 씌워주시고 통치 이념을 부여하시게 될 것이오. 그러니 델라제 경과 외븐 경은 자주 이곳에 들러서 즉위식의 일정이며 필요한 사항을 점검하고 그날의 행사에 차질이 없도록 잘 수행하기 바라오."

"예, 주의해서 시행하겠습니다."

노드는 베르테스와 레히트에게 고개를 숙이고 그곳을 물러났다. 베르테스와 단둘이 남게 되자 레히트는 길게 한숨을 내쉬더니 고개를 돌려 베르테스를 바라보며 말했다.

"폐하께서는 참으로 천운을 타고나신 분이십니다."

레히트의 음성에는 진심 어린 감탄이 서려 있었다. 베르테스가 의아한 표정으로 바라보자 레히트는 종이를 가리키며 말했다.

"이 문장은 보통의 것이 아닙니다. 폐하께서는 이것이 얼마나 큰 의미가 있는지 잘 이해하시고 십분 활용하셔야 할 것입니다. 위대한 도시 펠레즈는 단지 오래전에 세워진 도시의 의미만이 아닙니다. 또 다른 위대한 도시 디파도 펠레즈의 영향 하에서 건설되었다고 일컬어질 정도이며 이곳 프라트가 레스프라트의 수도가 되기 이전 오랜 세월 동안 여러 나라의 수도였던 곳입니다. 레스프라트의 내로라하는 가문들이 저마다 자신들이 펠레즈에서 유래했음을 힘써 주장하는 것도 그 때문입니다. 그런 만큼 펠레즈의 마지막 지도자께서 사용하시던 문장을 부여받았다는 의미는 각별합니다."

"다시 말해 그분의 문장이 내게 왕으로서의 정통성을 부여해 준다는 말씀이시군요?"

베르테스가 조용히 말하자 레히트는 힘차게 고개를 저어 긍정했다.

"그렇습니다. 폐하께서 비록 신의 사도 여러분께 임명받고 프라트 전투를 승리로 이끄시어 레스프라트의 왕이 되셨다고는 하나 폐하의 영향력이 확실히 미치는 곳은 아직까지는 이곳 프라트 일대 정도일 뿐입니다. 수도인 프라트의 민심을 확실히 장악하고 계시고 병사들로부터 절대적인 지지를 받고 계시니 구귀족들 및 종래의 관료 세력들이 함부로 행동하지는 못하고 있으나 마음으로부터 승복하고 있는 것은 아닙니다. 하지만 이 문장은 폐하를 위대한 도시 펠레즈의 마지막 지도자의 뒤를 이은 정통한 지도자로 만들어 드릴 것입니다. 마지막 지도자의 장례를 치르고 그분의 문장을 이어받으신 이상 이제 그 누구도 폐하의 정통성에 대해 이의를 제기하지 못할 것입니다. 감히 반란을 일으킬 명분이 없어지는 것이지요."

베르테스는 복잡한 눈빛으로 문장이 그려진 종이를 가만히 응시하고 있다가 믿기 어렵다는 듯 물었다.

"이 문장이, 하나의 표식에 불과한 이것이 그렇게도 중요한 역할을 할 수 있다는 말입니까?"

레히트는 부드럽게 미소 지었다.

"명분과 정통성을 가벼이 여기지 마십시오. 그것을 위해 목숨을 버리는 이들도 많이 있습니다."

"명분과 정통성이라……."

베르테스의 입가에 보일 듯 말 듯한 냉소가 스치고 지나갔다. 레히트는 그것을 놓치지 않고 보았지만 내색하지 않고 간곡한 어조로 베르테스를 설득했다.

"이 문장이 가져다 줄 정통성은 많은 사람들을 폐하의 사람으로 만들어줄 것입니다. 아직은 폐하를 진심으로 인정하지 않는 사람들도 이 문장 아래서는 폐하를 기꺼이 따를 것입니다. 그런 이들을 변덕스러운 자라 여기어 내치지 마십시오. 완고함과 능력은 별개의 것입니다. 완고함은 성격일 뿐입니다. 오히려 명분과 정통성에 대해 완고한 사람들이 한 번 마음을 정하면 쉬이 변하지 않고 끝까지 충실합니다. 그런 이들이 있어서 국가가 유지될 수 있는 것이기도 하구요. 지금의 레스프라트에는 보다 많은 인재가 필요합니다. 아메트라는 강대한 적을 극복하기 위해서는 내부의 역량을 최대한 결집해야 합니다. 지금 당장 폐하께 충실한 모습을 보이지 않는다 해도 장래의 일을 생각하시어 인내심을 가지고 끌어안으셔야 합니다."

"재상의 말씀, 잘 알겠습니다. 반드시 명심하고 있겠습니다."

베르테스는 레히트의 말에 이견을 달지 않고 진지하게 받아들였다.

"그렇게 말씀해 주시니 기쁘고 마음 든든합니다."

흐뭇하게 미소 지은 레히트는 베르테스의 안색을 살피며 신중하게 다음 말을 꺼냈다.

"그러나 일전에 말씀드렸던 새 왕가의 성에 대해서 말입니다만······."

"그 일이라면 재상께 일임하지 않았습니까?"

"그랬지요. 그동안 여러 가지 안을 검토해 왔습니다. 그런데 이 문장을 받고 보니 더 좋은 생각이 떠올랐습니다."

"더 좋은 생각이라면?"

"위대한 도시 펠레즈의 마지막 지도자의 문장을 새 왕가의 문장으로 계승한다면 아예 그분의 성을 왕가에서 이어받아도 되지 않을까 하는 생각이 듭니다."

"그분의 성을?"

베르테스는 어딘지 석연치 않은 표정이 되었다.

"그분과 제가 혈연 관계가 있는 것도 아닌데 그렇게까지 해도 되겠습니까?"

"어떤 성을 계승하는 데에 반드시 혈연이 필요한 것은 아닙니다. 예로부터 자손이 없는 집안에서 양자를 들이는 일은 흔히 있고 또 국왕이 특별한 공을 세운 사람에게 자신의 성을 내리거나 변고로 인해 단절된 가문의 성을 하사하여 잇게 하는 일 또한 드문 경우가 아닙니다. 폐하의 경우는 신의 사도들께서 직접 그분의 문장을 폐하께 하사하셨으니 그분의 성을 잇는다 하여 틀린 일은 아닐 것입니다."

"그 또한 왕가의 정통성에 도움이 될 것이라 판단하고 계시군요."

"그렇습니다. 위대한 도시 펠레즈의 마지막 지도자이신 고렌 메노프 님은 단순히 마지막 지도자였다는 것 이상의 의미가 있는 분입니다. 고대 문명의 멸망 직후 펠레즈를 건설할 당시부터 문명의 수호지로서 도시가 무사히 자리 잡기까지 고대의 어른들 중에서도 가장 오랫동안 펠레즈를 지켜보신 분이십니다. 그분이 지하에서 기다리고 계신다는 믿음은 펠레즈와 그곳에서 뻗어 나왔다고 자부하는 사람들에게는 오랜 약속과도 같은 것입니다. 그러니 이제 그분이 지상으로 올라오셔서 편히 잠드시고 그분의 문장과 이름을 이어받은 왕가가 서는 것은 대단한 상징성을 가질 수밖에 없는 것이지요."

베르테스는 조용히 레히트의 말을 경청하고 있었다. 그가 레히트의 말을 납득하고 있는지 그의 표정만으로는 짐작하기 어려웠다. 레히트는 섣불리 확인하려 들지 않고 차분한 태도를 유지했다.

"위대한 도시 펠레즈의 상징성과 중요성은 말로만 들어서는 수긍하기 어려우실지도 모르겠습니다. 그동안 폐하께서 바쁘게 지내시느라 펠레즈에 한 번도 들르시지 못하셔서 더 그런 것이겠지요. 이번에 즉위식이 끝난 뒤 펠레즈에 가시게 되면 꼭 시간의 관으로 모시고 싶습니다. 그 높고 빛나는 성벽과 짜임새있는 거리, 그리고 무엇보다 시간의 관을 보시게 되면 아마도 제 말씀을 이해하시게 될 것입니다."

"알겠습니다. 재상께 일임했던 일이니만큼 지금의 말씀에 따르도록 하겠습니다."

베르테스는 순순히 레히트의 제안을 수락했다. 왕가의 성 같은 문제로 레히트와 언쟁을 벌일 필요는 없다고 생각한 것이었다. 레히트는 만족한 얼굴로 문장이 그려진 종이를 들고 자리에서 일어섰다.

"그러면 저는 지금 나가서 즉위식에서 참석자들에게 공개할 왕가의 깃발과 그날 폐하께서 입으실 옷에 이 문장을 넣도록 지시해야겠습니다. 신의 사도 여러분께서 이번에도 이렇듯 큰 힘을 실어주시니 오직 기쁠 따름입니다."

"재상께서 수고가 많으십니다."

베르테스는 자신도 일어나서 레히트를 정중히 배웅했다. 레히트가 집무실을 나간 다음 다시 자리에 앉아 한동안 혼자 생각에 잠겨 있던 베르테스는 시종을 불러 재무대신 엘트를 불러오도록 했다.

엘트는 오래지 않아 들어왔다.

"부르셨습니까?"

베르테스는 그에게 가까이 앉도록 하고 말없이 자신의 앞에 있던 종이를 건넸다.

"이것이 무엇입니까?"

"신의 사도들께서 내려주신 왕가의 문장이라네. 위대한 도시 펠레즈의 마지막 지도자께서 사용하셨던 문장이라더군."

"예?"

엘트의 얼굴에 깜짝 놀라는 기색이 나타나자 베르테스는 일부로 표정을 지우고 무심한 투로 물었다.

"무엇을 그리 놀라지?"

"폐하, 이 문장의 의미는 참으로 큰 것입니다. 이 문장은 폐하께서 위대한 도시 펠레즈의 마지막 지도자의 뒤를 잇는 진정한 지도자이심을 의미하는 것으로서……."

베르테스는 엘트의 말을 가로챘다.

"내게 무시 못할 정통성을 부여할 것이라는 말이지?"

"그렇습니다."

"자네도 레히트 재상과 같은 말을 하는군. 레히트 재상께서는 이 문장이 내게 구귀족과 관료들이 감히 부인할 수 없을 정통성과 명분을 부여해 줄 것이라 하시더군. 그러면서 이왕이면 새 왕가의 성도 그분의 것을 이어받아 고렌으로 하자고 제안하셨지."

"제 생각도 레히트 재상과 같습니다. 좋은 생각이라고 봅니다."

베르테스는 씁쓸한 표정으로 엘트를 보았다.

"레히트 재상께도, 자네에게도 보이는 사실이 내게는 보이지 않았군. 이것도 출신의 차이에서 유래하는 것일까?"

"무슨 말씀이십니까?"

엘트의 얼굴이 살짝 굳어졌다.

"자네는 나와 달라서 배경이 분명하니까."

어딘지 자조적인 울림이 담긴 베르테스의 말에 엘트는 흥분해서 말했다.

"절대로 그렇지 않습니다. 그런 것이 대관절 무슨 관계가 있다는 말씀이십니까? 저나 폐하나 크게 다를 바가 없습니다. 작은 시골 지주 집안이 뭐가 대단할 게 있겠습니까? 폐하께서는 보통 사람들보다 훨씬 어린 시절부터 자신의 능력만으로 모든 어려움을 헤쳐 오셨습니다. 그러다 보니 다른 요인들보다 능력을 우선적으로 생각하시는 것도 당연한 겁니다."

"하지만 지금의 이 자리도 나의 능력으로 얻어진 것은 아니지 않나?"

여전히 냉소적인 베르테스의 태도에 엘트의 표정은 더욱 굳어졌다.

"그렇게 말씀하신다면 프라트 들판에서 거둔 눈부신 승리는 무엇이었습니까? 또 파디아 대신관을 구하기 위해 온갖 어려움을 뚫고 프라트에 진입했던 그날의 일은 어떻습니까? 신의 사도들께서 기회를 주신 것은 사실이지만 그것을 오늘의 영광으로 끌어낸 원동력은 전적으로 폐하의 자질과 역량입니다. 지금의 말씀은 전혀 폐하답지 않으십니다."

엘트의 단호한 얼굴을 물끄러미 건너다보던 베르테스는 친근한 미소를 머금었다.

"그렇게 흥분하지 말게. 그냥 여러 가지 생각이 났을 뿐이니까. 레히트 재상이 명분과 정통성을 경시해서는 안 된다고 당부했지만 나도 사실 그것들로부터 자유롭지는 못하네. 어쩌면 다른 사람들보다 오히려 더 신경 쓰고 있었는지도 모르고. 내가 널리 알 만한 대가문 출신이라면 정통성 따위가 그리 문제시되지 않았을 것이라는 생각이 그동안 마음 한구석을 떠나지 않고 있었지. 즉위식에 참석하기 위해 모인 사람들 중 나를 탐탁지 않게 여기는 이들이 많은 것도 잘 알고 있고. 나의 출생이 모호하다는 것이 그들에게 큰 꼬투리가 되고 있다는 것까지 말일세."

"레히트 재상께서도, 또 저도 그런 일 따위는 조금도 중요하지 않다는 것을 잘 알고 있습니다. 그리고 신의 사도들께서 내리신 이 문장으로 인해 앞으로 그런 말은 사라질 것입니다. 폐하께서는 명실상부한 레스프라트의 국왕이 되실 것이고 폐하의 뒤를 이으실 분은 태어나면서부터 왕자가 되실 것입니다."

"그래, 1대는 찬탈자라도 2대부터는 타고난 왕이 된다고 하였던가? 다지기에 성공한다면 그 말대로 되겠지."

"폐하는 찬탈자가 아닙니다."

엘트는 딱딱하게 대꾸했다. 베르테스는 그런 그를 보고 싱긋 웃었다.

"알고 있네. 나는 신의 사도로부터 임명받은 정통적인 왕이지."

베르테스의 가벼운 말투에 엘트는 겨우 딱딱하게 굳어진 표정을 풀고 베르테스를 따라 미소 지었다. 짧은 웃음이 사라진 뒤 베르테스는 몸을 약간 앞으로 기울여 엘트에게 얼굴을 가까이 대고 넌지시 물었다.

"자네와 둘만 있는 자리니까 물어보겠네만 솔직하게 답해보게."

"뭡니까?"

"자네는 언덕 위의 구왕궁에 계신 분들이 정말로 신의 사도들일 것이라고 믿나?"

엘트의 얼굴에 장난기 어린 미소가 피어올랐다.

"파디아 대신관을 비롯한 프라트의 많은 사람들은 그렇게 믿고 있지만 어떤 사람들은 그분들이 고대인의 후예일 것으로 생각한다고 알고 있습니다. 저로 말하자면 그분들이 어디에서 온 어떤 존재이든 우리들 인간을 넘어선 거대한 의지를 대행하고 있다고 믿습니다. 그것이 그분들이 의도한 것이든 우연이든 간에 말입니다."

"무슨 근거로 그렇게 생각하지?"

"우연으로 돌리기에는 모든 일들이 너무도 절묘한 시기에 이루어지고 있습니다. 그분들의 낙하, 프라트 전투의 지원, 피스뱅 설탕의 개발, 그리고 이 문장에 이르기까지 말입니다."

"그래, 생각해 보면 행운의 연속이지. 언제까지 이 행운이 계속될지는 모를 일이지만……."

남의 일처럼 담담하게 대꾸하는 베르테스를 바라보며 엘트는 힘주어 말했다.

"최선을 다해서 그 행운을 기회로 살려야지요. 그분들 자신도 언젠가는 왔던 곳으로 돌아갈 것이라고 말씀하고 계시지 않습니까? 그래서 가급적 우리들에게 관여하지 않으려고 하시는 것일 테구요."

"자네 말이 맞아. 내가 잠시 쓸데없는 감상에 빠졌던 것 같군. 지금까지 살아오면서 자기 연민에 빠지는 것을 가장 경계해 왔는데 말이야."

그렇게 말하는 베르테스는 어느새 침착하고 빈틈없는 평소의 모습으로 돌아와 있었다.

"지금 프라트에 모여든 사람들이 즉위식이 끝난 뒤 위대한 도시 펠레즈는 마지막 지도자의 장례를 치르러 갈 때 어떻게 행동하는지를 보면 신생 레스프라트에 대한 그들 각자의 마음가짐을 알 수 있겠지. 본격적인 논공행상과 개편은 펠레즈에서 그분의 장례를 치르고 난 뒤에 그곳에서 할 생각이네. 마음을 단단히 먹게, 엘트. 이제부터 본격적인 힘겨루기가 시작될 테니까."

"예."

"상당히 골치 아픈 작업이 될 거야. 레히트 재상께는 벌써부터 많은 이들이 모여들어 공을 주장하는가 하면 아메트에 협력한 행적에 대한 변명을 늘어놓기도 하고 과거의 복권을 청원하고 있는 모양이더군. 스스로의 입지에 자신이 있는 자들은 아직 관망세지만 즉위식 이후 나를 인정하게 되면 그때부터 어떻게든 영향력을 행사하여 입지를 굳히려 들 터이고."

"그렇지 않아도 재상께서 누차 여러 신료들을 모아놓고 함부로 경거망동하지 말고 몸가짐에 각별히 조심하라고 경고하셨습니다."

"옳은 말씀이야. 자네 자신은 물론이고 옛 동지들을 잘 관리 감독해야 하네. 그대들에게는 적이 많아. 나를 대신하여 그대들이 과녁이 되는 일도 없으란 법은 없지. 소리없는 내전이라 생각하고 경계를 늦춰서는 안 되네."

"잘 알고 있습니다."

엘트는 자세를 바로하고 엄숙하게 대답했다.

3

즉위식이 열리는 날이 왔다. 박상을 비롯한 무적택배 사람들은 미테르의 신관들이 마련해 준 예복을 입고 즉위식에 참석하게 되었다. 파디아로부터 식의 전반적인 절차에 대해 세세하게 들었지만 이곳에 온 뒤 처음으로 프라트 시내로 내려가서 수많은 사람들을 마주하게 되는 터라 다들 긴장해 있었다. 특히 사람들의 앞에 나서서 베르테스에게 왕관을 씌우고 남기는 말까지 해야 하는 박상의 긴장은 남달랐다.

예복을 차려입고 어색해하며 건물을 나서는데 일행 중에 박창이 보이지 않자 릴리가 박상에게 물었다.

"박창 씨는 왜 안 보이죠?"

"그 녀석은 아까 주방 사람들과 왕궁으로 내려갔습니다. 축하연 때 내놓을 5단 케이크를 만든다고 며칠 전부터 설치더니 먼저 가서 조립해야 된다더군요."

"창이가 5단 케이크까지 만들 줄 알아? 그런 건 굉장히 어렵다던데."

지혜가 의외라는 듯 물었다.

"그 녀석은 어릴 때부터 그런 일에 취미가 있었잖아. 본업을 삼지 않았다 뿐이지 거의 프로 급이야."

"그런 건 제일 위의 단만 진짜 케이크 아닌가요? 밑의 것들은 그냥 장식이라고 들었는데요."

마리나가 말했다.

"그렇게 할 경우도 있긴 하지만 전체를 모두 케이크로 만드는 경우도 있습니다. 만들기가 대단히 까다롭고 케이크의 양이 너무 많아져서 잘 안 하는 거죠. 하지만 이번에는 손님들이 많으니까 전체를 케이크로 만들 거라고 하더군요. 자기 딴에는 제대로 작품을 만들겠다고 마음먹었는지 이쪽의 견과류며 설탕에 조린 과일도 많이 넣어서 꽤 정성을 들이더군요."

"박창 씨는 빵을 참 맛있게 만들던데 그런 케이크라면 진짜 맛있겠네요."

릴리가 입맛을 다셨다.

"모양도 잘 냅니다. 장식도 화려하게 할 모양이던데요?"

박상이 은근슬쩍 동생의 솜씨를 자랑하는 것을 듣고 있던 지혜가 뚱한 얼굴로 입술을 쑥 내밀었다.

"그래 봤자 뭐 해? 우리는 보지도 못할 걸. 우린 즉위식만 보고 금방 올라올 거잖아?"

"어쩔 수 없지. 수많은 사람들로 북적거리는 축하연에 불편해서 어떻게 참석해?"

"그건 그렇지만 그래도 좀 억울해. 즉위식 때문에 이렇게 긴장하고 시간 뺏기고, 맛있는 음식은 먹지도 못하다니……."

지혜는 케이크를 먹지 못하는 것을 못내 억울해했다.

건물 앞에는 8마리의 말이 끄는 크고 화려한 마차가 세워져 있었다. 마차의 길이며 폭이 무척이나 커서 여섯 명이 다 들어가고도 여유가 있었다. 그들은 마차를 타고 카라인과 특공대 용사들의 엄중한 경호를 받으며 언덕 아래로 내려갔다. 길가에는 군중이 빽빽하게 밀집해서 무적택배 사람들이 타고 있는 마차를 향해 환호를 보내고 있었다. 철인간들과 노드, 로네스는 다른 마차를 타고 그들의 뒤를 따르고 있었다.

즉위식은 임시 왕궁의 연회장에서 열렸다. 넓은 정원을 지나 건물 앞에 도착한 박상 등은 그곳에서 박창과 합류하여 현관 앞까지 직접 마중 나온 시종장의 안내를 받아 식장에 입장했다. 노드와 로네스는 박상 일행의 뒤를 따르며 수행하고 있었다.

"케이크는 다 만들었냐?"

박상이 박창에게 작은 소리로 물어보았다.

"응, 잘 만들어졌어. 좋은 작품이 나왔지."

박창은 즐겁게 싱글거리며 한쪽 눈을 찡긋했다.

무적택배 사람들이 들어섰을 때는 나중에 입장하여 왕관을 받을 신왕 베르테스를 제외한 참석자 전원이 이미 연회장을 가득 채우고 들어차 있었다. 식장 안쪽에는 단상이 마련되어 있었고 단상 아래에는 연회장 정문까지 가운데를 길처럼 길게 비우고 양쪽에 의자들이 죽 배치되어 있었다. 단상의 양 가쪽에도 벽을 따라 의자들이 나란히 놓여 있었는데 왼편에는 미테르 교의 대신관 파디아를 비롯한 여러 종교의 수장들이 배석했고, 오른편에는 레히트를 필두로 하는 주요 관료들이 자리하고 있었다.

자리에 앉아서 식이 시작되기를 기다리고 있던 사람들은 박상 일행과 두 로봇의 입장에 다같이 일어나서 고개를 깊숙이 조아렸다. 식장을 뒤덮고 있는 야릇한 긴장감과 수많은 사람들의 호기심에 찬 은밀한 시선을 느끼면서 무적택배 사람들은 느린 걸음으로 단을 올라갔다.

"어떡하지? 사람이 너무 많잖아. 나 긴장되는데……."

지혜가 숨죽인 목소리로 박상에게 소곤거렸다. 박상 자신도 긴장되기는 마찬가지였지만 그것을 감추고 차분한 모습을 유지하려 애썼다. 그는 배에 힘을 주고 조용히 지혜에게 말했다.

"사람들 쪽을 보지 마. 눈을 내리깔고 있다가 내가 앉을 때 같이 앉아."

"알았어."

그들은 벽을 등지고 단상 안쪽에 나란히 놓여진 7개의 의자에 가서 앉았다. 수정과 조수는 그들의 옆에 섰다. 무적택배 사람들이 앉고 나자 일어서 있던 참석자들도 자리에 앉았다. 그리고 단상 오른쪽에서 재상 레히트가 걸어나와 단상 끝에 섰다. 그의 손에는 붉은색의 두루마리가 들려 있었다. 레히트는 두루마리를 펼쳐 들고 커다란 소리로 말했다.

"이제부터 레스프라트의 새로운 시작과 신왕조의 출범을 선포하며 제1대 국왕 폐하이신 베르테스 폐하의 즉위식을 거행하겠습니다!"

레히트의 말이 있자 장엄한 곡조의 음악이 연주되기 시작하고 그와 동시에 연회장 뒤편의 정문이 열렸다. 정문 옆에 대기하고 있던 시종이 베르테스의 입장을 알렸다.

"베르테스 폐하께서 입장하십니다!"

그 말에 사람들이 자리에서 일어났다. 그러나 박상 일행은 노드에게 사전에 들은 내용에 따라 그대로 앉아 있었다. 베르테스는 서두르지 않고 다소 느리다 싶은 걸음걸이로 사람들 사이를 지나 단상으로 올라왔다. 그가 입고 있는 옷에는 무적택배 사람들이 건네준 지휘차의 문장이 그려져 있었다. 단상으로 올라온 베르테스는 무적택배 사람들에게 허리를 굽혀 정중하게 절했다.

박상은 자리에서 일어나서 베르테스에게 다가갔다. 베르테스는 박상의 앞에 두 무릎을 꿇고 앉고 미리 정한 대로 수정이 걸어나와 박상의 옆에 섰다. 한쪽에서는 왕관이 얹혀 있는 커다란 쟁반을 들고 시종장이 수정에게 다가왔다.

"신의 사도 박상님께서 베르테스 폐하께 왕관과 새 왕가의 문장을 내리시어 레스프라트의 새로운 국왕으로 임명하시겠습니다!"

재상의 말이 떨어지자 시종장은 쟁반을 수정에게 내밀며 고개를 숙였다. 수정은 그에게서 쟁반을 받아 박상 쪽으로 돌아섰다. 박상은 그 순간 숨이 멎는 듯한 팽팽한 긴장을 경험했다. 자신에게 쏟아지는 사람들의 시선이 따갑게 느껴졌다.

'침착하자, 침착. 금방 끝날 거야.'

그는 마음을 가라앉히려 애쓰며 쟁반에서 왕관을 집어 들었다. 행여손에서 미끄러져 떨어질세라 왕관을 꽉 움켜잡은 박상은 그것을 높이들어 모두에게 잘 보이게끔 한 뒤 준비했던 말을 꺼냈다.

"레스프라트의 새로운 국왕 고렌 베르테스에게 이르노니, 널리 인간을 이롭게 하시오!"

동료들 앞에서 몇 번이고 연습해 온 보람이 있어 다행히 박상의 목소리는 떨리지 않고 안정감있게 장내에 울렸다. 박상은 안도하며 천천히 팔을 내렸다. 고개를 살짝 숙이고 있는 베르테스의 은빛 머리칼과 까무잡잡한 이마가 시야에 들어온 순간 박상은 엉뚱한 감상을 떠올렸다.

'얼굴이 작더니 머리도 작군.'

하필 이런 때 왜 이런 생각이 드는 것일까? 스스로도 계면쩍어진 박상은 서둘러 잡념을 떨쳐 버리고 왕관을 베르테스의 머리에 씌웠다. 왕관은 박상 자신의 예상보다 심플한 생김새였으며 그다지 무겁지도 않았다.

왕관을 씌우고 나자 이번에는 시종장이 수정에게 양쪽으로 말려 있는 커다란 두루마리를 건넸다. 수정의 손을 거쳐 박상에게 그것이 오자 박상은 그것을 베르테스에게 주었다. 베르테스는 무릎을 꿇은 채 두 손을 내밀어 공손한 자세로 두루마리를 받았다. 그리고 박상이 한 발 뒤로 물러서자 일어나서 박상과 무적택배 사람들에게 고개 숙여 예를 표하고 참석자들을 향해 돌아섰다. 그러자 레히트가 베르테스에게 다가가서 두루마리를 정중하게 받아 단상 아래의 시종에게 전하고 단상 끝으로 되돌아갔다. 레히트에게서 두루마리를 받은 시종은 다른 시종과 함께 허리를 굽히고 베르테스의 앞에 와서 두루마리의 양 끝을 잡고 크게 펼쳤다. 두루마리는 두꺼운 천으로 만들어져 있었고 검은 바탕에 은색의 문장이 그려져 있었다. 참석자들의 시선이 문장에 집중되자 레히트는 그것에 대해 설명했다. 조금 전까지만 해도 당당하고 낭랑하던 레히트의 음성은 어쩐 일인지 가볍게 떨리고 있었다.

"이 문장은 신의 사도 여러분께서 베르테스 폐하께 직접 하사하신 것으로서 위대한 도시 펠레즈의 4번째이자 마지막 지도자셨던 고렌 메노프 원수께서 사용하시던 문장입니다."

그 말에 참석자들 사이에 일시적으로 큰 웅성거림이 일었다. 특히 앞 자리에 있는 펠레즈의 성주는 크게 놀란 기색이 역력했다. 곧 주위의 사람들이 그에게 확인을 구하듯 뭔가 물어보고 성주가 얼떨떨한 얼굴로 대답하는 모습이 이어졌다.

[형, 이제 이쪽으로 와야지.]

헤드폰으로 들려오는 박창의 목소리에 박상은 퍼뜩 정신을 차렸다. 일행이 있는 곳으로 물러나려던 박상은 무심코 레히트를 보고는 조금 놀랐다. 레히트의 주름진 얼굴에는 큰 감격의 빛과 더불어 약간의 물기까지 비치고 있었다. 그의 목소리가 아까와 다르다고 느꼈던 것이 착각은 아니었던 것이다.

'베르테스님이 정식으로 왕이 된 것이 그렇게도 기쁜가?'

박상은 그렇게 생각하며 자신이 앉았던 자리로 돌아가 섰다. 박상이 들어가자 시종들이 조용하고 민첩한 동작으로 옥좌를 들고 와 베르테스의 뒤에 놓았다. 베르테스는 몸을 돌려 무적택배 사람들에게 살짝 고개를 숙여 인사한 다음 옥좌 앞에 섰다. 사람들 사이에 피어나던 낮은 속삭임과 웅성거림은 그 순간을 기점으로 뚝 끊어졌다. 베르테스는 고개를 들고 크고 엄숙한 목소리로 선언했다.

"나 고렌 베르테스는 레스프라트의 왕으로서 신의 사도의 말씀을 받들어 레스프라트의 모든 사람들을 널리 이롭게 하는 치세를 펼 것을 이 자리에서 다짐하는 바이오!"

베르테스의 말이 끝나자 참석자들은 동시에 허리를 굽히고 한목소리로 말했다.

"폐하의 등극을 진심으로 경하드립니다!"

"고맙소."

베르테스는 짧막하게 답하고 몸을 돌려 무적택배 사람들에게 고개를 숙였다. 박상은 동료들에게 눈짓하고 의자에 앉았다. 나머지 무적택배 사람들은 재빨리 박상을 따라 했다. 무적택배의 7인이 전원 의자에 앉는 것을 확인한 베르테스는 자신도 옥좌에 앉았다. 베르테스가 앉은 다음 단상 아래의 참석자들도 착석했다.

"이제부터 폐하에 대한 충성 서약이 있겠습니다!"

레히트가 말하자 그때부터 주요 인사들의 충성 서약이 시작되었다.

"먼저 재상 이하 레스프라트의 행정관 및 군관들의 맹세부터 시작하겠습니다!"

그렇게 말한 레히트는 단상을 내려가서 베르테스의 앞에 섰다. 그와 때맞추어 여러 곳에서 사람들이 일어섰다. 그중에는 엘트와 노드, 로네스, 특공대의 대장인 카라인 등도 있었다. 레히트와 의자에서 일어선 사람들은 왼쪽 팔을 접어 가슴께에 대고 머리를 숙여 절했다. 레히트가 그들을 대표하여 큰 소리로 맹세했다.

"재상 레히트 스피로 이하 레스프라트의 모든 신료들은 레스프라트와 베르테스 폐하께 충성을 바칠 것을 맹세합니다!"

"그대들의 충성에 감사하오."

베르테스의 짧막한 답례가 있은 뒤 레히트는 고개를 들고 걸음을 옮겨 단상으로 올랐다. 일어나 있던 사람들은 제자리에 앉았다. 단상에 오른 레히트는 시종에게 맡겨놓았던 작은 두루마리를 받아 들고 진행을 계속했다.

"다음은 위대한 도시 펠레즈의 슈스 바달라 성주와 펠레즈 주의 귀족가 수장들의 맹세가 있겠습니다."

박상 일행이 그동안 여러 차례 만나 낯이 익은 펠레즈의 성주 슈스와 그 외 여러 사람들이 걸어나왔다. 그들은 조금 전에 레히트 등이 했던 것과 같은 자세로 베르테스에게 절했다. 대표로 슈스 성주가 입을 열었다.

"위대한 도시 펠레즈의 성주 슈스 바달라, 그리고 펠레즈 주의 귀족 일동, 레스프라트의 국권 회복과 베르테스 폐하의 즉위를 진심으로 경하드립니다. 20여 년 전 아메트의 침공을 맞이해 레스프라트 구왕조의 내우와 위대한 도시 디파의 배신으로 펠레즈 또한 부득이하게 아메트의 치세를 받을 수밖에 없었으나 저를 포함한 펠레즈의 신민들은 한시도 레스프라트의 깃발을 잊은 적이 없습니다. 레스프라트의 국권 회복을 염원하며 괴로움을 견디기를 여러 해, 드디어 신의 사도 여러분의 뜻을 받으시어 폐하께서 레스프라트의 신민들을 아메트의 압정에서 해방시켜 주시니 이보다 기쁘고 감격스러운 일이 없습니다. 그에 더하여 폐하께서는 우리 위대한 도시 펠레즈를 건설하시고 문명을 수호하신 지도자들의 정통성을 승계하셨으니 이 이상의 권위와 정당함이 또 어디 있겠습니까? 저와 펠레즈의 모든 신민들은 폐하의 치세를 기쁨으로 맞이하여 충성을 다할 것을 맹세하는 바입니다."

길고 장구하게 이어지는 성주의 말을 듣고 있던 박창이 박상에게 감탄조로 말했다.

"저 긴 말을 다 외우다니, 대단하다. 이럴 때 보니까 슈스 성주님도 위엄있는걸?"

"열심히 연습하고 외웠겠지."

그보다 훨씬 짧은 몇 마디 말을 실수없이 하기 위해 수십 차례나 거울 앞에서 연습을 되풀이해야 했던 자신을 떠올리며 박상은 남몰래 쓴 웃음을 흘렸다.

펠레즈 성주의 맹세가 끝나자 레히트가 다음 순서를 읽었다.

"다음에는 오래된 도시 젠브루의 행정 장관이자 젠브루 대족장인 나즐 본데 이하 젠브루 주 족장들의 맹세가 있겠습니다."

젠브루라는 지명에 무적택배 사람들은 눈이 번쩍 틔어 주목했다. 붉은색의 챙이 없는 동그란 모자를 쓴 중년 남자가 비슷한 차림의 몇 사람과 함께 걸어나왔다.

"오래된 도시 젠브루의 행정 장관이자 젠브루 대족장인 나즐 본데와 젠브루 주의 족장들입니다."

젠브루의 대족장의 맹세도 내용은 펠레즈 성주와 크게 다르지 않았다. 젠브루의 다음에는 또 다른 오래된 도시 블로스와 사파이라는 곳의 사람들이 맹세를 했고 그 뒤에는 각 지역의 유력 가문들이 주(州) 단위로 충성 맹세를 했다.

끝날 줄 모르고 이어지는 비슷비슷한 내용의 맹세에 지루해진 박상 일행은 졸지 않으려고 무던히 애를 쓰며 앉아 있었다.

"졸려……."

박창이 입을 벌리려는 찰나 옆에 앉은 박상이 그의 팔을 툭 쳤다.

"하품하지 마, 이런 자리에서."

"졸리니까 그렇지. 언제 끝나지?"

"낸들 알겠냐?"

"이렇게 보니 이 나라도 사람들이 꽤나 많나 보네."

"지도를 봐도 제법 크잖냐."

그때 지혜가 인상을 쓰고 두 사람에게 주의를 주었다.

"둘 다 조용히 해. 이런 때 잡담하면 어떡해? 누가 보면 어쩌려고?"

박상 형제는 사람들의 눈치를 살피면서 입을 다물었다.

그동안 지역 유력자들의 인사가 끝나고 레히트는 다음 차례를 소개하고 있었다.

"이제 레스프라트의 해방을 위해 각지에서 활약한 해방군의 지도자들의 맹세가 있겠습니다. 먼저 슈나벤 지역을 중심으로 활동한 디르크 해방군의 지도자인 디르크 모스와 휘하 참모들입니다."

레히트의 소개를 받고 몇 명의 사람들이 앞으로 나왔다. 디르크 모스는 어림잡아 60대는 넘을 것으로 짐작되는 초로의 남자였다. 그러나 눈빛이 매우 강렬했으며 나이답지 않게 체격이 좋고 힘찬 인상이었다. 그의 부하들도 대부분 4, 50대의 사람들로 연륜이 엿보였다. 유일하게 젊은 사람이 둘 있었는데 디르크 모스의 바로 뒤에 선 그들은 그 젊음이 아니더라도 대번에 눈에 띄는 타입의 사람들이었다.

"우와, 저 젊은 남자 키 진짜 크다."

박창이 감탄했다. 짧게 깎은 검은 머리칼에 날카로운 눈매를 가진 청년은 무적택배 사람들이 이 별에 와서 지금껏 만난 사람 중에 가장 크다고 해도 과언이 아닐 정도로 컸다. 키만 큰 것이 아니라 체격도 대단히 건장했는데 온몸을 단단히 감싸고 있는 옷으로도 완전히 감추어지지 않는 근육질 몸매에서는 당장에라도 터져 나올 것 같은 힘이 느껴졌다. 그의 옆에 있는 여인 또한 여자로서는 상당히 큰 키에 호리호리한 몸매였는데 멀리서 보아도 한눈에 들어올 정도로 대단한 미인이었다. 갸름하지만 윤곽이 뚜렷한 얼굴에 크고 시원스러운 눈과 대조적으로 작고 붉은 입술이 인상적이었다.

디르크 모스는 외모와 잘 어울리는 낮고 굵직한 목소리로 베르테스에게 인사했다.

"구 레스프라트의 르포트 요격군 사령관이었으며 슈나벤 지역에서 해방군을 지휘한 디르크 모스와 휘하 장수들, 베르테스 폐하께 인사드립니다. 아메트의 침공 당시 레스프라트를 목숨으로 수호할 의무를 지고 있었으면서도 그때 죽지 못하고 살아남은 죄를 씻기 위해 그동안 절치부심 노력하였으나 슈나벤 지역에 자리한 아메트의 2만 대군에 가로막혀 프라트 전투에는 참가하지 못했습니다. 이후 반격에 나서서 격퇴하고 그들이 아메트로 유출하려 하던 레스프라트의 물자를 일부나마 되찾아오느라 늦었습니다. 이것은 물자의 목록과 제 휘하 장병들의 인명록입니다."

디르크는 품에서 두 개의 두루마리를 꺼내 베르테스에게 내밀었다. 단상 아래에서 대기하고 있던 시종이 그것을 베르테스에게 건넸다. 베르테스는 그것을 받아 옆에 있는 시종장에게 내주었다.

"디르크 모스 경께서 레스프라트를 위해 헌신해 오신 사실은 잘 알고 있소. 프라트 전투에 직접 참여하지는 못했으나 2만의 적 병력을 슈나벤 지역에 묶어둔 것은 그 자체로 큰 공헌이오. 레스프라트에는 그대와 같은 분이 꼭 필요하오. 과거의 직위를 한 단계 올려 원수로 임명하는 바이니 오늘부로 원수부를 열고 명령을 대기하고 있으시오."

베르테스의 말을 들은 디르크는 순간적으로 깜짝 놀라는 표정이었다. 그 자신도 전혀 짐작조차 못하고 있던 조치인 것이 분명했다. 그러나 그는 금세 표정을 가다듬고 침착하게 대답했다.

"삼가 명령을 받들어 분골쇄신 충성을 다하겠습니다."

디르크와 함께 나온 사람들은 베르테스에게 절하고 물러났다. 디르크의 다음에는 마리나와 릴리의 지도를 받는 특공대의 대장인 카라인의 인사가 있었다. 그는 베르테스와 비슷한 시기에 프라트에 도착하여 전투에 참여한 해방군 지도자 중 한 명이었다. 그 뒤로도 많은 사람들의 소개와 인사가 이어졌다.

"너무 길잖아. 엉덩이가 아프네."

박창이 웅얼거리며 조금씩 몸을 움직거려 자세를 고쳐 앉았다. 나머지 사람들도 지루하고 시간이 잘 가지 않기는 매한가지였다. 무적택배 사람들은 졸음과 권태와 싸우며 식이 끝나기만을 기다렸다.

장구하게 이어지던 즉위식이 마침내 끝난 뒤 박상 일행은 큰 짐을 덜어낸 듯한 홀가분한 심정으로 베르테스, 레히트와 간단히 인사를 나누고 그곳을 떠나 언덕 위의 구왕궁으로 돌아왔다. 사전에 노드를 통해 즉위식 이후의 축하연에는 참석하지 않겠다는 뜻을 전달해 놓은 터여서 문제될 것은 없었다. 다만 노드와 로네스에게는 축하연에 참석해서 나중에 이야기를 들려 달라고 하고 그곳에 남게 했다.

언덕에 도착했을 때는 날이 저물어가고 있었다. 무적택배 사람들은 자기들끼리 저녁을 차려 먹고 피곤하다며 모두들 잠자리에 들었다. 그날 밤 프라트의 거리에는 밤늦게까지 불이 환하게 켜져 있었고 흥청대는 소리가 끊이지 않았다.

다음날 오전에 만난 노드는 전날의 흥분이 아직도 가시지 않았는지 얼마간 들떠 있는 모습이었다.

"어젯밤에 늦게 돌아오는 것 같던데 축하연이 오래 계속되었나 보군요."

우진의 인사에 노드는 머리를 긁적였다.

"예, 도중에 나오자니 분위기상 그럴 수 없어서 끝까지 있게 되었습니다. 황송하게도 폐하의 가까이에 앉게 되어서 말입니다."

"축하연의 분위기는 어땠습니까?"

박상이 물었다.

"아주 좋았습니다. 참석한 사람들 모두 베르테스 폐하의 치세가 열린 것을 축하하며 레스프라트의 단결을 공고히 하는 자리가 되었습니다. 특히 레히트 재상께서는 신의 사도 박상님께서 폐하께 내리신 말씀에 무척이나 감동하고 계셨습니다."

"내가 한 말이라니요?"

버릇처럼 붙는 신의 사도란 칭호를 가급적 떼게 하고 싶은 욕구를 속으로 꾹 억누르며 박상이 조용히 물었다.

"예, 레히트 재상께서는 널리 인간을 이롭게 하라는 박상님의 말씀은 후대에 길이 남기고 실천해야 할 최고의 통치 덕목이라고 몇 번이고 강조하셨습니다. 베르테스 폐하께서도 크게 감명을 받으신 듯 그 말씀을 왕가의 이념으로 삼아 대대로 남기겠다고 하셨구요. 솔직히 처음 들었을 때는 제 미숙함으로 인해 미처 그 깊고 넓은 뜻을 헤아리지 못했는데 레히트님의 말씀을 듣고 저 역시 크게 느껴지는 바가 있었습니다."

노드는 진심으로 감격한 모양으로 숙연한 태도를 보였다.

"그, 그렇습니까?"

박상은 어색한 표정으로 입가를 실룩거렸다. 단지 적당한 말이 떠오르지 않아 머리에 떠오르는 대로 가져다 쓴 말이 그토록 베르테스와 재상의 호응을 얻을 줄은 몰랐다. 박창과 우진 등은 박상의 눈치를 보며 간신히 웃음을 참고 있었다.

"사람들이 음식은 잘 먹던가요?"

박창이 지나가는 말처럼 노드에게 슬쩍 질문을 던졌다. 그가 정말 알고 싶은 것은 자신이 며칠씩이나 정성을 들여 만든 케이크에 대한 사람들의 반응이었지만 대놓고 묻기는 쑥스러워서 우회적으로 묻는 것이었다.

"예, 음식이며 술이 푸짐하게 나와서 다들 대단히 만족하는 분위기였습니다. 특히 지방에서 오신 분들은 피스벳 설탕이 든 음식을 처음 드시는 분들이 많아서 그런지 음식의 맛을 보시고 대단히 놀라는 눈치더군요. 차를 포함해 모든 요리에 설탕을 넉넉히 넣어서 매우 멋진 요리들이었습니다. 차려진 음식 대부분을 깨끗이 비운 것으로 압니다. 술도 많이 나와서 모두가 취할 정도로 마셨습니다."

박창의 속을 모르는 노드는 케이크에 대해서는 언급하지 않고 다른 이야기만 늘어놓았다. 지혜가 미소를 감추고 박창을 흘깃 쳐다보고는 물었다.

"케이크의 맛은 어떻던가요? 그 겉에 크림이 덮인 큰 빵 말이에요."

"아, 그거요? 그건 시종들이 잘라서 참석자들에게 골고루 돌렸는데 정말 맛있더군요. 입에서 살살 녹는 환상적인 맛이었습니다."

맛있다는 말이 괜한 공치사는 아닌 듯 케이크를 떠올린 노드는 아이처럼 즐거운 표정이었다. 로네스도 보태었다.

"시종장께서 말씀하시기를 그 케이크라는 특별한 빵은 신의 사도 박창님께서 직접 만들어주셨다고 하시더군요. 모두들 처음에는 그 아름다움에 감탄하다가 맛을 보고는 말을 잃는 분위기였습니다. 폐하와 레히트 재상, 위대한 도시 펠레즈의 성주님 같은 분들은 다들 한 조각씩 더 드셨고 다른 사람들도 부스러기 하나 남기지 않고 전부 드셨습니다."

"그, 그래요?"

박창은 아무렇지 않은 척하려 했지만 슬며시 벌어지는 입은 어쩔 수 없었다. 그때 우진이 노드에게 다른 일을 물었다.

"즉위식 때 원수로 임명받은 분 있잖습니까? 디르크님이라고 했던 것 같은데… 그분과 그 뒤에 있던 그 키 큰 젊은 남자도 축하연에 있었습니까?"

박창 등이 그러했듯이 우진의 눈에도 그 남자는 유독 인상이 깊었던 것이다.

"예, 디르크님 역시 앞 자리에 앉아 계셨습니다. 그때 함께 있던 그 청년과 여자 분도 동석했는데 알고 보니 디르크님의 아드님과 따님이시더군요."

"그래요? 어딘지 닮은 것 같다는 느낌이긴 했지만 자식을 늦게 보셨나 보군요."

"다른 사람에게 얼핏 듣기로 20여 년 전 아메트의 침공 때 장성한 아드님을 두 분이나 전장에서 잃으셨다더군요."

노드 자신도 전쟁으로 부모를 잃은 처지여서인지 디르크에 대해 말하는 그의 얼굴은 퍽 동정적인 빛을 띠고 있었다.

"축하연에 다른 나라의 사절은 참석하지 않았습니까?"

우진은 여러 가지 면에 관심을 보였다. 그 질문에는 로네스가 대답했다.

"그리어의 사절이 참석했습니다. 레스프라트가 어느 정도 안정되었는지, 베르테스 폐하의 입지는 어떤지 탐색하러 온 것이 아닌가 보입니다만 이번 즉위식을 통해 레스프라트의 안정을 확인하고 안도하는 눈치였습니다."

"그리어라는 이름은 어디선가 들은 것도 같은데 어떤 나랍니까?"

박창이 물었다. 로네스가 상세하게 설명했다.

"그리어는 레스프라트의 오른쪽으로 국경을 맞대고 있는 나라입니다. 아메트나 레스프라트에 비해 영토는 작지만 비옥한 농토가 많아서 부유한 나라입니다. 전통적으로 레스프라트와는 우호적인 관계를 맺고 있었으나 레스프라트가 아메트에 패망한 이후 아메트의 위협에 처해 있었습니다."

"아메트가 그 나라는 왜 그냥 두었습니까?"

우진이 물었다.

"영토가 작아도 인구는 꽤 많습니다. 또 오랫 동안 축적된 부를 바탕으로 무장도 잘 갖추고 있고, 풍부한 자금력으로 단기간에 많은 용병을 동원할 수도 있어서 함부로 무시 못할 존재입니다. 그리고 무엇보다 그동안 레스프라트에서 끊임없이 저항 운동이 있었기 때문에 그리어까지 군대를 보낼 여력이 없었던 까닭이 큽니다."

로네스의 설명에 이어 노드가 말했다.

"그리어의 입장에서는 레스프라트가 다시 일어선 것이 여간 다행한 일이 아닐 겁니다. 아메트의 크라그 왕이 그리어의 공주를 자신의 후궁으로 보내라는 주문을 해서 전전긍긍하고 있던 참이라니까요. 그리어의 공주는 왕이 아들만 다섯을 두고 있다가 늘그막에 얻은 딸이어서 그 사랑이 각별하다고 하는데 그런 굴욕적인 말을 들었으니 분위기가 어땠겠습니까? 크라그 왕이 젊기나 하면 모릅니다. 70을 바라보는 늙은이가 이제 겨우 17세의 공주를 넘보다니 말이나 됩니까?"

"어째서 그런 무리한 주문을 한 걸까요?"

우진이 흥미로워했다. 노드는 주저없이 말했다.

"그 공주가 미인이기 때문이겠지요. 그리어 왕실은 여인들이 아름답다는 평판이 자자하거든요. 게다가 그 공주님은 대단한 미인으로 소문이 나 있습니다."

로네스가 말했다.

"다른 설도 있습니다. 크라그 왕은 워낙 욕심이 많아서 자식들도 믿지 않고 모든 권력을 혼자 틀어쥐고 있는데 다 자란 자식들이 언제까지나 아버지 밑에서 숨죽이고 있으려고만 하겠습니까? 그래서 그리어의 공주를 데려다가 새로 자식을 낳아서 후계자로 세우고 다른 자식들을 배제하려고 그랬다고 보는 시각도 있더군요. 그 경우에는 나중에 그리어의 왕권까지 주장할 수 있기 때문에 일석이조가 되는 것이지요."

"왕에, 후궁에, 정말 딴세상 이야기 같군."

박창이 설레설레 머리를 흔들었다. 다른 이들도 이런 유의 이야기에 심리적 거리감을 느끼고 있었다. 그러나 우진은 재미있어하며 몸을 앞으로 내밀고 귀를 기울이고 있었다. 우진이 로네스에게 물었다.

"로네스 씨가 보기에는 어떻습니까? 레스프라트와 그리어의 연대가 부활될 것 같습니까?"

"레스프라트의 안정에 대한 확신만 얻는다면 그리어가 과거의 동맹을 부활시키지 않을 이유는 없다고 봅니다."

로네스가 확실한 어조로 대답했다.

"잘된 일이군요."

우진이 그렇게 말하는데 그때까지 사람들의 대화를 묵묵히 듣고만 있던 바다가 통역기를 끈 상태에서 우진에게 말했다.

"우진 씨, 우린 이곳 사람도 아니고 언제 떠나도 떠나야 할 입장인데 여기 일에 너무 관심을 두는 건 자제해야 하지 않겠어?"

바다의 말투는 못마땅한 기색을 띠고 있었다. 우진도 통역기를 끄고 대답했다.

"다른 뜻은 없습니다. 이 나라가 안정되어야 우리도 안심하고 우리 일을 할 수 있을 테니까 그러는 것뿐입니다."

박창이 우진에게 동조했다.

"그건 우진 씨 말이 맞아요. 전에도 말했지만 우리가 지구로 돌아가는 날까지 우리와 이 나라는 공동운명체일 수밖에 없어요. 이왕이면 빨리 안정을 찾아줘야 우리도 안심하고 우리 볼일을 볼 것 아닙니까."

"그것은 저도 압니다. 하지만 우리가 이방인이라는 점을 잊어서는 안 된다고 생각합니다. 이곳의 일은 여기 사람들에게 맡기고 우리는 우리의 일에 보다 집중해야 하지 않겠습니까? 지나치게 관심을 두고 관여하는 것은 자제해야 한다고 봅니다. 요즘 우리들의 활동은 지나친 감이 있는 것 같습니다."

바다는 딱딱한 태도를 고수했다. 그러자 마리나가 발끈했다.

"누구를 염두에 두고 그런 말씀을 하시는 건지는 모르지만 자신의 생각을 다른 사람에게까지 강요하지 마세요. 바다 씨의 말대로 하자면 우리 모두는 꼼짝도 안 하고 우주선에 들어앉아 밤낮 여길 떠날 궁리만 하고 있어야 되는데 그러면서 어떻게 이곳 사람들의 도움을 기대합니까? 당장 우리가 먹고, 마시고, 소비할 물자부터 전부 이곳 사람들에게 의존해야 하고 우주선을 수리할 단서도 이 별의 고대 문명을 뒤지면서 찾아야 합니다. 그런 것들을 일방적으로 받기만 할 수 있습니까?"

"이 나라가 독립하는 데 결정적인 도움을 이미 주지 않았습니까?"

"그래서 큰일을 한 번 해줬으니 앞으로 편히 앉아서 당연하단 듯이 그 보답이라도 받자는 말씀이세요?"

"그렇게 말한 적 없습니다."

"그럼 어떤 뜻으로 하신 말이죠? 제게는 그 비슷하게 들리는데요?"

마리나의 목소리가 차츰 높아졌다. 이대로 두었다가는 말다툼이라도 날 기세였다. 이대로는 안 되겠다고 생각한 박상이 두 사람을 제지했다.

"두 사람 다 그만 하세요. 그런 이야기는 나중에 우리들만 있는 곳에서 합시다. 여기 사람들을 앞에 두고 통역기를 끈 채 우리들끼리만 이야기하는 것은 자제하는 편이 좋지 않겠습니까?"

두 사람은 입을 다물었지만 분위기는 꽤나 불편해져 버렸다. 지구의 언어를 알아듣지 못하는 노드 등도 그런 낌새를 느끼는 듯했다. 박상은 화제를 바꾸어 노드에게 물었다.

"내일 베르테스 폐하와 여러 사람들이 펠레즈로 출발한다고 들은 것 같은데 언제쯤 펠레즈에 도착할 예정입니까?"

"많은 사람들이 행렬을 지어 갈 예정이므로 넉넉잡아 7일쯤으로 잡고 있다고 들었습니다."

"많이들 가는 모양이지요?"

"정확한 숫자는 모르지만 즉위식에 참석한 대부분의 분들에다 프라트의 시민과 인근 사람들도 꽤 많이 가는 모양입니다."

"폐하께 우리는 뒤에 따로 출발하겠다고 말씀드리셨습니까?"

"예, 그렇게 말씀드렸습니다."

"그럼 됐습니다. 두 분은 우리가 갈 때 같이 가십시다. 따로 가서 다시 만나는 것도 서로 번거로울 겁니다."

"그렇게 하겠습니다."

"펠레즈에서 4번째 지도자의 장례식이 끝나면 젠브루라는 곳에 가 봐야 할 것 같은데 그 문제는 알아보셨나요?"

지혜가 물었다.

"예, 그 문제도 폐하께 의논드렸습니다. 폐하께서는 오래된 도시 젠브루에 가시는 것은 좋으나 그전에 신의 사도 여러분의 경호 문제를 해결해야 하지 않겠느냐고 말씀하셨습니다."

"경호 문제요?"

"예, 아메트의 첩자나 불순한 목적을 가진 자가 여러분을 해치려 들지도 모르는 일이니 호위할 사람들을 반드시 대동하고 가셔야 한다는 말씀이셨습니다."

노드에 이어 로네스도 말했다.

"위대한 도시 펠레즈와는 달리 젠브루는 사방이 트인 곳이어서 각별한 주의가 필요하다는 말씀도 덧붙이셨습니다."

무적택배 사람들은 어떻게 하겠냐는 시선으로 박상을 쳐다보았다. 박상이 노드에게 물었다.

"사람들을 데려간다면 어떤 사람들을 말입니까?"

"폐하께서는 이곳에서 훈련을 받고 계신 용사들 중에서 고르는 것이 어떻겠는지 여러분의 의견을 여쭤보라 하셨습니다."

마리나가 얼른 말했다.

"그게 좋겠네요. 처음 보는 사람들보다 우리도 대하기 편하고 원래 특공대의 임무 중에는 요인 보호도 포함되니까요. 카라인 대장에게 적당한 사람들을 추천해 달라고 하면 될 겁니다."

"형, 우릴 경호할 사람을 데리고 다닐 거야?"

박창이 물었다.

"필요하다면 그래야지. 생각해 보면 폐하의 말씀처럼 아메트에서 우릴 노릴 가능성도 있어. 그들의 입장에선 우리에게 이를 갈고 있을 테니까."

"몇 명쯤 데리고 갈 건데?"

"글쎄."

박상은 자신이 결정을 내리지 않고 마리나를 쳐다보았다. 마리나는 잠깐 생각하더니 대답했다.

"숫자가 많으면 쓸데없이 번거로울 테고 우리 인원 수대로 7명 정도면 되지 않을까 싶네요. 저와 릴리는 사실 경호가 필요없지만 노드 씨와 로네스 씨가 있으니까요."

"파디아님은 안 가시나요?"

릴리가 박창에게 물었다.

"파디아님도 가시기로 했지만 경호가 더 필요하진 않을 겁니다. 파디아님을 수행하는 두 사제 분이 호위도 겸하는 신관전사거든요."

박창의 대답을 들은 박상이 고개를 끄덕이고 결론을 지었다.

"그럼 그렇게 정하고 노드 씨는 대략 그 정도 인원으로 가정해서 젠브루에 다녀올 준비를 해주시기 바랍니다. 그리고 젠브루에 가는 것은 펠레즈에서 폐하와 여러분들이 프라트에 돌아온 뒤로 합시다. 카라인님의 특공대는 어디까지나 베르테스 폐하의 신하이니 우리들 마음대로 데리고 다닐 수는 없지요."

박상의 결정에 따라 노드와 로네스는 박상 일행의 일정을 베르테스에게 알리고 필요한 것을 준비하겠다며 응접실을 나갔다.

무적택배 사람들만 남게 되자 바다가 마리나에게 고개를 돌리고 먼저 사과했다.

"아까는 죄송했습니다. 제가 좀 흥분했던 것 같습니다."

"저도 마찬가진걸요."

마라나는 굳어 있던 표정을 풀고 선선히 사과를 받아들이면서도 자신의 생각을 분명히 밝혔다.

"바다 씨의 마음도 이해는 하지만 전 우리가 하는 일이 틀렸다고는 생각하지 않아요. 바다 씨는 이곳을 그저 지구로 돌아가기 전까지 어쩔 수 없이 잠시 머물러야 하는 곳으로만 여기는지 몰라도 저나 릴리는 이곳 역시 현재 우리들이 살아가는 세계라고 받아들이고 있어요. 물론 언젠가 우리는 떠나야 할 사람들이고, 이곳의 일은 이곳 사람들에게 맡겨야 한다는 말씀도 옳아요. 하지만 그렇다고 해서 우리가 전적으로 방관자로 머물러서는 안 된다고 생각해요. 이곳에 내려선 그때부터 이 나라와 우리는 일종의 공동운명체로 엮인 셈이고 또 우리가 돌아가기까지는 여기서 이곳 사람들의 도움을 받으며 살 수밖에 없어요. 우린 여기의 일에 관여해서 우리들 마음대로 밀고 나가겠다는 것이 아니라 이 세계에 몸담고 있는 이상 최소한 우리가 할 수 있는 일은 하겠다는 겁니다."

바다는 조용히 마라나의 말을 듣고 있다가 복잡한 표정으로 무겁게 입을 뗐다.

"모르겠습니다. 그 말씀이 틀린 것은 아닐 테죠. 하지만 전 두렵습니다. 이곳의 생활에 익숙해지고 이곳 사람들과 새로운 관계를 맺고 하는 그런 일들이 점차 우리의 마음을 약하게 만들어 이곳에 남고 싶은 유혹이 되지 않을지……."

"우리들이 여기에 이대로 주저앉자고 할까 봐 두렵다는 건가요?"

지혜의 질문에 바다는 선뜻 대답하지 못했다. 릴리는 어처구니없다는 듯 웃었다.

"무엇 때문에 그런 생각을 하시죠? 우리가 그럴 리 없잖아요? 우리도 모두 가족을 지구에 남겨두고 있고 온, 돌아갈 집이 있는 사람들이에요."

그러나 바다는 천천히 머리를 흔들었다.

"그건 모를 일입니다. 우리가 왜 지구에 돌아가고 싶어하는지 이유를 생각해 보십시오. 지구가 아니면 살아갈 수 없기 때문도, 두고 온 재산이 아까워서도 아닐 겁니다. 바로 사랑하는 사람들이 그곳에 있기 때문입니다. 만일 이곳에서 누군가를 사랑하게 된다면 먼 곳에 떨어져 있는 가족보다 현재의 사랑이 더 소중해지지 말라는 법도 없습니다."

"그런 일은 없을 거예요. 아무리 사랑이 좋다고 지구의 가족을 어떻게 버려요?"

릴리는 있을 수 없는 일이라며 단호하게 도리질했다. 그러자 바다는 릴리의 얼굴을 똑바로 쳐다보면서 물었다.

"릴리 씨는 사랑을 해본 적이 있습니까?"

릴리는 당연하게 고개를 끄덕였다.

"물론 있죠. 제 나이가 몇인데요."

"하지만 아직 진짜 사랑은 해본 적이 없군요."

"네?"

릴리는 기가 막혀 눈을 동그랗게 뜨고 바다를 보았다. 바다는 릴리의 반응에 아랑곳하지 않고 담담하게 말했다.

"정말 사랑한다면, 자신을 모조리 던져 넣는 사랑이라면 그렇게 간단하게 포기할 수는 없을 겁니다."

"바다 씨!"

무시당했다고 생각한 릴리가 따지려는데 마리나가 그녀의 손을 잡고 말렸다.

"그만 해."

"그치만……."

부루퉁한 얼굴로 항변하려는 릴리에게 마리나는 턱으로 바다를 살짝 가리키며 보라고 신호했다. 아래로 고개를 떨구고 있는 바다의 표정은 무척 쓸쓸하고 우울해 보였다. 잠시 아무도 말이 없었다. 박상이 바다를 위로했다.

"말씀은 잘 알겠습니다. 그런 걱정도 있을 수 있지요. 하지만 마리나 씨의 말처럼 이곳에 머물고 이곳 사람들의 도움을 받으면서 어떻게 모든 일에 모른 척하고 접촉하지 않을 수가 있겠습니까? 지금으로서는 바다 씨가 걱정하는 것 같은 일이 없도록 조심하면서 한시라도 빨리 지구로 돌아갈 수 있도록 노력해야지요."

"이런 문제에서 누가 옳고 누가 그르다고 말하는 건 의미없는 일이에요. 각자 생각이 다른 거니까. 자기 생각대로 살 수밖에 없는 거잖아요?"

박창이 말했다. 바다는 대답없이 가만히 있었다. 바다와 마리나 자매 간의 이야기가 진행되는 동안 바다의 눈치를 보며 입 다물고 앉아 있던 우진이 대화가 일단락되자 그제야 한시름 놓은 표정으로 지혜에게 물었다.

"요 며칠 동안 사령관실에 있던 철인간을 지휘차의 수리실에서 계속 조사하시는 것 같던데 뭔가 성과가 있습니까?"

지혜는 의자에 등을 기대며 팔짱을 꼈다.

"성과라고 하긴 뭣한데 한 가지 알아낸 건 있어요. 그 수리실에 일종의 검사기 같은 게 있더라구요. 그걸로 그 철인간의 어느 부분이 고장이고 어느 부분이 쓸 만한지는 알게 되었어요."

"그 수리실에 대해서는 매뉴얼에도 아무런 정보가 없다면서 어떻게 알아낸 거야?"

박창이 물었다.

"지구에도 일단 로봇이나 안드로이드는 있으니까 이리저리 짐작해서 시험해 본 거지. 우진 씨 말마따나 이 별의 인류와 지구인은 손가락 5개에 인체의 기본 구조가 비슷한 때문인지 수리실의 도구랑 기계류에도 어느 정도 유사점은 있더라."

"그래서 그 로봇은 사용할 수 있겠던가요?"

마리나가 물었다. 지혜는 애매한 표정으로 대답했다.

"반쯤은 그렇고 반쯤은 아니에요. 동체 부분은 완전히 파괴된 게 분명하고 두부는 다행히 괜찮은 것 같더군요. 그리고 오른쪽 위 팔과 아래 팔, 왼쪽 손, 왼쪽 대퇴부와 오른쪽 종아리, 오른쪽 발은 기능이 살아 있지만 나머지는 손상되었구요."

"뭔가 복잡하군."

박상이 양미간을 찌푸렸다.

"그렇게 온갖 곳이 고장인데 어떻게 사용해? 다 망가졌구만."

박창이 어이없다는 투로 내뱉었다.

"머리가 있잖아. 펠레즈에서 보았듯이 이곳의 철인간들은 호환성이 대단히 뛰어나. 그러니 다른 곳에서 사용 가능한 파트를 찾는다면 되살릴 가능성도 없지는 않지. 그래서 우리가 젠브루에 가려고 하는 것이기도 하고. 부탁이니 창이 너, 미리부터 사람 기운 좀 빼지 말아줘. 격려를 해도 시원찮을 판에 찬물을 끼얹으면 어떡하자는 거야?"

지혜의 불만 섞인 항의에 박창은 할 말이 없는지 조용해졌다.

"어서 젠브루란 곳에 가봤으면 좋겠어요. 거기에서 뭔가 찾을 수 있으면 진짜 좋을 텐데⋯⋯."

우진이 무적택배호의 컴퓨터로 출력해서 응접실 벽에 붙여놓은 이 별의 과거 문명의 지도로 고개를 돌리며 중얼거렸다. 다른 사람들도 같은 심정이었다. 그들은 우진을 따라 레스프라트의 지도를 응시하며 상념에 잠겼다.

■ 제8장

아픔과 빽치들

1

즉위식이 있고 이틀 뒤 프라트에서는 대대적인 이동이 시작되었다. 베르테스와 재상 레히트를 비롯한 주요 신료들, 그리고 즉위식에 참석했던 사람들이 펠레즈에서 있을 마지막 지도자의 장례식에 참석하기 위해 펠레즈로 출발하는 것이었다. 수많은 사람들이 일시에 움직이다 보니 그 넓은 가도가 사람들과 마차, 말들로 **빽빽**해져서 바글거렸다.

"정말 많이도 가네. 그 마지막 지도자가 여기 사람들에게도 중요한 분이기는 한가 봐."

박상과 구왕궁 왼쪽 건물의 꼭대기 층에 나란히 서서 바깥을 내다보고 있던 박창이 감탄했다.

"그러게 말이다. 펠레즈에서야 당연히 큰 행사고 중요한 의미가 있겠지만 이곳 사람들에게도 그런 줄은 몰랐는데?"

박상도 사람들의 규모에 놀라고 있었다.

오전 일찍부터 시작된 행렬은 좀처럼 끝나지 않고 몇 시간이나 이어졌다. 얼마 동안 간간이 바깥을 내다보며 행렬을 확인해 보던 박창도 나중에는 관심을 끊고 주방에서 고추 맛 만들기에 열중했다. 파디아와 신관들은 베르테스와 동행하여 펠레즈로 떠났고, 카라인과 특공대원 다수에 요리사들까지 여러 명 빠져나가서 주방과 구왕궁의 분위기는 평소보다 한산하고 조용했다.

"아, 진짜 되게 안 되네. 톡과 피스벵을 베이스로 해서 이래저래 가미해 보면 어떻게 될 것도 같은데……."

여러 개의 냄비에다 각기 다른 조합으로 조미료를 만들기를 반복하던 박창이 짜증을 냈다. 박상은 박창의 앞에 놓인 냄비들 안을 훑어보며 말했다.

"붉은색에 집착해서 더 안 되는 거 아니냐? 톡이나 피스벵에 없는 붉은색을 억지로 집어넣으려고 하는 게 문제일지도 모르지."

박상이 말한 대로 냄비에 든 양념은 모두 정도는 다를지언정 붉은색을 띠고 있었다.

"안 돼. 고춧가루든 고추장이든 빨간색은 필수야. 다른 색깔이 나면 고추장이라 할 수 있겠어?"

박창은 고집을 꺾지 않았다.

"아깝지만 하는 수 없지."

냄비에 든 것들을 개수대에 버리며 박창이 걱정스레 웅얼거렸다.

"이젠 김치는 다 떨어졌고 고추장도 조금밖에 안 남았는데 매콤한 게 먹고 싶을 땐 어쩌지?"

"적응해서 살아야지 어쩌겠냐?"

"형, 입맛도 없는데 오늘 저녁에 비빔밥이나 해 먹을까?"

"별로 남지도 않았는데 아껴야지. 냉장 보관해 놓고 좋은 일 있을 때나 먹자."

"아아, 먹는 걸로 이렇게 쪼잔하게 살아야 하다니… 너무 싫다!"

박창이 땅이 꺼져라 한숨을 푹푹 쉬었다.

베르테스 등이 펠레즈로 떠난 지 정확히 7일째 오전, 박상 일행이 있는 프라트의 구왕궁으로 베르테스로부터 연락이 왔다. 지구의 비둘기처럼 편지를 전달하는 데 이용되는 페르라는 큰 새가 편지를 가지고 날아온 것이다. 노드에게서 베르테스 등이 그날 오후에 펠레즈에 도착할 예정이라는 전갈을 들은 무적택배 사람들은 파디아가 마련해 놓고 간 장례식 예복을 챙겨서 해질 무렵 이른 저녁을 먹고 노드, 로네스와 함께 지휘차에 올랐다. 펠레즈에 너무 일찍 도착했다가 행여 많은 사람들과 식사라도 하게 될까 봐 일부러 시간을 조정한 것이었다.

프라트를 떠난 지휘차가 펠레즈의 시간의 관 앞에 도착하여 내리자 슈스 성주와 파디아가 그곳에서 박상 일행을 기다리고 있다가 맞이해 주었다.

"성주관에 쉬실 곳을 마련해 놓았습니다. 목욕 준비도 되어 있으니 편히 쉬십시오."

슈스 성주는 언제나처럼 살갑게 인사를 건네며 성주관으로 안내했다.

"장례 준비에 많이 바쁘시겠습니다. 모레 열릴 예정이라지요?"

박상이 인사를 겸해 물었다.

"예, 내일 구체적인 절차와 순서를 결정하고 모레 동틀녘부터 시작하게 될 겁니다."

"동틀녘이면 퍽 이른 시간이군요."

"상징적인 의미지요. 위대한 도시 펠레즈는 문명의 암흑기로부터 새로운 문명을 일구어낸 도시이고 그 지도자들은 새 문명의 건설자라고 할 수 있으니까요."

슈스 성주의 음성이며 태도에는 위대한 문명의 수호 도시 펠레즈의 자부심과 긍지가 담겨 있었다. 성주관으로 들어간 박상 일행은 베르테스와 레히트 등을 만나 인사를 나누고 곧 숙소로 들었다.

성주의 말처럼 다음날은 하루 종일 대회의실에서 고렌 메노프의 장례 절차에 대한 논의가 계속되었다. 노드는 그곳에 참석하여 있다가 저녁때 무적택배 사람들에게 와서 장례식의 절차를 상세히 설명해 주었다. 그의 이야기에 따르면 첫날은 새벽 일찍 시간의 관 앞에서 추모식을 지낸 뒤 마지막 지도자의 유해를 마차에 싣고 펠레즈 시내를 순회하고 두 번째 날은 성문 밖으로 나가 펠레즈의 주변 지역을 둘러보며 세 번째 날은 시간의 관이 있는 언덕으로 돌아와서 시간의 관 위층에 안치하게 된다는 것이었다. 즉위식 때와는 달리 무적택배 사람들은 첫날의 장례식에 참석하여 앉아 있기만 하면 된다는 이야기여서 모두의 마음은 한결 가벼웠다.

장례식 당일, 태양이 떠오를 기미도 보이지 않는 어두운 새벽에 일어난 사람들은 상복을 입고 준비를 갖추어 시간의 관으로 올라갔다. 박상 등도 예외는 아니었다.

"아, 괴롭다. 새벽에 일어나는 건 정말 싫어. 내가 그거 싫어서 제대했는데 말이야."

잠이 부족해 퉁퉁 부은 눈으로 하품을 하며 우진은 다른 사람들에게 들리지 않게 작은 소리로 불평했다. 새벽잠이 많기로는 그 못지않은 지혜도 비몽사몽 몽롱한 상태로 걸음을 옮기고 있었다.

무적택배 사람들이 시간의 관이 있는 언덕으로 올라가 보니 그곳에는 이미 많은 사람들이 모여들어 있었다. 횃불이 언덕 전체에 빙 둘러 세워져 있어 눈앞이 환했다. 펠레즈의 마지막 지도자 고렌 메노프의 유해는 검은 돌로 만든 크고 아름다운 석관 안에 있었다. 석관이 얹힌 높은 단상 앞에는 긴 직사각형 제단이 마련되어 있었고 회색의 천을 씌운 제단 위는 다채로운 꽃과 불이 켜진 기름 등잔으로 화려하게 장식되어 있었다.

즉위식 때와 마찬가지로 제단 앞쪽 가운데로 통로를 트고 의자가 여러 줄로 겹겹이 배치되어 있어 병사와 시종들을 제외한 참석자들 전원이 앉게 되어 있었다. 무적택배 사람들은 오른쪽의 가장 앞줄에 나란히 앉았고 파디아와 다른 종교 수장들은 그들의 뒷줄에 앉았다. 통로 왼쪽에는 파디아와 같은 위치의 열에 레히트 재상과 펠레즈의 성주 등 주요 인사들이 앉아 있었다. 사제들을 제외한 참석자들은 전부 짙은 회색의 장식 없는 옷을 입고 있었다. 이곳의 상복인 듯했다. 역시 회색 옷을 입은 베르테스는 다른 사람들과는 달리 제단의 왼편에 놓인 의자에 따로 앉아 있었다. 줄줄이 도착하는 사람들이 자신의 자리를 찾아 착석할 동안 느릿하고 슬픈 곡조의 음악이 잔잔하게 흘렀다. 그러는 동안 주위의 공기가 서서히 밝아지면서 태양이 떠오를 조짐이 보였다. 그러다가 마침내 일출이 시작될 즈음 음악 소리는 한층 커지면서 경건하고 장엄한 곡조로 바뀌었다.

음악의 변화를 신호 삼아 장례식이 시작되었다. 사람들이 일어서는 것을 보고 박상 등도 따라서 일어났다. 제단 오른편에 서 있던 시종장이 목소리를 가다듬고 큰 소리로 말했다.

"이제부터 위대한 도시 펠레즈의 4번째이며 마지막 지도자셨던 고렌 메노프님의 장례식을 시작하겠습니다! 다 함께 그분의 명복을 비는 묵념을 올리며 고인의 생애와 업적을 기리겠습니다!"

시종장의 말에 사람들은 모두 고개를 숙였다. 사람들이 묵념하는 동안 시종장은 고렌 메노프의 생애와 치적에 대해 연설에 가까운 긴 설명을 했다. 생애라고는 해도 펠레즈 건설 이전의 일은 그다지 알려져 있지 않은 모양으로 주로 문명 멸망 이후의 어렵고 비참한 상황과 펠레즈의 건설, 그 초기의 역사에 대한 이야기였다.

"…그러나 이 자리에 시간의 관을 세워 거처로 삼고 펠레즈의 건설을 지휘한 마지막 어른들도 그 이름 모를 질병의 재앙에서 벗어나지 못했습니다. 두 번째 지도자 자레드 이티아스님께서 돌아가신 뒤 세 번째 지도자가 되신 레즈니 시오르님께서는 살아남은 성인 전원을 이끌고 지하의 비밀 시설로 거처를 옮기셨습니다. 극복되지 않은 그 질병이 자라나는 아이들에게까지 영향을 미칠까 염려하셔서 내린 결정이었습니다. 이후 마지막 어른들은 다시는 지상에 올라오지 않고 지하에서 펠레즈를 지도하셨습니다. …고렌 메노프님이 네 번째 지도자가 되셨을 때는 이미 남아 있는 고대의 어른들은 30명에도 미치지 못하는 숫자였습니다. 그나마 그분들도 한 명, 두 명 숫자가 서서히 줄어갔습니다. 고렌 메노프님께서는 돌아가신 분들을 차례차례 지상으로 보내시고 종국에는 혼자 지하에 남으셨습니다. 그분께서 지상의 사람들에게 마지막으로 보내신 메시지는 그곳에서 펠레즈를 지켜보며 기다리고 있겠노라는 것이었습니다……"

긴 이야기의 말미에는 박상 일행이 펠레즈의 지하에서 그의 유해를 찾아 나오게 된 경위가 간략히 소개되었다. 그러나 그 목적은 매우 엉뚱하게 해석되고 있었다. 마치 무적택배 사람들이 어떤 소명을 띠고 고렌 메노프를 지상으로 모셔온 것처럼 이야기되는 것이었다. 듣고 있노라니 상당히 낯간지럽고 뒤통수가 따끔거렸지만 듣고 있는 수밖에 도리가 없어 박상 등은 바늘방석에 앉은 기분으로 어서 끝나기만을 기다렸다.

긴 설명이 끝나고 나자 사람들은 베르테스를 필두로 하여 제단 앞으로 걸어나와 고렌의 석관을 향해 정중히 허리를 굽혀 절하고 물러났다. 참석한 사람들이 빠짐없이 인사를 다 하려는 것인지 그 행렬은 매우 길었다. 하도 오래 앉아 있다 보니 등이 뻐근하고 엉덩이가 뜨끔뜨끔 쑤시는 것을 참으며 박상 일행이 앉아 있는데 갑자기 박창이 박상의 옆구리를 쿡 찔렀다.

"저기 봐."

박창이 눈짓으로 제단 쪽을 가리켰다. 제단 앞에서는 그들이 베르테스의 즉위식 때 보았던 거한과 동생이라는 키 큰 미인이 그들의 아버지 디르크 모스와 나란히 서서 고개를 숙이고 있었다. 그때와 다른 것이라면 지금은 남매의 어머니로 짐작되는 중년 여인이 함께 있다는 것이었다. 고렌 메노프의 관에 인사를 한 그들은 왼쪽 앞으로 지나며 앉아 있는 베르테스에게 고개를 조아렸다. 왠지 모를 호기심에 이끌려 그들을 지켜보고 있던 박창은 우연처럼 키 큰 여성과 시선이 마주치는 순간 움찔했다. 그녀가 보일 듯 말 듯 미소 짓는 것 같았기 때문이다. 박창은 화들짝 놀라 얼른 고개를 돌려 버렸다.

사람들의 인사가 전부 끝나고 나자 참석자 전원이 기립한 가운데 병사들이 나와서 마지막 지도자의 석관을 옮기기 시작했다. 석관은 12마리의 말이 끄는 크고 육중한 마차로 옮겨졌다. 사람들의 상복과 같은 빛깔의 회색 천을 입히고 검은 휘장을 두른 마차는 소박한 듯하면서도 절제되고 우아한 미가 느껴졌다.

석관이 마차에 실리는 것과 때를 같이해 베르테스와 재상 레히트 등도 대기하고 있는 다른 마차로 오르기 시작했다. 고렌 메노프의 관을 실은 마차가 선두에 나서서 언덕 아래로 느리게 움직이기 시작했다. 베르테스가 탄 마차가 그 뒤를 따르자 여러 개의 마차가 이어졌다. 마차들의 양 옆에는 엄중히 무장한 기병들이 도열하여 경호에 임했다. 마차에 타지 않는 사람들은 마차들의 뒤를 따라 걸어갔다.

무적택배 사람들은 따라가지 않아도 되는 입장이었으므로 시간의 관 앞에 남아서 그 광경을 지켜보았다.

"이곳의 의례는 방식은 복잡하진 않은데 시간이 많이 걸리네요."

마라나가 자신의 허리를 톡톡 두드리며 말했다.

"사람이 많으니 그렇겠죠."

박상은 어깨를 앞뒤로 돌리면서 주물렀다. 우진은 피곤하지도 않은지 홍미진진한 얼굴로 언덕을 내려가는 행렬을 바라보다가 말했다.

"즉위식 때도 느낀 것이긴 한데 이곳의 행사에는 묘하게도 종교 색이 거의 없군요. 파디아님이 받는 존경이나 이미지를 봐서 영향력이 크지 않을까 생각했는데……."

마라나가 그 의문에 답해주었다.

"파디아님이 대신관으로 계시는 미테르 교가 신도도 많고 영향력이 큰 것은 사실이지만 국교는 아니라더군요. 레스프라트를 포함한 이 일대에는 여러 종교가 공존되어 있다고 들었어요. 그래서 주요 행사에 종교 색이 없는 것이겠죠."

"하지만 우리의 우주선이 떨어지던 당시를 생각해 보면 파디아님이 아메트의 태수에게 사로잡혀 처형당할 위기에 처하자 반란군들이 수도까지 움직이는 무리를 해서까지 구하러 왔잖습니까? 국교도 아닌데 그렇게까지 할 이유가 있었을까요?"

우진은 납득이 안 된다는 반응이었다.

"그건 파디아님과 미테르 교가 레스프라트의 독립 운동에서 구심점 역할을 했기 때문이에요. 레스프라트의 멸망은 적국인 아메트가 강한 것도 있었지만 결정적으로 구왕가의 내분과 무능으로 인해 어이없이 무너진 감이 크다더군요. 그래서 구왕가에 대한 충성도는 전무한 것이나 매한가지인 모양이에요. 그 상황에서 미테르 교의 전대 대신관의 순교가 있었구요."

"전대 대신관의 순교요?"

우진의 적극적인 관심에 마라나는 자신이 아는 사항을 자세하게 말해 주었다.

"파디아님이 우리가 이곳에 떨어지기 전에 이미 꿈으로 계시를 받았다고 말한 거 기억하죠? 전대 대신관이었다는 뮤렌이란 분도 그런 능력이 있는 것으로 알려져 있었대요. 그래서 레스프라트를 병합한 뒤 아메트의 왕인 크라그는 뮤렌 대신관을 승리 축하 연회에 불러다가 크라그 왕 자신의 미래를 맞춰보라고 했어요. 그런데 뮤렌 대신관은 크라그 왕을 비롯한 여러 사람이 지켜보는 가운데 '당신은 죽고 레스프라트는 다시 자유를 되찾을 것이다' 라는 예언을 했어요. 격노한 크라그 왕은 그 자리에서 뮤렌 대신관을 끌어내어 화형시켰고 그때부터 미테르 교는 대대적인 박해를 받게 되었대요. 하지만 그 일은 레스프라트 사람들에게는 큰 희망과 카타르시스를 안겨준 사건이었고 이후 미테르 교는 독립 운동의 정신적인 지주가 된 거죠."

박창도 대화에 가담했다.

"뮤렌 전 대신관에 이어 파디아님도 레스프라트 사람들에게 희망을 주는 예언을 하셨죠. 하늘에서 거대한 불이 떨어져 아메트의 깃발을 쓰러뜨리고 그 자리에 레스프라트의 깃발이 선다고 말이죠. 그 말이 레스프라트 사람들 사이로 퍼지면서 더욱 저항 운동이 거세어졌다는데 그 장본인인 파디아님이 아메트의 태수에게 잡혔으니 보통 일이 아니게 된 거죠. 파디아님이 전대 대신관처럼 아메트의 손에 화형이라도 당해보십시오. 그 일이 불러올 정신적인 충격이 얼마나 크겠습니까? 그러니 다들 목숨의 위험을 무릅쓰고 구출 작전에 나섰던 겁니다."

"두 분은 이곳의 일을 잘 아시네요?"

우진이 말했다. 박창은 별것 아니라는 표정으로 코를 스윽 만졌다.

"여기 사람들과 지내다 보니 이래저래 듣게 된 거죠."

마리나도 고개를 주억거리며 말했다.

"저도 그래요. 카라인 대장이나 특공대원들 모두가 당시 프라트에 진격해 온 독립군의 전사들이니 자연히 알게 되더라구요."

사람들이 모두 내려가고 시간의 관 앞에는 무적택배의 7인과 노드, 로네스, 그리고 그곳을 경비하는 병사들 정도만 남게 되었다.

"저 행렬이 펠레즈의 거리를 죽 돌 거라는데 여기서는 이제 잘 안 보이네요. 더 높은 곳으로 올라가서 볼까요?"

릴리가 제안했다.

"높은 곳이라니, 어디요?"

박창이 언덕을 두리번거리자 릴리가 빙긋 웃으며 지휘차를 가리켰다.

"평평해서 서 있을 만할 거예요."

"위로 올라갈 수 있습니까?"

"해치가 있어요."

그래서 그들은 지휘차 위에 올라서서 펠레즈 시내로 내려가는 마차 행렬을 구경했다. 노드와 로네스도 따라 올라왔는데 로네스는 높은 곳이 무서웠던지 노드의 팔을 잡고 곁에 바싹 붙어 있었다.

"우와! 저 사람들 좀 봐!"

박창이 멀리 발 아래 보이는 펠레즈의 거리를 보고 눈이 휘둥그레져서 낮게 부르짖었다. 펠레즈 시내 곳곳이 인파로 넘쳐 나고 있었다. 마지막 지도자의 석관을 실은 마차가 지나는 곳마다 바닥에 엎드리며 절하는 사람들로 거대한 물결이 일었다.

"굉장하다! 저 정도라니!"

모두들 잠시 말을 잃고 그 광경을 지켜보았다. 한참 후 우진이 말했다.

"저 사람들이 전부 펠레즈의 시민들일까요?"

노드가 대답했다.

"다른 곳에서 온 사람들도 많은 것으로 압니다. 신의 사도 여러분께서 마지막 지도자를 모시고 나온 직후부터 그 사실이 인근에 널리 알려졌고 오늘부터 장례식이 있을 것이라는 것도 일찌감치 공표해 두었다더군요. 그 소식을 듣고 모여든 사람들이 많습니다. 내일 성 밖으로 마지막 지도자를 모시고 나가는 것도 그 때문이라더군요. 성내에 들어오지 못하고 성 밖에서 기다리는 사람들도 많이 있기 때문에 그 사람들에 대한 배려를 겸해 마지막 지도자께 후손들의 번영을 보여 드린다는 의미에서 내일 하루 위대한 도시 펠레즈의 성벽을 따라 돌기로 했다고 합니다."

"저 많은 사람들이 자발적으로 모인 것이란 말인가요?"

마라나가 놀라워했다. 노드는 자세를 바로하고 경건한 태도로 말했다.

"문명의 멸망 뒤에 살아남은 아이들을 야만과 기아로부터 구한 진정한 마지막 어른이셨으니까요."

"아무튼 대단하네요. 이 정도 숫자의 사람들이 일시에 모여들 정도면 레스프라트도 작은 나라는 아니겠어요. 이런 시대에 인구는 곧 힘이니까."

우진이 의미심장한 표정이 되어 중얼거렸다.

그날 낮 내내 펠레즈 시내를 구석구석 돌아본 마지막 지도자의 유해는 북문이 있는 성문 탑에 들어가 하룻밤을 보내고 다음날 북문을 출발해서 펠레즈의 성벽을 따라 주위를 느릿하게 돌았다. 인파로 발 디딜 틈도 없이 북적거렸던 성내와 비슷하게 성벽 바깥에도 수많은 사람들이 펠레즈의 마지막 지도자의 장례를 보기 위해 구름처럼 모여들어 있었다. 장례라고는 해도 결코 어두운 분위기는 아니었다. 오히려 축제처럼 밝고 활기 찬 느낌의 행사였다. 사람들은 마지막 지도자를 실은 마차가 자신들의 앞으로 다가오면 일제히 엎드렸다가 마차가 지나가면 일어나서 즐거운 얼굴로 꽃을 던지고 서로 축복의 말들을 주고받았다.

성 바깥을 완전히 일주하여 해질녘 북문 탑으로 되돌아온 마차는 그곳에서 시간의 관이 있는 언덕으로 올라갔다. 그리고 사흘째 새벽 동이 트는 시각에 펠레즈의 4번째 지도자이자 고대의 마지막 어른이었던 고렌 메노프는 인간의 충실한 보조자였던 철인간들이 잠들어 있는 시간의 관 5층에 모셔졌다.

무적택배 사람들은 묘한 감흥을 느끼며 고렌의 석관이 시간의 관으로 들어가는 모습을 지켜보았다. 불현듯 지혜가 중얼거렸다.

"지금 생각해 보면 우리가 지하에서 발견했을 때 그 벙커 안에는 오직 저 사람만이 남아 있었어. 모든 동료들이 차례차례 죽어서 지상으로 보내지고 혼자 남게 되었을 때 기분이 어땠을까?"

"자살한 것도 무리는 아니지. 나 같아도 미쳐 버렸을 거야."

박창이 착잡한 얼굴로 고개를 주억거렸다.

"하지만 아무 생각 없이 그냥 죽은 건 아닐 겁니다. 지하에서 기다린다는 말을 남겼잖습니까?"

우진이 말했다. 지혜는 언덕 한 켠에 세워진 지휘차로 고개를 돌렸다.

"아마 그가 남기고 싶었던 것은 저 안에 있는 것이겠죠."

"좋은 설비이긴 하지만 저 지휘차 하나로 무엇을 하라는 거지?"

박창이 의아해했다. 지혜는 머리를 흔들었다.

"지휘차가 아냐. 지휘차는 일종의 열쇠일 거야. 시간의 관 6층에 태양열 시스템이 남아 있다던 이야기 기억해? 시간의 관 지상 층에는 통제실이라고 할 만한 것이 없었지. 지하에 있을지도 모르지만 우리로선 접근이 불가능하고. 하지만 지휘차가 열쇠가 되어준다면 이야기는 달라져. 지휘차가 펠레즈 지도자들의 사령탑이었다는 걸 생각하면 그 가능성은 충분히 있지."

"하지만 지휘차의 성능을 우리가 전부 알지 못하지 않습니까?"

바다가 답답해하며 지혜에게 물었다.

"그래서 그 안드로이드, 아니, 철인간이 중요하다는 거예요. 당장 고렌님이 남긴 기록을 봐도 그 철인간에게 정보를 얻으라는 대목이 많잖아요. 펠레즈의 유산을 제대로 이해하려면 무슨 일이 있어도 지휘차의 철인간을 부활시켜야 해요. 그때부터가 진정한 시작인 거죠."

"젠브루라는 곳에 한시라도 빨리 가봐야 할 텐데 자꾸 지체되어 큰일이군요. 베르테스님이 여기서 프라트로 돌아간 뒤에야 출발할 수 있다니 말입니다."

바다는 초조한 얼굴이었다. 박상이 말했다.

"마음은 이해하지만 인내심을 가지고 합당한 절차를 밟읍시다. 바다씨가 전에 말했듯이 우리는 방문자일 뿐 이곳의 일에 함부로 권리를 행사할 처지가 아닙니다. 엄연히 이 나라의 국왕이 있고 통치 시스템이 있는데 그런 것을 무시하고 우리들 마음대로 행동할 수는 없지요. 사소한 일에서부터 이쪽의 질서를 존중하고 적절한 거리를 유지하는 편이 우리들 자신을 위해서도 좋은 길입니다."

고렌의 유해가 시간의 관에 모셔짐으로서 사흘에 걸친 성대한 장례식은 마침내 끝났다. 박상 일행은 시간의 관 앞에서 베르테스와 파디아 등에게 프라트에 먼저 돌아가서 기다리겠노라고 인사하고 지휘차를 타고 떠났다. 프라트를 향하기 전 그들은 펠레즈 외곽의 비밀 통로를 통해 지하 벙커에 내려가 지휘차의 에너지를 가득 충전했다. 젠브루로 떠날 것에 대비한 것이었다. 에너지를 채우고 비밀 통로를 나와 펠레즈의 성벽을 옆으로 보면서 지나가는데 우진이 갑자기 휘파람을 불었다.

"아직도 굉장한 인파인데요? 장례식이 오늘 아침에 끝났는데 아직도 돌아갈 생각들을 않나 봐요."

지휘차의 측면을 비추는 보조 모니터에 펠레즈의 성벽 주위에 개미 떼처럼 바글거리며 운집해 있는 군중들이 잡혀 있었다. 로네스와 나란히 통제실 한 옆에 앉아 있던 노드가 말했다.

"오늘부터 사흘간은 성대한 축제가 열리기 때문에 그럴 겁니다. 빵이며 과일, 고기 등 음식도 많이 나누어 주고 볼거리도 풍성하게 있을 거라더군요."

"정말 행사를 크게 치르는군요. 이 정도면 고인의 넋이 충분히 위로되었을 것 같아요."

지혜가 흐뭇해하며 말하자 로네스가 말했다.

"마지막 지도자의 명복을 비는 대규모 축제를 개최함과 동시에 행정관의 대회의실에서 본격적인 논공행상과 관료 체제의 정비가 있을 예정이라고 들었습니다."

"수도인 프라트에서 하지 않고 여기서 한다는 말입니까?"

우진이 물었다.

"베르테스 폐하께서 마지막 지도자의 문장과 성을 계승하셨다는 의미에서도 위대한 도시 펠레즈는 각별한 의미가 있으니까요. 그리고 즉위식에 참석한 사람들 대부분이 이번 장례식에도 왔기 때문에 프라트로 돌아가지 않고 이곳에서 마무리 짓기로 결정한 모양입니다."

"흐음……."

우진은 뭔가 짚이는 것이 있는지 화면에 보이는 군중을 바라보며 빙그레 의미심장한 미소를 머금었다.

"군이 축제 기간에 그런 까다로운 작업에 들어가는 걸 보면 두 가지 일들이 서로 무관하지는 않겠는데요? 마지막 지도자의 위상을 고려해 볼 때 그분을 정식으로 계승한 베르테스 폐하에 대한 이곳 사람들의 지지는 대단할 것이고 저렇게 모여든 군중들의 그런 지지는 논공행상의 대상인 사람들에게 암묵적인 압력으로 작용할 테니까요."

우진의 짐작에 로네스는 긍정도, 부정도 하지 않고 조용히 미소를 머금을 따름이었다.

프라트로 돌아온 무적택배 사람들은 본격적으로 젠브루로 떠날 준비를 시작했다. 특공대의 대장인 카라인이 베르테스를 따라가서 아직 돌아오지 않았기 때문에 경호를 누가 할 것인지는 정해지지 않았으나 노드의 활동으로 필요한 물자와 식료는 차질없이 지휘차에 채워지고 있었다.

"이야, 형, 이것 좀 봐."

지휘차 안을 다니면서 준비 상황을 점검하던 중 박창이 큰 소리로 박상을 불렀다. 박상이 그가 있는 곳으로 가보니 박창은 지휘차 안의 화장실 문을 열어놓고 있었다.

"왜 그래?"

박상이 문 앞에 서서 묻자 박창은 손에 천 조각 같은 것을 들고 펄럭거렸다.

"이거 봐. 굉장하지 않아?"

박창이 손에 들고 있는 것은 손수건 정도의 크기로 네모지게 자른 하얀 천이었다.

"그게 뭔데?"

"화장지야, 화장지."

박창이 벙글거리며 말했다.

"화장지라니?"

"노드 씨가 준비해 놓은 거야."

"그렇지 않아도 티슈가 떨어져 가던 중인데 잘됐군. 하지만 천이라니 좀 아까운걸. 다시 빨아서 쓸 수도 없고."

"그렇다고 종이를 쓸 거야? 뻣뻣해서 엉덩이가 다 헤어질걸? 우진 씨가 그러는데 쓰고 난 휴지는 여기 휴지통에다 그냥 버리면 된대. 이 지휘차의 멋진 점 중 또 하나가 쓰레기를 에너지로 재활용하는 시스템이 있다는 거야. 주방의 음식 쓰레기도 그렇게 해결하면 된다는군."

"그건 멋지군."

박상도 그 설명에는 감탄했다. 박창은 화장실을 나와 바로 옆에 설치된 개수대 아래에 있는 선반을 열어 보이며 신나게 설명했다.

"여기 봐. 부드러운 천으로 만든 수건도 가득 넣어놨지. 우리가 쓰는 걸 보고 노드 씨가 마련해 놓은 모양이야. 그 사람, 준비성 하나는 끝내줘. 여행 준비의 대가인가 봐."

"다행이구나."

박상은 노드의 일 솜씨에 대한 감탄보다 아이처럼 들떠하는 동생의 모습이 우스워서 순순히 맞장구쳐 주었다.

"이것뿐이 아냐. 주방에도 벌써 주방 도구랑 식료를 죄다 채워놨어."

"그 정도 준비성이 있으니 펠레즈의 지하에서도 그렇게 오래 살아남았던 거겠지."

"맞아. 사람마다 다 재주가 따로 있다더니 그 말이 맞는 것 같아. 평소에는 자기 약혼녀라는 로네스 씨보다 많이 맹해 보여서 똑똑한 로네스 씨가 그 사람 뭘 보고 사귀었을까 생각했었는데 말이야."

"남 말 하지 말고 네 이미지나 잘 관리해라."

박상은 픽 웃고 몸을 돌렸다.

"무슨 소리야? 난 똑똑해. 아버지가 항상 말씀하셨잖아. 뛰어난 요리사치고 머리 나쁜 사람 없다고."

박창이 열심히 주장했다.

"알았다, 알았어. 너 똑똑하다."

박상은 대강 흘려버리고 다른 칸을 다니면서 비품 준비 상황을 살폈다. 박창의 말처럼 노드의 준비는 완벽에 가까웠다. 고렌 메노프의 유해가 누워 있던 사령관실과 그 옆의 비서실에 있는 침대에는 이불과 요, 베개 등의 침구가 말끔하게 갈아져 있었고 각 방마다 수건과 티슈용 천까지 깨끗이 정돈되어 놓여 있었다. 그것은 캡슐 형태의 침대가 놓인 참모와 경호원들의 공간도 마찬가지였다. 지금 당장 출발해도 아무 지장이 없을 정도였다.

"이 정도면 베르테스님이 프라트에 도착하는 대로 일정을 알리고 바로 가도 되겠는걸?"

박상은 흡족한 마음으로 조종실로 돌아갔다. 그곳에서는 바다와 우진, 지혜가 모여서 수정의 매뉴얼 해독을 들으며 지휘차의 기능 점검에 한창이었다. 박상이 들어서자 지혜가 고개를 돌리고 밝은 얼굴로 말했다.

"좋은 소식이 한 가지 있어."

"좋은 소식? 뭔데?"

"이 지휘차의 에너지 포를 쓸 수 있게 되었어."

"에너지 포?"

박상이 무슨 말인지 모르겠다는 표정을 짓자 우진이 설명했다.

"일종의 레이저 포인 것 같습니다. 섬광 무기로 분류되어 있거든요."

"몇 개나 있습니까?"

"주 포에 해당되는 것이 하나 있고, 각 부에 달린 소형 레이저 포가 6기 있습니다. 그리 많은 것은 아니지만 지휘차라는 게 호위를 받는 입장이지 전투용이 아니라는 걸 감안하면 충분한 정도일 겁니다. 이 정도 무기도 전투를 위해서라기보다는 유사시 퇴로를 확보하기 위한 용도일 테구요."

"위력은 얼마나 됩니까?"

우진이 장난스레 웃었다.

"그런 쪽의 단위는 지구 단위로 아직 환산할 수가 없어서 잘 모르겠습니다. 제대로 알려면 한번 사용해 보는 게 최고인데 여기서는 곤란하겠죠?"

그러자 지혜가 말했다.

"젠브루에 가서 시험해 보죠. 노드 씨가 가져온 정보를 보니까 젠브루 일대는 사막에 가까운 황무지라더군요. 체계적인 농경은 오래된 도시라 불리는 젠브루 같은 오아시스 도시를 제외하고는 거의 불가능하고 대체로 유목 지역이래요."

"그 이야기는 나도 같이 들었습니다. 그럼 그렇게 합시다."

박상이 조종실 중앙의 사령관 자리에 앉으며 대답했다.

"식료와 비품들은 다 준비되었습니까?"

바다가 물었다.

"예, 노드 씨가 잘해놓았더군요. 이제 사람들만 오면 곧장 출발해도 되겠습니다."

"그러고 보니 노드 씨가 아까부터 안 보이네요? 어딜 갔죠?"

우진이 물었다.

"파디아 대신관이 오신다고 해서 맞이할 준비를 한다더군요. 파디아 대신관은 논공행상 같은 일과 관계가 없는 분이니까 베르테스 폐하보다 일찍 돌아오시는 모양입니다."

"그건 그렇겠네요."

우진이 고개를 끄덕였다. 조종실에서 우진과 지혜와 더불어 잠깐 잡담을 나누고 있는데 마침 노드가 들어왔다.

"파디아 대신관님과 카라인 대장님이 돌아오셨습니다. 여러분께 인사를 드리고 싶다고 하셔서 일단 응접실로 모셨습니다."

"그래요? 폐하께서도 돌아오셨습니까?"

카라인이 왔다는 말에 박상이 물었으나 노드는 머리를 끄덕여 부인했다.

"아니오. 폐하와 레히트 재상께서는 며칠 뒤에나 도착하실 것 같답니다. 카라인 대장님은 앞서 돌아오신 모양입니다."

"알겠습니다. 지금 그리로 가지요."

박상은 박창과 마리나 자매에게 연락해 구왕궁 왼쪽 건물의 응접실로 모이도록 했다. 응접실에는 파디아와 그녀를 수행하는 두 명의 신관, 그리고 카라인 등이 기다리고 있었다. 그들은 박상 일행이 들어서는 것을 보고 일제히 자리에서 일어났다. 그런데 카라인의 옆에 어쩐지 낯이 익은 듯한 젊은 여성과 낯선 젊은 남자가 서 있었다.

"지금 돌아왔습니다."

파디아의 인사가 끝나자 카라인이 사과 아닌 사과로 인사를 대신했다.

"여러분만 이곳에 계시도록 하고 오랫동안 자리를 비워 죄송합니다."

"별말씀을 다 하십니다. 편히 앉으십시오."

박상이 그들에게 자리에 앉도록 권하고 자신들도 맞은편에 앉으려는데 카라인이 옆에 있는 여성을 무적택배 사람들에게 소개했다.

"이번에 새로 특공대에 합류하게 된 전사들입니다."

여자는 고개를 꾸벅 숙이며 인사했다.

"신의 사도 여러분의 말씀은 많이 들었습니다. 디르크 아르데입니다. 그리고 이 사람은 우리 가문의 가신인 비르스 라얄입니다. 앞으로 많은 지도 부탁드립니다."

라얄이라는 젊은 남자는 잠자코 아르데를 따라 머리를 숙였다.

디르크라는 이름을 듣는 순간 무적택배 사람들은 그녀가 누구인지 기억해 냈다. 그녀는 바로 즉위식 때 원수로 임명받은 디르크 모스의 뒤에 서 있던 그의 딸이었다. 그때도 키가 크다고 생각했지만 가까이에서 본 그녀는 생각보다 더 컸다. 결코 작은 키가 아닌 카라인과 엇비슷한 신장이었다. 당당한 자신감이 엿보이는 아르데의 얼굴은 멀리서 보았을 때보다 더욱 선명하고 시원스러운 느낌을 주었다. 가신이라고 소개된 라얄은 그에 비해 조용하고 진중한 느낌의 사람이었다.

"반갑습니다."

인사를 받으면서 박상은 카라인이 왜 군이 그녀를 이렇게 따로 데리고 와서 소개하는 것일까 하고 궁금하게 여겼다. 박상 자신도 특공대 사람들에게 카포에라를 지도하고 있지만 지금껏 한 명, 한 명 따로 소개를 받은 적은 없었다.

'알아서 설명해 주겠지.'

그렇게 생각한 박상은 다른 이야기를 꺼냈다.

"베르테스 폐하께서는 며칠 뒤에나 오신다구요?"

카라인이 대답했다.

"예, 저는 폐하의 명을 받고 먼저 왔습니다. 폐하께서는 노드 경으로 부터 신의 사도 여러분께서 오래된 도시 젠브루로 가실 계획을 가지고 계시다고 들으셨다면서 제게 먼저 프라트로 돌아가서 그 문제를 살펴 드리라고 하셨습니다."

"그렇습니까?"

어쩌면 일정을 앞당겨 갈 수 있으리라는 기대에 박상 등의 표정이 한결 밝아졌다. 카라인은 품에서 곱게 접힌 종이를 내어 테이블 위에 올려놓았다.

"폐하께 여러분을 호위할 전사 7명을 고르도록 말씀을 듣고 추려낸 사람들의 명단입니다. 특공대원들 중에서도 특히 개인 무용이 뛰어나고 잘 단련된 이들로서 디르크 아르데와 비르스 라얄도 그중에 들어 있습니다."

"열심히 모시겠습니다."

아르데가 재차 머리를 조아렸다. 라얄은 말없이 아르데를 따랐다. 카라인이 아르데에 관해 부연 설명을 했다.

"디르크 아르데는 검술의 달인으로서 책만 가지고 혼자서 고대의 검술을 부활시킨 드문 재능의 소유자입니다. 위대한 도시 펠레즈에서 한번 그 실력을 시험해 보았는데 대단한 무용이었습니다. 디르크 가문에는 널리 알려진 고대의 검이 대대로 내려오는데 바로 그 검을 이어받은 사람이기도 합니다. 그리고 이쪽의 비르스 라얄은 활 솜씨가 아주 뛰어납니다. 아직 젊지만 집중력이 대단하고 빠르고 정확한 화살을 쏘더군요."

"그렇습니까?"

박상 일행은 두 사람, 그중에서도 특히 아르데를 유심히 살펴보았다. 그러나 여자로서 유달리 키가 크다는 것을 제외하면 카라인이 말한 것처럼 강해 보이지는 않았다. 호리호리한 몸매가 날렵한 인상을 주기는 해도 가늘고 긴 팔다리로 보아 그다지 힘이 있을 것 같지 않았고 장미처럼 화사하고 화려한 얼굴을 보면 더욱 그러했다. 혹시 카라인이 말한 고대의 검에서 그런 위력이 나오는 것이 아닌가 해서 검을 찾아보았지만 유감스럽게도 무기는 소지하고 있지 않았다.

"디르크 아르데를 포함한 7명은 언제든지 신의 사도 여러분을 모실 준비가 되어 있습니다. 언제쯤 젠브루으로 출발하실지 말씀만 해주십시오."

카라인이 말했다.

"글쎄요."

박상은 잠깐 망설였다. 마음 같아서는 당장이라도 출발하고 싶었지만 지금 막 도착한 사람들에게 그래서는 안 될 것 같았다. 적어도 하루쯤은 쉴 시간을 두는 것이 좋겠다고 생각한 그는 카라인에게 말했다.

"모레 아침에 출발할까 합니다."

"알겠습니다. 그렇게 알고 준비시키겠습니다."

인사를 마친 카라인과 파디아 등은 바쁜 일이 있는 모양 금방 응접실을 나갔다. 아르데와 라얄은 카라인을 따라나섰다. 박창이 아르데가 나간 문 쪽을 기웃거리며 일행에게 물었다.

"라얄이란 남자는 그렇다 치고 디르크 아르데란 여자는 어디를 봐도 그렇게 강해 보이지 않는데요? 어떻게 생각해요?"

"카라인 대장이 세다고 하면 센 거예요."

마리나가 단언했다.

"카라인 대장 자신이 보통 강한 사람이 아니거든요. 그는 좀처럼 대원들의 칭찬을 하지 않아요. 특히나 강하다든지 세다는 말이 그의 입에서 나오는 경우는 정말 드물어요."

"그래요?"

더욱 호기심이 동한 박창은 자리에서 일어나 창가로 가서 바깥을 슬그머니 내다보았다. 건물을 나간 카라인과 아르데, 라얄이 특공대 사람들이 훈련하는 곳으로 걸어가고 있었다. 라얄의 어깨에는 커다란 활과 활통이 걸려 있었고 아르데는 등에 긴 검을 차고 있었다.

"아까는 무기가 없었는데……."

박창이 중얼거리는데 옆으로 온 릴리가 말했다.

"방 밖에 두고 들어왔나 보죠. 그런데 참 특이한 검이네요. 이곳의 검 중에 저렇게 가늘고 긴 것은 지금까지 보지 못했는데……. 보통은 금속이 나빠서 두껍고 짧거든요."

"아까 고대의 검이라고 말한 것 같은데 그래서 그런 것 아닐까요?"

"하지만 진짜 고대의 검이면 얼마나 오래되었다는 이야기예요? 천 년씩이나 되었다는 거잖아요?"

릴리는 믿을 수 없다는 투였다. 박창이 재미있다는 얼굴로 박상을 돌아보았다.

"하지만 저 정도 긴 검이면 위력적이긴 하겠어. 형이 한번 붙어보면 어때?"

"내가 무도가냐?"

박상은 조금도 받아들일 의사가 없다는 듯 심드렁하게 되받았다.

"형은 왼발이 있잖아."

"넌 왼발 없냐?"

"어허, 형의 황금 왼발과 내 왼발이 어디 같아? 비교가 안 되지."

점잖을 빼며 말하는 박창에게 릴리가 눈을 빛내며 물었다.

"박상 씨의 왼발에 뭐가 있나요?"

"형의 왼발은 그야말로 황금의 발이죠. 형은 발가락에 칼을 끼우고 싸울 수도 있어요."

그 말을 듣고 마리나가 깜짝 놀라서 박상을 쳐다보았다.

"정말요? 그런 어려운 기술을 할 수 있다는 말이에요? 그런 건 우리도 못해요. 고도로 훈련받은 암살자들도 할까 말까 하는 환상의 기술 중 하나인데 정말 할 수 있으세요?"

박상은 대답하지 않고 땡감 씹은 표정으로 박창을 째려보았다. 박창은 실실 웃으며 박상에게 말했다.

"형은 할 수 있어. 그치?"

"너 자꾸……."

박상이 인상을 구기며 뭐라고 말하려 하는데 지혜가 별안간 후다닥 테이블을 넘어 비호처럼 다가가더니 박창의 등을 온몸으로 들이박았다.

"악!"

지혜에게 떠밀린 박창은 하필이면 창틀 모서리에 얼굴이 찍혀 아파서 쩔쩔맸다. 그러나 지혜는 그 모습에도 아랑곳 않고 그의 옆구리며 팔을 닥치는 대로 꼬집어댔다.

"박창 너! 제발 그 입 다물지 못해!"

"아얏! 아파 죽겠어! 그만 해! 아야야!"

박창이 지혜에게 처절하게 응징당하는 동안 마리나는 대답을 하지 않는 박상에게 계속 묻고 있었다.

"정말 그런 것까지 할 수 있으세요?"

박상은 마리나 쪽은 보지도 않고 딱딱한 말투로 잘라 말했다.

"못합니다."

차가운 태도로 끊어버리는 그의 태도에 마리나와 릴리는 더 확인해 볼 생각도 하지 못하고 머쓱한 얼굴로 박상과 박창을 번갈아 보며 누구의 말이 진실일까 속으로 궁금해했다.

2

　젠브루 조사를 위해 만반의 준비를 갖춘 무적택배 사람들은 드디어 오래된 도시 젠브루를 향했다. 아르데와 라얄을 포함해 카라인이 선발한 7명의 전사들이 단단히 무장을 갖춘 후 지휘차에 탑승했고 노드와 로네스도 레스프라트의 관복을 입고 있었다. 다른 일행들은 지휘차에 있었지만 박창만은 혼자서 에어 트럭에 탔다. 젠브루에서 쓸 만한 것을 발견할 경우 운반을 생각해서 가져가는 것이었다.

　젠브루는 펠레즈보다 훨씬 먼 거리에 있었지만 속도나 고도 제한 없이 공중을 날아가는 터라 그리 긴 시간이 걸리지 않았다. 오아시스 도시라는 표현 그대로 젠브루는 누런 흙먼지가 감도는 황야에 박힌 보석처럼 빛나는 녹음의 도시였다. 젠브루의 성벽은 주변의 흙과 비슷한 색깔의 누르스름한 흙벽돌로 둘러져 있었고 전체적으로 아담한 규모였다. 정문 가까이의 성벽 옆에 지휘차와 에어 트럭을 세운 그들은 전원이 내려서 성문으로 걸어갔다. 성문 앞에는 그들이 오는 것을 지켜보고 있었는지 여러 명의 병사들이 무기를 쥐고 몰려나와 대기하고 있었다. 머리에 챙이 없는 노란 모자를 쓰고 있는 그들은 무척 놀라 겁을 집어먹은 모양으로 표시를 내지 않으려는 필사적인 노력에도 불구하고 손발이 부들부들 떨리고 있었다. 그들 중 한 사람이 달달 떨리는 입술로 간신히 말을 꺼냈다.

"나, 나는 오래된 도시 젠브루의 수비대… 대, 대장인 몽스다. 당신들은 누구요?"

"안심하시오. 우리는 프라트에서 왔소."

노드가 앞으로 나서며 몽스라는 남자에게 작은 두루마리를 펼쳐 보였다.

"나는 델라제 노드이며 베르테스 폐하의 명으로 신의 사도 여러분을 모시고 있소. 이것은 폐하께 하사받은 임명장이오. 신의 사도 여러분과 미테르 교의 파디아 대신관님을 모시고 왔소."

몽스는 불안한 눈초리로 두루마리의 내용을 재빨리 훑어보더니 겨우 안도하는 기색이었다. 그는 안정을 되찾고 파디아와 박상 등에게 꾸벅거리며 바삐 인사했다.

"그러십니까? 결례가 많았습니다."

"이곳의 행정 장관을 뵙고 싶으니 안내해 주시오."

"나즐 대족장과 부장관이신 페트보 족장께서는 위대한 도시 펠레즈에서 아직 돌아오지 않으셨습니다. 대족장님의 셋째 아드님이신 나즐 모네리님이 대리하고 계시니 그분께 안내해 드리겠습니다."

몽스는 병사들에게 물러서게 하고 박상 등을 직접 성안으로 안내했다. 아직도 얼떨떨한 얼굴로 박상과 다른 사람들을 조심스럽게 훑어보던 병사들의 시선이 수정과 조수에게 집중되었다.

"철인간이다."

"프라트에 나타났다던 그분들이 맞나 봐."

병사들은 소리 죽여 소곤거렸다.

젠브루의 시가는 별로 크거나 높지 않은 야트막한 흙벽돌 건물들이 줄지어 늘어서 있고 가운데 나 있는 큰길을 따라 시장이 펼쳐져 있는 구조였다. 수도 프라트나 펠레즈처럼 화려한 느낌은 없었으나 거리에는 제법 사람이 많았고 활기가 느껴졌다. 대부분의 사람들은 남녀노소 가릴 것 없이 단색의 챙 없는 작은 모자를 쓰고 있었다. 시장을 오가던 사람들은 수정과 조수를 목격하자 다들 하던 일을 멈추고 그들을 우두커니 쳐다보았다. 개중에는 박상 일행을 소문으로 듣던 신의 사도라고 여긴 것인지 넙죽 엎드리는 이들도 있었다.

아르데를 위시한 7명의 호위 전사들은 무적택배 사람들을 양쪽에서 에워싸고 경호하며 걷고 있었다. 신기한 눈으로 거리를 두리번거리던 우진이 노드에게 말을 걸었다.

"유목민들이 많은 곳이라면서 말이 별로 안 보이네요?"

"글쎄요, 유목하는 사람들이 말을 많이 키운다는 이야기는 들은 적 없는 것 같은데요? 말이란 짐승은 마차를 끌 때나 전쟁 때 유용하다는 것 빼고는 장점이 별로 없는 놈이라서."

"가축을 많이 기르면 말이 필요하지 않습니까?"

"아닐걸요. 비용 대 효용을 생각하면 말보다는 두키가 훨씬 낫지요."

"두키?"

무슨 동물일까 궁금해진 우진이 물어보려는데 노드가 길 옆에 있는 커다란 동물을 가리키며 말했다.

"저게 두키입니다."

노드의 손가락이 가리키는 곳에는 송아지만한 덩치를 한 큰 동물이 늙수그레한 남자의 곁에 엉덩이를 깔고 주저앉아 있었다. 짧지만 부드러운 느낌의 털이 난 그 동물은 얼른 보기에는 지구의 큰 개와 비슷한 생김이었으나 넓적하게 생긴 발이며 속눈썹이 긴 큼직한 눈은 그것이 개와 다른 존재임을 말해 주고 있었다.

"어머, 귀여워라!"

지혜가 작게 탄성을 올렸다. 남자와 큰 두키 옆에는 훨씬 작은 것 네댓 마리가 서로 엉켜서 복닥거리고 있었다.

"잠깐 만져 보고 가면 안 돼?"

지혜의 부탁에 박상이 곤란한 표정을 지었다.

"있다가 나가는 길에 보자. 지금은 행정 장관의 관저로 가는 길이니까."

"알았어……."

지혜는 아쉬운 듯 그것들을 돌아보며 일행을 따라갔다. 무적택배 사람들이 흥미를 보이는 것을 알고 노드가 그 동물에 대해 더 자세히 설명해 주었다.

"이 지역에서 가축들 다음으로 많이 기르는 동물이 두키일 겁니다. 두키는 가축을 모는 일도 잘하고 힘이 세고 충성심이 강해서 다른 맹수로부터 주인과 가축을 지키는 역할도 한답니다. 또 머리가 영리하고 붙임성이 좋아 다른 지역에서도 애완으로 종종 기르기는 하는데 식료를 많이 소비해서 보통 사람들이 취미로 기르기는 어렵습니다."

"크지만 귀엽게 생겼네요."

릴리도 호감을 보였다. 노드의 설명처럼 젠브루의 거리 곳곳에서 가축 떼가 있는 곳이면 가까이에 그것들을 감시하듯 앉아 있는 두키들이 보였다. 성격이 순한 때문인지 아이들이 등에 올라타고 있기도 했다.

젠브루의 관저는 큰 우물이 있는 작은 광장을 끼고 시내 중앙에 위치해 있었는데 다른 건물에 비해 높이와 크기가 커서 금방 알아볼 수 있었다. 수비대장 몽스는 관저를 경비하는 병사들에게 신의 사도와 미테르 대신관이 내방했다고 알리고 안쪽까지 계속 안내했다. 아버지를 대신해서 관저를 지키고 있던 젠브루 대족장의 아들 나즐 모네리는 그들의 갑작스러운 방문을 맞아 허둥지둥 응접실로 달려왔다.

"뵙게 되어 영광입니다. 오래된 도시 젠브루의 행장 장관이자 젠브루 대족장인 나즐 본데의 셋째 아들 모네리입니다. 아버님과 부장관이신 페트보 족장께서 아직 돌아오시지 않으신 관계로 제가 아버님을 대리하고 있습니다."

20대 중반쯤으로 보이는 모네리는 장황하게 자신을 소개하고 박상 일행과 파디아에게 연신 고개를 조아렸다. 노드는 그에게 베르테스에게 받은 임명장을 보여 자신의 신분을 증명하고 무적택배 사람들과 파디아 등을 소개한 뒤 용건을 밝혔다.

"갑자기 이렇게 찾아와서 죄송하게 되었습니다. 결례를 무릅쓰고 이번에 이곳을 찾은 것은 신의 사도 여러분께서 이 부근에서 조사하실 일이 있어서입니다. 젠브루 행정 장관님의 협조를 부탁드립니다."

"저희가 필요하신 일이 있다면 당연히 협력해 드려야지요. 저어… 병사라도 차출할까요?"

"아니오, 그러실 필요까지는 없고 그저 한 가지 양해해 주시는 것으로 충분합니다."

"양해요? 예, 말씀만 하십시오."

"얼마 뒤부터 신의 사도들께서 공중을 날아다니는 검은 물체를 타고 이 주변을 조사하실 예정입니다. 그때 커다란 소리와 진동이 발생할 수 있습니다. 하지만 결코 위험한 일이 일어나는 것이 아니니 그런 경우가 있더라도 걱정하지 마시고 이곳 사람들에게도 그렇게 말씀해 주십사 하는 것입니다."

구체적으로 어떤 일이 일어날지는 노드 자신도 전혀 감을 잡지 못하고 있었지만 그는 박상 등에게 들은 내용을 그대로 모네리에게 말했다. 모네리는 노드의 말이 얼른 이해가 되지 않는지 멀뚱멀뚱 그의 얼굴을 바라보다가 대답했다.

"예, 그렇게 알고 있겠습니다."

그때쯤 급사가 음료수를 가져왔다. 모네리는 직접 잔을 집어 박상과 파디아 등의 앞에 놓아주며 권했다.

"젠브루의 특산인 슐로의 즙입니다. 드셔보십시오."

"예, 잘 먹겠습니다."

대답은 그렇게 했지만 박상 등은 수정이 간이 검사기로 성분 검사를 한 다음에야 먹을 수 있었다. 선명한 빨간색을 띤 그것은 시원하고 달콤해서 맛이 좋았다.

"맛이 달군요. 피스벵 설탕이 들었나 보지요?"

파디아가 묻자 모네리는 빙긋 웃었다.

"아닙니다. 슐로는 원래가 물이 많고 단 과일입니다. 설탕이 있기 전까지 이런 맛을 내는 음료로는 이 일대에서 슐로의 즙이 유일했지요."

설탕 이야기가 나오자 박창이 관심을 보였다.

"여기서도 설탕을 팔고 있습니까?"

"예, 얼마 전부터 일부 상인들이 다루기 시작했습니다. 값이 비싸고 물량이 적어서 아무나 쉽게 살 수는 없지만요."

이 먼 사막의 도시에까지 설탕이 들어와 있다는 말에 무적택배 사람들은 꽤나 놀라고 있었다.

"전파 속도가 굉장히 빠르군요."

우진이 박창에게 속삭였다. 박창이 고개를 주억거렸다.

"그러게요. 공장을 짓고 대량 생산 체제로 들어갔다는 이야기는 들었는데 그런 셈 치고도 빠르군요."

음료를 마신 뒤 그들은 모네리가 식사를 하고 가라고 권하는 것을 사양하고 관저를 나왔다.

길가의 시장에는 오는 길에 보았던 초로의 남자가 큰 두키와 작은 두키들을 데리고 아까처럼 앉아 있었다.

"저거, 조금만 보고 가자."

지혜가 다시 박상을 졸랐다.

"그렇게 해요. 너무 귀엽게 생겼잖아요."

릴리도 지혜의 말에 동조했다. 그래서 그들은 그 남자가 있는 곳으로 다가갔다. 등받이가 없는 낮은 의자에 앉아 있던 초로의 남자는 무적택배 사람들이 다가오자 당황해서 허겁지겁 일어섰다. 그리고 머리를 깊숙이 숙인 채 감히 들지도 못하고 움츠려 있었다. 로네스가 노인에게 부드러운 말투로 물었다.

"영감님의 두키 새끼들을 잠깐 살펴보고 싶은데 그래도 되겠습니까?"

노인은 여전히 어안이 벙벙한 얼굴로 머리를 흔들었다.

"그, 그러십시오. 어차피 파, 팔려고 가져온 것이니까요."

그의 응락이 떨어지자마자 지혜와 릴리는 냉큼 작은 두키들 앞에 가서 쪼그리고 앉았다. 작다고는 해도 지구의 웬만큼 자란 큰 개만큼은 되었다. 붙임성이 좋다던 노드의 설명이 틀리지 않은 듯 초롱초롱한 눈망울의 새끼 두키들은 낯선 사람들의 손길에도 앙탈 부리지 않고 친근한 태도를 보였다.

"아유, 귀여워."

지혜는 두키의 짧지만 부드럽고 빽빽한 털을 쓰다듬다가 덥석 들어 올려 품에 안았다. 몸을 굽히고 큰 두키를 살펴보던 우진이 말했다.

"진짜 특이한 녀석이네요. 덩치는 당나귀나 노새급이고 전체적인 생김새는 개나 늑대 느낌이고, 눈은 고양이 같고 발바닥은 꼭 낙타 같아요. 이 녀석은 지구의 어떤 동물로도 번역이 안 되겠는데요?"

"아무튼 귀엽기는 하네. 옛날에 집에서 키우던 개 생각 난다."

박창도 한 마리 집어 들어 만지작거렸다.

"상아, 우리 이거나 한 마리 키워볼까?"

지혜가 박상을 돌아보고 물었다. 박상은 머리를 흔들었다.

"안 돼. 그런 거 키우다가 정들면 떼기 힘들어. 끝까지 책임질 수 없을 바엔 아예 키우지 않는 게 나아."

"우리가 갈 때 데리고 가면 되잖아."

"우주 공항 검역소에서 통과 안 되면 어떡할래? 그런 경우 본래의 행성으로 돌려보내지 못하면 소각 대상이야."

냉정하게 잘라 말하는 박상의 태도에 지혜는 시무룩해져 두키를 내려놓았다.

"아깝네. 귀엽게 생겼는데……."

박창도 아쉬워하며 일어섰다.

젠브루의 성문을 나와서 지휘차에 오른 그들은 그때부터 지휘차의 스캔 기능을 가동하고 젠브루 시 주변의 황무지를 조사했다.

젠브루를 벗어나자마자 펼쳐진 황무지에는 드문드문 가축을 몰고 있는 사람들이 보일 뿐 전체적으로 황량한 분위기였다. 가축 떼를 돌보고 있던 사람들은 박상 등이 탄 검은 지휘차가 상공을 지나는 것을 보고 놀란 얼굴을 하늘로 들어 멍하니 바라보기 일쑤였다. 젠브루에서 보았듯이 말은 어쩌다 한두 마리 섞여 있는 정도였고 유목민 한 무리당 서너 마리의 두키들이 반드시 있어서 가축들 사이를 널리 돌아다니면서 관리하고 있었다. 두키가 사람을 태우고 있는 모습 또한 심심찮게 보였는데 큰 덩치에 걸맞게 사람을 태우고도 전혀 무리없이 뛰거나 걷고 있었다. 그 모습을 지켜보던 마라나가 노드에게 물었다.

"저 두키라는 녀석들, 사람을 태운 채로도 잘 다니네요. 속도도 꽤 빠른 것 같고. 저 정도면 말 대신 사용해도 될 텐데 왜 전쟁에는 동원하지 않죠?"

노드가 싱글싱글 웃으며 설명했다.

"여러 가지 이유가 있죠. 말보다 지구력이 떨어지고 식료를 많이 소비한다는 점도 있지만 가장 큰 이유는 말보다 훨씬 영리하고 시력이 좋은 탓이 큽니다. 두키들은 시력이 아주 좋아서 화살이나 무기가 날아오는 것도 바로 알아보고 멀리 있는 적의 규모도 빨리 눈치 채죠. 머리가 좋은 만큼 그런 일에 대한 겁도 많아서 가서 죽겠다 싶으면 절대로 안 갑니다. 오히려 자기 주인을 질질 끌고 그곳에서 멀리 달아나 버리죠. 녀석들 나름대로 의리가 강하거든요. 그러니 전쟁에 썼다간 끝장입니다. 그래서 유목민들이 전쟁을 할 때는 차라리 도보로 달려가지 두키는 절대로 안 탑니다."

"노드 씨는 그런 걸 잘 아시네요."

마라나의 칭찬에 노드는 수줍어하며 머리를 긁적였다.

"어릴 때 양아버지와 여러 곳을 돌아다니면서 살았거든요. 이 부근에서도 얼마간 지낸 적이 있습니다."

"고생이 심하셨군요."

릴리가 동정조로 말하자 노드는 밝게 웃었다.

"뭐, 별로 고생이랄 건 없었습니다. 아버지가 항상 저 하나만큼은 끔찍이 챙겨주셨거든요. 그리고 전 이곳저곳 다니면서 새로운 것들을 보는 게 좋더라구요. 물론 애써 사귄 친구들과 헤어지는 건 늘 슬펐지만 새 곳에 가면 또 새로운 만남이 있는 법이죠. 전 지금 이런 일들이 아주 즐겁습니다. 여행을 계획하고, 정보를 수집하고, 필요한 물품을 준비해서 여행에 나서는 그 모든 일들이 재미있거든요."

노드의 곁에서는 로네스가 그런 그의 모습을 애정 어린 눈길로 바라보며 잔잔히 미소 짓고 있었다.

잠시 지체하는 시간도 아까워 식사도 지휘차 안에서 하면서 날이 저물 때까지 넓은 광역을 돌아다녔지만 눈에 띄는 성과는 없었다. 지휘차의 성능은 당초 예상보다 훨씬 우수해서 그들이 하루에 둘러본 영역만 해도 상당했다. 인적이 없는 곳에 지휘차와 에어 트럭을 세우고 잠도 차 안에서 자면서 하룻밤을 보낸 그들은 다음날도 아침 일찍부터 조사를 개시했다. 과거에 밀집된 공업 지역이었다는 옛 지도의 설명을 뒷받침이라도 하는 것처럼 드넓은 황무지의 지면 아래에는 흙이 아닌 이물질이 다량 뒤섞여 있었다. 행여 지하에 남아 있을지도 모르는 공간을 찾아 나흘째 대낮이 되도록 쉬지 않고 돌아다녔지만 너무 작아서 조사할 필요성조차 없어 보이는 몇 개 지점을 제외하고는 성과가 없었다.

"땅속이 영 엉망이야. 이러니 농업이 안 되는 것도 당연하겠어요."

지혜가 혀를 찼다. 마리나가 말했다.

"레이저 무기나 고열량 무기를 많이 사용하면 땅이 유리화돼요. 말하자면 석영 같은 물질로 가득해지는 거죠. 그러면 땅의 회복도 잘 안 되고 농업에는 적합치 않은 황무지가 되어버려요. 이렇게 넓은 지역이 아직까지도 복구되지 못하고 폐허로 남아 있는 걸 보면 꽤나 치열하게 싸운 모양이네요. 그러니 문명이 망한 거겠지만."

그러자 우진이 말했다.

"제 생각엔 꼭 전쟁 때문에 망한 것은 아니라고 봅니다. 물론 전쟁이 계기를 제공했겠지만 결정타는 그 이상한 질병이죠. 문명의 파괴는 의외로 아주 쉽고 빠르게 일어날 수 있다더군요. 하나의 문명이 유지되려면 적어도 100만의 인구가 필요하다고 해요. 과거의 그 질병은 단기간에 성인 인구를 급감시킴으로서 문명의 쇠퇴를 불러온 거죠. 그나마 이 별은 몇몇 남은 어른들과 충실한 철인간들이 있어서 도시를 건설하고 문명을 어느 정도 지켜낸 거지 지구 같으면 이삼백 년 내에 완전히 석기 시대까지 떨어질지도 몰라요."

"지구에도 로봇은 많아요."

릴리가 우진의 생각에 이의를 제기했지만 지혜는 머리를 흔들었다.

"아니, 지구의 로봇은 이곳의 철인간과는 달라요. 지구의 로봇은 인간이 주인으로서 구체적인 명령을 계속 내려줘야 하고 중앙의 제어 시스템이 제대로 작동하지 않으면 무용지물이 되거든요."

그때 바다가 큰 소리로 모두의 주의를 집중시켰다.

"조용히 해보세요. 이 아래에 큰 공간이 있는 것으로 나옵니다."

바다의 말에 모두들 말을 그치고 조사 화면으로 고개를 돌렸다.

"어느 정도 큽니까?"

박상이 물었다.

"길이와 폭이 적어도 2, 30m쯤 되는 정방형의 공간인 것 같습니다. 지면에서 20m가량 아래에 묻혀 있군요."

우진의 대답을 듣고 릴리가 질렸다는 표정으로 혓바닥을 쏙 내밀었다.

"20m라구요? 완전히 우물을 파야겠네요."

바다가 박상에게 말했다.

"사람들을 동원해 파려면 대공사가 될뿐더러 시간이 너무 많이 걸릴 겁니다. 차라리 레이저 포로 일점 사격해서 구멍을 내면 어떻겠습니까?"

"그러다가 저 아래 공간까지 파괴되면 어쩝니까?"

박상이 걱정했지만 바다는 자신감을 보였다.

"지하 20m는 보통 깊이가 아닙니다. 그리고 그만한 두께의 흙을 떠받치고 있을 정도면 여간 튼튼한 시설이 아니라는 이야기죠. 조심해서 시도하면 괜찮을 겁니다."

박상은 우진에게도 의견을 물었다.

"우진 씨 생각은 어떻습니까?"

"제 생각에도 바다 형의 의견이 타당할 것 같습니다. 이 지휘차의 주포가 얼마나 위력이 있는지는 모르지만 이런 규모의 포가 한 번에 지표면을 20m나 뚫고 들어간다고 보기는 어렵습니다."

두 파일럿의 의견이 일치하자 박상도 더 이상 이의를 달지 않고 동의해 주었다. 다행히 그 부근에는 사람도, 가축도 없었다. 그래서 바다와 우진은 지휘차의 고도를 더 높이고 정면의 주포와 그 양쪽에 있는 2개의 보조 레이저 포로 지하에 있는 공간의 한곳을 조준하여 발사 각도를 맞추고 준비에 들어갔다. 뒤에서 에어 트럭을 몰고 있는 박창은 박상의 연락을 받고 지휘차에서 거리를 두고 멀찍이 물러섰다. 우진이 큰 소리로 발사 준비를 알렸다.

"최대 출력으로 발사합니다! 발사!"

그의 말이 떨어지자 지휘차에서 쏘아져 나간 세 개의 섬광이 하나로 합해져 굵직한 빛의 줄기가 되어 지면으로 떨어졌다. 발사되는 순간 지휘차에 타고 있는 사람들은 그저 약간의 진동을 느끼는 정도였으나 바깥에서는 그렇지 않은 모양이었다. 에어 트럭의 운전석에 있는 박창이 박상에게 통신을 보냈다.

[우와, 소리 한번 요란하네. 고막 터지는 줄 알았어.]

"더 쏴야 할 모양이니까 알아서 주의해라."

박상이 주의를 주자 우진이 다시 큰 소리로 말했다.

"차탄 발사합니다! 에너지 충전 완료! 발사!"

그리고 두 번째 포가 발사되었다. 바다와 우진은 포를 발사하고 그 지점을 지휘차의 외부 카메라로 집중해서 비추어 눈으로 정도를 확인하고 부족하다고 판단되자 발사를 계속했다. 여섯 번째 포가 발사된 뒤 바다가 말했다.

"금속재의 바닥이 드러난 것 같습니다. 더 이상 레이저 포를 발사하면 지하 공간이 파괴될 위험이 있으므로 발사를 중단하겠습니다."

"두 분 다 수고하셨습니다. 나머지는 용접기로 뚫어보지요."

박상이 말했다.

"지금은 저 안이 지독히 뜨거워서 들어갔다가는 바로 죽을 거예요. 식을 때까지 기다려야 합니다."

마라나가 말했다.

"그렇게 하죠."

박상은 선선히 그녀의 충고에 따랐다.

그들은 지휘차를 구멍에서 얼마간 떨어진 곳에 댔다. 여섯 번의 레이저 포 세례를 받은 지점은 커다랗게 구멍이 패어 있고 뜨거운 열에 마그마처럼 녹아버린 땅이 연기를 뭉게뭉게 토해내고 있었다.

"언제까지 기다려야 하죠?"

마음이 급해진 지혜가 초조한 시선으로 모니터를 바라보았다.

"용암 분출이 아니니까 공기에 닿아서 빨리 식을 겁니다. 30분쯤 기다리면 어느 정도 식겠죠."

마라나가 말했다.

그들은 마라나의 의견을 받아들여 구멍이 식을 때까지 기다렸다. 간간이 조수를 그곳에 보내서 열기를 조사하다가 충분히 식었다는 판단이 서자 밖으로 나갔다. 나무도 있고 공기가 비교적 부드럽던 젠브루시와는 달리 이곳은 대낮의 열기가 상당히 뜨거웠고 누런 먼지가 섞인 바람이 사방을 거칠게 휩쓸고 있었다.

파디아와 노드를 비롯한 레스프라트 사람들은 얼마 전까지 멀쩡하던 지면에 끝이 보이지 않는 깊은 구멍이 생긴 것을 보고 경악하는 얼굴들이었다. 박상 등은 만일을 대비해 우주에서 작업할 때 입는 우주복을 입고 신중하게 구멍으로 다가갔다. 빛의 궤적을 따라 아래로 똑바로 뚫린 구멍은 꽤 식었다고는 해도 아직 미지근한 열기가 끼쳤다.

사람 두세 명쯤은 동시에 들어갈 수 있을 정도로 넓었지만 깊이가 깊이다 보니 육안으로 바닥을 볼 수는 없었다. 지혜는 조수를 내려 보내 맨 아래의 광경을 전송하게 했다. 조수의 카메라가 비추는 바닥의 풍경에는 약간 녹았다가 굳은 은백색의 금속판이 보였다.

"진짜 튼튼하군요. 뭔가 있을 것 같은 분위긴데요?"

우진이 기대에 차서 손바닥을 비비적거렸다. 다른 사람들도 마음이 설레고 있었다.

"어서 저기를 용접해서 뚫고 들어가지요."

마음이 급해진 바다가 서둘렀다. 지혜는 조수를 불러 올리고 용접기를 장치해서 내려 보냈다.

"이런 막일에 쓰는 녀석이 아닌데 여기 와서 너무 혹사시키는 게 아닌지 모르겠어. 조수는 어디까지나 엔지니어링 로봇인데 말이야."

지혜는 조수를 딱해했다.

"어떡하겠어? 그렇다고 사람이 저 깊은 곳에 들어갈 거야, 아니면 섬세한 수정을 시키겠어?"

박창이 위로랍시고 한마디 하자 지혜는 그를 못마땅한 눈초리로 흘겨보았다.

"너나 상이나 겉보기에 예쁘다고 수정, 수정 하는데 조수는 결코 수정에게 뒤지지 않는 우수한 로봇이야. 로봇에 대해 잘 알지도 못하면서."

"우수한 로봇치고는 생긴 게 너무 예스럽잖아. 요즘 저런 디자인의 로봇은 팔지도 않는다고."

"조수는 수정 같은 대량 생산품이 아냐. 일일이 수제작으로 만들어진 녀석이라구. 그리고 조수의 디자인이 뭐 어때서? 넌 복고풍도 몰라?"

"복고풍과 촌스러운 건 엄연히 다르지. 그리고 수정도 주문 제작품이야. 매장에 진열해 놓았다가 아무 때나 파는 로봇과는 달라."

"그래 봤자 정해진 라인에서 규격 부품 사용하는 건 마찬가지야."

지혜는 발끈해서 조수의 우수성을 강변했다. 당사자인 조수는 이미 지하에 도달해서 지혜의 명령을 수행하기 시작했다.

—지면에 도달했습니다, 주인님. 용접을 시작합니다.

바닥의 금속판이 대단히 두꺼운 모양으로 조수의 용접은 한동안 계속되었다. 바깥에서 기다리기를 2시간 남짓, 슬슬 기다리기도 지칠 무렵 드디어 조수가 보고했다.

—용접을 끝냈습니다.

"좋아, 조수. 금속판을 흡착판에 붙여서 가지고 올라와."

—예.

잠시 후 조수의 동그란 두부가 구멍 위로 쑥 올라왔다. 아래로 늘어뜨린 조수의 양팔에는 3, 40㎝는 됨직한 두꺼운 합금판이 흡착되어 있었다. 조수가 내려놓은 금속판을 살펴본 지혜가 말했다.

"펠레즈의 성벽에 발라져 있는 금속판과 비슷한 재질로 보이네요?"

"자, 이제 내려가 봐야지."

박창이 말하자 마리나가 제동을 걸었다.

"오랫동안 밀폐되어 있었다면 공기가 썩어 있을 수도 있고 내부에 위험 물질이 있을지도 몰라요. 로봇부터 내려 보내서 조사해야 해요. 그리고 우리들이 내려갈 때도 산소 헬멧을 착용하고 가는 편이 좋구요."

마리나의 제안에 따라 조수는 다시 구멍 아래로 내려가서 용접기로 뚫어놓은 그 밑으로 갔다. 지혜는 휴대용 단말기를 펼치고 조수에게 달린 조명으로 내부를 비추고 카메라로 찍어서 정보를 전송하게 했다.

"마리나 씨의 말처럼 공기의 성분이 약간 독성을 띠고 있네요. 환기가 되면 괜찮아지겠지만 그러자면 시간이 걸릴 테고 역시 헬멧을 착용해야겠어요."

조수가 보내온 정보를 분석하면서 지혜가 말을 이었다.

"생명체의 반응은 없군요. 유골이 여러 구 있고 내부에 파손 흔적도 있어요. 가만, 저것들은…… 조수, 조금 전의 그곳을 다시 비춰봐."

휴대용 단말기의 모니터를 뚫어지게 쳐다보던 지혜가 일행을 돌아보았다.

"철인간들이 있어요. 제대로 된 형태는 아닌 것 같지만……."

"그래요?"

박상 등은 그 말을 듣고 지혜의 뒤로 몰려들어 단말기의 작은 모니터를 보려고 애썼다. 지혜의 말처럼 철인간들이 뒤죽박죽으로 엉켜 있는 모습이 보였다.

"공기 이외에 딱히 위험 요소는 없는 것 같군요. 내려가서 조사해보죠."

마리나가 말했다. 모두들 마음이 급해졌다. 무적택배의 전원은 우주용 작업복 위에 헬멧을 착용하고 구멍으로 갔다. 우주용 장비여서 등에 부스터가 달려 있기 때문에 내려가는 것은 어렵지 않았다.

지하 공간은 사방이 금속으로 된 반듯한 네모 꼴의 창고였다. 바닥은 사람들의 유골과 철인간들의 잔해가 엉망으로 뒤엉켜 있어 몹시 어지러웠다. 스캔해서 살폈을 때는 정사각형 공간인 줄 알았는데 막상 안으로 들어가 보니 한쪽 면은 벽이 아니라 무너져 들어온 흙더미로 꽉 메워져 있었다. 흙더미 사이사이에는 철인간의 잔해들이 아무렇게

나 끼워져 있어 당시의 급박한 상황을 보여주고 있었다.

"안쪽으로 더 무너지지 않게 지지대처럼 끼워 넣은 모양이네요. 이쪽은 건드려서는 안 되겠어요. 좀 전의 레이저 포로 충격이 가 있을 수도 있으니까."

마리나가 경고했다. 다른 벽들에는 벽면을 따라서 길쭉한 직사각형 통들이 부착되어 있었는데 대부분은 부서지거나 뚜껑이 열려 있었다. 통의 전면은 투명한 재질의 물질로 되어 있고 그 외의 면은 금속이었는데 안에 철인간이 들어 있는 채인 것도 있었다.

"철인간의 케이스인가 봐요."

일행에게 말한 지혜는 불빛을 비추어서 그것들을 하나하나 살폈다. 그러나 유감스럽게도 철인간의 상자는 무사한 것이 별로 없었다. 이곳에 갇혀 있던 사람들이 패닉 상태에서 파괴해 버린 듯 보이는 것도 있고 총포류의 흔적도 있었다. 안쪽에는 진열대가 있어서 철인간들이 놓여 있었던 흔적이 있었지만 그것들도 넘어지고 부서져 있기는 매한가지였다.

"철인간들을 두었던 완제품 창고인가 보네요."

우진은 무질서하게 흩어진 철인간들을 바라보다가 바다에게 말했다.

"꼭 무덤 같군."

바다가 씁쓸하게 내뱉었다. 아닌 게 아니라 부분부분 해체되어 뒹굴고 있는 철인간들은 사람의 시신처럼 보이기도 해서 섬뜩한 기분이 들었다.

한편 마리나와 릴리는 유골들을 중심으로 둘러보고 있었다. 죽은 이들의 숫자를 세어가며 꼼꼼히 살펴보던 마리나가 박상에게 말했다.

"전부 21명이군요. 레이저 총 등의 무기로 탈출구를 뚫어보려고 했던 것 같은데 결국은 대부분 자해하거나 자살한 모양이에요."

"이 안에 갇혀 있다가 지금에 와서야 우리에게 겨우 발견되었으니 당연하겠죠."

박상이 착잡한 표정으로 말했다.

"지혜 누나, 다 망가지고 멀쩡한 게 없는 것 같은데 어떻게 할 거야?"

박창이 물었다. 지혜는 계속 벽면을 따라 돌아보면서 대답했다.

"하나도 남기지 말고 다 가져가야 해. 철인간들은 어느 한 부분만 쓸 수 있어도 쓸모가 있어. 조립이 가능하니까. 그리고 이런 금속 상자들도 마찬가지야. 우리에겐 어느 것이나 전부 귀중해. 재활용할 수 있는 건 다 가져가야지."

흙더미가 된 한쪽을 제외하고 두 개의 벽면을 주르륵 훑어본 지혜는 두 번째 벽면과 마지막 세 번째 벽면이 맞물리는 모서리에 이르러 걸음을 멈추었다. 모서리에 걸쳐진 형상으로 철인간의 상자가 세워져 있었는데 손상을 입은 다른 상자들과는 달리 그것은 제법 말끔한 외양을 하고 있었다.

"와, 이것 좀 봐! 이건 멀쩡해!"

떨리는 손으로 상자의 표면을 문질러 먼지를 닦아내고 보니 잠자는 것처럼 조용히 눈을 감고 있는 안드로이드의 말끔한 얼굴이 보였다. 지혜는 들뜬 마음을 누르며 조수에게 명령을 내렸다.

"조수, 이 상자를 떼어내. 상자째로 가져가야겠어."

―알겠습니다.

조수가 즉시 상자를 벽면에 고정시키고 있는 장치를 풀기 시작했다.

그런데 작업 도중 그 상자의 왼쪽에 세워져 있는 상자가 조금씩 흔들리다가 벽에서 떨어져 나와 지혜의 머리 위로 넘어졌다. 덜컹 하는 소리에 놀라 고개를 돌린 지혜는 비명도 지르지 못하고 질겁해서 그 자리에 주저앉았다.

"조심해!"

금속 상자가 지혜의 몸으로 떨어지는 순간 박상이 달려들어 왼쪽 발로 상자를 힘껏 걷어찼다. '쾅' 하는 요란한 소리를 울리며 상자는 다른 쪽으로 넘어졌다. 그 소리에 놀라 그곳을 바라본 무적택배 사람들은 그 광경에 놀라움을 감추지 못했다.

"맙소사! 저렇게 큰 금속 상자가 어떻게……?"

릴리가 고개를 설레설레 흔들며 중얼거렸다. 그때 방금 전의 진동 때문인지 지혜의 반대 편에 있던 상자도 삐걱거리면서 넘어지려는 움직임을 보였다. 박상은 선 자세에서 왼발을 이용한 멋진 돌려차기로 그 상자도 밀어내 버렸다.

"굉장하다!"

마리나와 릴리는 감탄한 나머지 짝짝 박수까지 쳤다. 너무 놀라서 꼼짝도 하지 못하고 움츠러져 있던 지혜는 간신히 놀란 가슴을 진정시키고 일어났다.

"고, 고마워, 상아."

박상의 얼굴을 보며 인사하는데 지혜의 헬멧에 부착된 플래시에 비춰진 헬멧 속 박상의 얼굴은 두 눈 가득 흘러내리는 눈물로 번들거리고 있었다.

"너, 괜찮아? 많이 아픈 거야?"

지혜가 깜짝 놀라 작은 소리로 묻자 박상은 눈을 여러 번 깜빡여 눈물을 짜내 버리면서 겸연쩍게 돌아섰다.

"아니, 눈썹이 들어가서 그래."

지혜는 걱정스러운 눈길로 박상의 다리를 쳐다보았지만 굳이 그의 상태를 확인하려 들지 않고 하던 작업으로 돌아갔다. 사고의 위험을 무릅쓴 보람이 있어 지혜는 목적했던 멀쩡한 철인간 1기를 상자째로 얻을 수 있었다.

"역시 아까 레이저 포를 연속 발사한 게 영향을 미치는 모양이네요. 될 수 있는 대로 빨리 정돈하고 나가는 것이 좋겠어요."

마리나가 말했다. 그래서 그들은 철인간을 담았던 금속 상자들을 벽면에서 떼내어 거기에 철인간의 잔해들을 담았다. 지하에서 죽은 사람들의 유골은 따로 하나의 상자에 정리했다.

"그런데 이것들을 어떻게 밖으로 옮기죠?"

한참 상자에 철인간의 부분들을 담던 우진이 물었다. 박창이 제안했다.

"에어 트럭에 견인 장치가 있으니까 그걸 이용하죠. 밧줄로 단단히 고정시켜서 에어 트럭에 연결해 하나씩 들어 올리면 될 겁니다."

"괜찮은 생각이군요. 다 정리하면 그렇게 옮기기 시작합시다."

박상이 모두에게 말했다.

방법은 정해졌지만 정리 작업은 생각보다 오래 걸렸다. 엉망진창으로 엉켜 있는 철인간들을 수습하는 것도 어려웠지만 작은 부품 하나라도 모조리 챙겨야 한다는 지혜의 고집 덕분에 무적택배 사람들은 창고 내부를 청소하는 심정으로 샅샅이 훑어야 했다. 사람이 더 있으면 작업 속도가 빨라지겠지만 20m가 넘는 지하에 묻힌 공간이어서 터널 하나로는 환기가 잘 되지 않았다. 작업복과 산소 헬멧 등의 장비가 무적택배 사람들이 사용할 것밖에 없는 까닭에 위에서 기다리고 있는 사람들의 도움을 받을 수도 없었다.

그날 밤늦은 시각까지 작업하고 다음날 하루를 꼬박 더 하고도 저녁 무렵이 되어서야 정리와 이동 작업이 마무리되었다. 며칠에 걸친 강행군에 물 먹은 솜처럼 몸이 무겁고 피곤했지만 박상 일행은 쉴 틈도 없이 곧장 그곳을 떠나 프라트로 돌아왔다. 쉬더라도 프라트에서 쉬고 바로 철인간의 수리를 시작하려는 것이었다.

3

에어 트럭에 가득히 철인간의 잔해를 싣고 프라트로 돌아왔을 때는 이미 날이 어두워진 뒤였다. 무적택배 사람들은 다른 사람들과 지휘차에서 내려 저녁을 먹고 일찍 잠자리에 들었다. 그러나 지혜와 박상은 숙소로 들어가지 않고 자신들의 우주선인 무적택배호의 일실에 들어가 있었다. 그곳은 평소 지혜가 작업실로 쓰고 있는 방으로 펠레즈의 지휘차에 있는 수리실과 기본적으로 비슷한 구조와 느낌을 지닌 곳이었다. 박상은 방 가운데에 놓인 긴 선반에 상체를 일으키고 다리를 편 자세로 앉아 있었고 지혜는 그 옆에 의자를 놓고 앉아서 선반 쪽으로 몸을 기울이고 있었다. 조수는 언제나처럼 지혜의 곁에서 지시를 기다리고 있었다.

"다행이야. 별다른 이상은 없는 것 같아."

지혜가 박상의 다리에서 눈을 떼고 안도의 한숨을 쉬었다. 어색한 얼굴로 맞은편 벽면을 멀거니 응시하고 있는 박상의 왼쪽 다리는 위쪽의 피부가 절개되어 내부가 환하게 드러나 있었다. 그의 왼쪽 다리는 대퇴부부터 종아리, 발에 이르기까지 금속 뼈대에 인공 힘줄과 인공 근육이 뻗어 있었고 그 사이에는 복잡하고 정밀한 기계로 가득했다.

"다음부터는 더 조심해야 돼. 예비 부품이랑 소모품들을 가지고 있긴 하지만 가급적 아껴야지. 다른 건 몰라도 네 다리에 필요한 것들은 여기서 절대로 구할 수 없을 테니까."

지혜는 짐짓 사무적으로 말하며 절개된 부분을 덮고 인조 피부를 봉합하기 시작했다. 멀쩡한 쪽인 오른쪽 다리와 똑같은 색깔을 가진 인조 피부는 표면에 털까지 붙어 있어 진짜 피부와 전혀 구별이 불가능할 정도였다.

"알았어. 조심할게."

박상이 얌전하게 대답하자 조금 전 자신의 말이 책망으로 비칠까 봐 미안해진 지혜는 한결 부드러운 어조로 덧붙였다.

"뭐, 아까 같은 경우야 부득이한 상황이었으니까 하는 수 없지만."

박상은 지혜가 눈치 채지 못하게 소리없이 미소 지었다. 지혜는 인조 피부를 특수 용액으로 꼼꼼히 봉합한 뒤 고무처럼 매끈한 표면에 탄력성이 있는 특수 재질의 아주 얇은 붕대로 다리 전체를 감아서 단단히 고정시켰다.

"늘 그렇듯이 이틀 뒤 풀 테니까 그때까지는 반바지 입지 말고 샤워할 때는 창이랑 둘이서만 해."

"응."

박상은 몸을 돌리고 선반 옆에 걸어놓았던 바지를 집어 입었다. 그가 바지를 입는 모습을 보지 않으려고 돌아서 있던 지혜가 머뭇거리면서 물었다.

"저기… 말이야… 아직도 가끔 아파?"

"뭐가?"

바지의 버클을 끼우느라 잘 듣지 못한 박상이 무심하게 되물었다. 지혜는 말을 꺼내기가 쉽지 않은지 주저하며 말했다.

"아까 거기서 너… 울었잖아."

"아, 그거?"

박상은 피식 웃고 대수롭지 않게 받아넘겼다.

"내가 원래 잘 울잖아. 네가 무사한 걸 확인하고 감격해서 그랬다."

"으응… 고마워."

지혜는 고개를 숙이고 입속으로 웅얼거렸다.

"저기, 있잖아……."

그녀가 몸을 돌리고 박상에게 뭔가 말을 하려는데 밖에서 누군가 문을 쿵쿵 두드렸다.

"아직 멀었어?"

박창의 음성이었다.

"어, 다 됐어!"

박상이 문으로 가서 열었다. 지혜의 작업실은 내부에 사람이 있을 때는 밖에서 문이 열리지 않는 구조여서 안에서 열어줘야 했다.

"다리는 어때? 괜찮아?"

문이 열리자마자 얼굴을 쑥 들이밀고 박상의 왼쪽 다리부터 살피는 박창에게 지혜가 쏘아붙였다.

"내가 안에서 작업할 때는 큰 소리 내지 말라고 했잖아! 정밀한 작업 하다가 실수라도 하면 어쩌려고 그래?"

지혜의 신경질적인 반응에도 박창은 되받아치지 않고 순한 웃음을 보였다.

"어, 미안. 깜빡했어. 다음부터 주의할게."

순순히 사과하는 데야 지혜도 더 화를 낼 재간이 없었다. 지혜는 조수와 함께 어지럽게 흩어진 도구를 정리하기 시작했다.

"지혜 누나, 우리 먼저 가도 돼? 가서 샤워 좀 하게. 아까 우주선 탱크에 물 채워놓았거든."

박창이 물었다.

"좋을 대로 해."

뒤도 돌아보지 않고 짤막하게 대꾸하는 그녀에게 박상이 인사를 남겼다.

"늘 수고가 많다. 고마워."

부산하게 움직이던 지혜의 손이 잠깐 멈칫했다.

"고맙긴. 가서 씻어."

담담하게 말하는 그녀에게 박창이 큰 소리로 말했다.

"수고! 먼저 갈게!"

작업실을 나와 형 박상의 어깨를 감싸듯이 팔을 얹고 건들건들 걸음을 옮기던 박창이 그곳을 돌아보며 말했다.

"지혜 누나 있잖아, 입은 거칠어도 마음은 착해. 누가 시킨 것도 아닌데 벌써 몇 년째나 형의 다리를 돌봐주잖아. 욱 하는 성질만 좀 죽이면 참 좋은데 말이야."

"남 말 하고 있네. 네 성질이나 잘 다스리지 그러냐."

"나야 요즘 완전히 군자지. 제대하고 내가 누구랑 싸우는 거 봤어?"

박상은 기가 찬다는 표정으로 박창을 쳐다보다가 코웃음쳤다.

"군자? 네 녀석이 군자면 난 성인이겠다."

"형이 성인? 야, 그거 멋지네. 형이 성인이고 난 군자니까 우린 성인 군자 형제네?"

박창은 재미있어 죽겠다는 듯 큰 소리로 킬킬거렸다. 샤워실 앞에 도착하자 그는 박상의 어깨에서 팔을 치우고 샤워실 문을 열더니 점잖을 빼고 말했다.

"어서 들어가시오, 성인 형님. 군자 아우가 등을 밀어드리겠소."

박상이 혀를 끌끌 찼다.

"철 좀 들어라. 네 나이가 몇이냐?"

그러나 박창은 지지 않고 냉큼 대꾸했다.

"철? 내가 어떻게 그런 걸로 형을 이기겠어? 형은 철이 들다 못해 뼛속까지 박혀 있는데."

"이 자식!"

어느 틈에 신발을 벗은 박상이 왼쪽 발가락으로 박창의 종아리를 꽉 꼬집었다.

"우왓! 아이야! 그쪽 발가락으로 꼬집으면 어떡해? 아프잖아! 이건 반칙이야, 반칙!"

박상은 심술궂은 미소를 머금고 아프다고 징징거리는 박창을 놀렸다.

"그럼 아프라고 꼬집지 살찌라고 꼬집겠냐?"

"미안, 미안! 잘못했어! 놔줘~"

박창이 손바닥을 싹싹 비비며 빌자 박상은 그제야 발가락을 풀었다.

"그만 까불고 씻자. 피곤해서 빨리 씻고 자야겠다."

박상이 돌아서서 안쪽으로 들어가는데 따라 들어온 박창이 종아리를 문지르며 투덜거렸다.

"쓰벌, 더럽게 아프네."

그 말을 듣자마자 재빨리 몸을 돌린 박상은 아까 꼬집은 쪽의 반대
편 종아리를 왼쪽 발가락으로 또 꼬집었다.

"내가 언어 순화 하랬지?"

"아야! 알았어! 잘못했으니까 그만 좀 해! 이러다 내가 기어나가겠
어!"

"좋게 말로 할 때 말 곱게 써라."

엄한 얼굴로 동생을 훈계한 박상은 박창의 종아리를 놓아주고 옷을
벗기 시작했다. 박창은 바지를 벗고 쪼그리고 앉아서 꼬집힌 자리가
빨갛게 변한 양쪽 종아리를 문지르며 투덜투덜댔다.

"아우, 이 빨개진 것 좀 봐. 저건 발가락이 아니고 완전히 흉기라니
까, 흉기!"

박상은 웃지 않으려고 무던히 애쓰면서 옷을 벗고 욕실 안으로 들어
갔다.

젠브루에서 돌아온 다음날 오전부터 무적택배 사람들에게는 수많은
철인간의 잔해 중 사용이 가능한 부분들을 골라내는 과제가 부여되었
다. 지혜는 지휘차의 수리실에서 검사기로 철인간의 부분들을 검사하
고 다른 사람들은 당번을 정해 돌아가면서 지혜를 도왔다. 지혜 이외
의 사람들이 하는 일은 사용 가능한 것들과 그렇지 않은 것들을 따로
분류해서 정리하는 작업이었다. 당장 사용할 수 없는 것이라 해도 나
중에 부품이나 칩을 이용할 수 있을 것이라는 지혜의 판단에 따라 버
리지 않고 전부 모아두기로 한 것이었다.

산더미처럼 쌓여 있던 철인간의 잔해를 꼬박 사흘이나 걸려서 하나
하나 검사한 결과 검사기에서 반응을 보인 것은 얼마 되지 않았다. 지

혜가 위험을 감수하며 구한 완전한 형태의 철인간조차도 팔다리의 몇 부분들이 기능 정지 상태였다. 최종적으로 검사를 통과하여 수리실에 남은 것은 머리 셋과 동체 네 개, 그리고 팔다리 한 무더기 정도였다.

"그렇게 힘들게 꺼내서 가져왔는데 달랑 이거만 남았네."

허탈해하는 박창과 달리 지혜는 담담한 태도였다.

"이것만 해도 대단한 거야. 보존 처리가 되어 있던 것도 아니고 한쪽 벽이 무너진 창고 안에 근 천 년을 방치되어 있었던 것들인데 당초 예상보다 오히려 좋은 결과야."

"이것들을 어떻게 하실 겁니까?"

우진이 물었다.

"조립해서 제대로 된 철인간으로 만들어야죠. 하지만 지금은 너무 피곤하네요. 머리가 무거워서 아무 생각도 나질 않아요. 우선은 쉬어야겠어요."

"그래도 철인간 세 대분은 되네요. 잘하면 세 대의 철인간이 생기겠는데요?"

마리나는 뿌듯해하며 철인간의 부분들을 바라보았다. 우진이 말했다.

"최상이 되자면 세 대가 되어야죠. 제일 중요한 건 이 지휘차에 있던 그 녀석이니까요."

지혜는 피곤한지 자신의 어깨를 콩콩 두드리고 검사기 앞에서 일어났다.

"수고 많으셨습니다. 내일이 정말 기대되는군요."

바다의 인사에 지혜는 소리 내어 대답하지 않았다.

"모르죠. 그랬으면 나도 좋겠지만……."

입속으로 중얼거린 그녀는 수리실의 문을 닫고 그곳을 나왔다. 문 옆에서 기다리고 있던 박상이 조용한 음성으로 물었다.

"괜찮겠냐? 할 수 있겠어?"

"해봐야지. 누구한테 배울 수 있는 것도 아니고 지금은 해보면서 배우는 수밖에 없어."

지혜는 마음속의 불안을 감추고 희망적으로 말했다.

다음날, 피곤 때문인지 다른 날보다 조금 늦게 일어난 지혜는 아침 식사 후 조수만을 데리고 지휘차의 수리실로 들어갔다. 나머지 사람들은 모두 지휘차의 조종실에 모여 있었다. 다른 일을 하려고 해도 손에 잡히지 않을 것 같기 때문이었다. 하지만 그곳에서라고 달리 할 수 있는 일이 있는 것은 아니어서 다들 불안과 초조감 속에 기다리고 있을 뿐이었다.

"지혜가 저기 들어간 지 얼마나 됐지?"

침묵 속에서 마음 졸이며 앉아 있던 중 박상이 정적을 깨고 박창에게 물었다. 박창이 시계를 보고 대답했다.

"4시간 20분 남짓이야."

"너무 오래 걸리는데……."

팔짱을 끼고 손가락을 꼼지락거리면서 혼잣말로 중얼거린 박상이 다시 박창에게 말했다.

"안 되겠다. 지혜에게 한번 연락해 봐라."

"알았어."

박창은 통역기에 달린 통신으로 지혜에게 연락을 보냈다.

"지혜 누나, 아직 멀었어?"

[으음…….]

긍정도, 부정도 아닌 애매모호한 소리가 들려왔다.

"지금 가봐도 돼?"

[으음…….]

여전히 같은 소리만 들리자 박창이 박상에게 말했다.

"지혜 누나가 뭔 일을 저질렀나 봐. 꿍꿍대며 고민하는 분위긴데?"

박상은 그 말을 듣자 벌떡 일어났다.

"한번 가보자."

박상 형제가 앞서자 다른 사람들도 둘을 따라갔다. 수리실 앞으로 간 박상이 지혜를 불러보았다.

"지혜야, 들어가도 되겠어?"

지혜로부터는 여전히 대답이 없었다. 박상은 문을 열었다. 박상은 지휘차의 사령관으로 기록되어 있는 까닭에 안에서 잠겨 있어도 어느 방이나 문을 열 수 있었다. 문을 열고 들어가자 한 대의 철인간이 벽을 등지고 서 있고 지혜는 수리실 가운데에 있는 선반에 무릎을 세운 자세로 올라앉아 있었다.

"어? 기동되었잖아!"

박창이 뛸 듯이 기뻐하며 냉큼 철인간에게 다가갔다. 각기 다른 파트로 조립한 철인간은 펠레즈의 시간의 관에서 본 것들처럼 얼룩덜룩한 몸이긴 해도 꽤 멀쩡해 보였고 눈을 뜨고 있었다.

박상이 지혜의 곁으로 갔다. 지혜는 이마에 주름을 짓고 골똘히 생각에 잠겨 작은 소리로 웅얼거리고 있었다.

"대체 뭐가 잘못되었지……?"

철인간의 앞으로 간 박창이 말을 걸면서 반응을 살폈다.

"이름이 뭐지?"

그러나 박창의 질문에도 철인간은 가만히 정면을 응시하고 있을 뿐 아무런 반응도 보이지 않았다.

"이상하네?"

뭔가 크게 잘못되었다는 것을 느낀 박창은 손을 철인간의 눈앞에 대고 흔들어보기도 하고 철인간의 팔을 들었다가 놓아보기도 했다. 하지만 철인간의 눈동자는 가운데 멍하니 고정되어 있을 따름이었고 박창이 잡아서 들어 올린 팔은 힘없이 도로 제자리로 돌아갔다.

"이 자식, 백치 아냐?"

박창이 기가 막혀 중얼거리자 지혜가 또다시 웅얼거렸다.

"도대체 뭐가 잘못되었기에……."

박창은 지혜를 휙 돌아보고 퉁명스럽게 말했다.

"죄다 잘못됐겠지. 이 녀석, 눈만 뜨고 있지 아무것도 모르잖아!"

갑자기 지혜가 고개를 번쩍 들었다.

"그래, 그런지도 몰라!"

그렇게 소리치고 선반에서 폴짝 뛰어내려 온 그녀는 다짜고짜 명령조로 모두에게 말했다.

"다들 나가줘요. 다시 해봐야겠어요. 이번엔 잘될 거예요."

지혜의 고압적인 태도에 박상 등은 아무 말도 못하고 방에서 나가야 했다.

"정말 방법을 찾고 저러는 건지 모르겠네."

박창이 머리를 갸우뚱거리며 투덜거렸지만 지혜에게 맡기는 것 이외에는 방법이 없는 터라 다들 조종실로 돌아갈 수밖에 없었다.

그로부터 또다시 4시간가량이 지났다. 그동안 저녁 식사를 하며 지혜에게 연락했지만 그녀로부터는 지금 바쁘니 나중에 먹겠다는 짤막한 답이 돌아왔을 뿐이었다.

"안 되겠어. 가봅시다."

박상이 결정을 내리자 그들은 다시 수리실로 찾아갔다. 역시 여러 차례 불러도 반응이 없어 무단으로 문을 열었더니 이번에는 또 다른 철인간이 첫 번째 철인간의 옆에 서 있고 지혜는 아까와 같은 자세로 선반에 올라앉아 있었다. 그 모습을 본 순간 직감적으로 실패를 느낀 그들은 담담하면서도 쓰라린 심정으로 두 번째 철인간에게 다가갔다.

"형, 이번엔 눈알은 굴리네?"

박창이 철인간 얼굴 앞에서 손을 이리저리 움직이며 말했다.

"딴 건?"

"눈알만 굴리는데?"

두 대의 먹통 안드로이드를 앞에 두고 아무도 말을 잇지 못했다. 그때 지혜가 고개를 홱 치켜들었다.

"그래, 그것이야. 이제 알겠어."

그녀는 신들린 사람처럼 혼자 중얼거리면서 다짜고짜 박상과 박창 등을 그곳에서 몰아냈다.

"다시 한 번 더 해봐야겠어요. 이번엔 괜찮아요."

"일도 좋지만 밥이라도 먹고 쉬었다가 하는 게 낫지 않겠냐?"

박상이 말했지만 지혜는 들은 척도 하지 않았다.

"괜찮아. 있다가 먹을게."

지혜의 서슬에 밀려 바깥으로 쫓겨난 그들은 하릴없이 조종실로 돌아왔다.

"완전히 백치 시리즈 아냐? 첫 번째는 아다다, 두 번째는 삼룡이 하면 되겠다."

박창이 투덜투덜댔다.

"지금 농담할 때냐? 지혜라고 만능이 아닌데 어떻게 단번에 성공하겠어? 혹시 뜻대로 안 되더라도 지혜에게 너무 뭐라고 하지 마라. 그 애도 애쓰고 있으니까."

박상은 박창을 나무라고 자리에 털썩 앉았다.

그로부터 다시 긴 시간이 지났다. 의자에 기대앉아 꾸벅꾸벅 졸고 있다가 몸이 기울어진 바람에 부스스 눈을 뜬 박상이 시간을 확인해 보니 밤 12시가 훨씬 넘어 있었다.

"그만 자러 갑시다. 지혜에게도 휴식이 필요할 테니 같이 숙소로 가죠."

박상은 앉은 채 자고 있는 다른 사람들도 일어나게 해서 조종실을 나갔다. 그들은 이제 아무런 기대도 없이 무덤덤한 마음으로 수리실로 가서 지혜에게 문을 열겠다고 알리고 문을 열었다.

수리실 안에는 세 대의 철인간이 나란히 서 있었다. 그런데 세 번째 철인간이 문이 열리는 것에 반응하며 박상 등을 향해 고개를 돌렸다.

"누나, 드디어 성공했구나?"

박창이 감격의 일성을 냅다 질렀지만 지혜는 어떤 반응도 보이지 않았다. 그녀는 박상 등에게는 눈길도 주지 않고 선반에 올라앉아 엄지손가락의 손톱을 잘근잘근 씹으면서 혼자 입속으로 웅얼거리고 있을 따름이었다.

"이상하네? 이젠 또 뭐가 잘못됐지?"

그녀의 자폐적인 모습에 불안을 느낀 박창과 우진은 세 번째 철인간을 살펴보았다.

"이번에는 주위의 자극에 반응은 보이는데 단지 그것뿐이네요."

이리저리 살펴본 끝에 우진이 말했다. 박창은 한숨을 푹 쉬었다.

"한마디로 골이 빈 거네."

박상은 착잡한 얼굴로 세 대의 철인간을 바라보다가 지혜의 옆으로 가서 상냥하게 말을 건넸다.

"수고 많았다. 네 잘못이 아냐. 이제 그만 하고 가서 쉬자."

하지만 지혜는 머리를 흔들었다.

"아냐. 난 좀 더 생각해 봐야겠어. 먼저 가서 자."

"아침부터 아무것도 먹지 않았잖아."

"배 안 고파."

고집을 부리는 지혜의 눈에서는 묘한 광기가 일렁이고 있었다.

"이대로 물러설 순 없어. 이 녀석들은 우리의 희망이야."

그녀는 선반에서 내려서더니 새로이 결의를 다졌다.

"모두들, 걱정시켜서 미안해요. 실패는 성공의 어머니란 말 아시죠? 어머니가 셋이나 있으니까 이 다음 녀석은 잘될 거예요."

"이 다음 녀석이라면?"

박창이 불안스레 중얼거렸다.

"시간을 끈다고 방법이 하늘에서 떨어지진 않아요. 세 번의 경험으로 내게도 축적된 데이터가 생겼으니까 이번엔 해내겠어요."

주먹을 부르쥐고 굳게 다짐한 지혜는 기운을 되찾고 부산하게 움직였다.

"자자, 다들 잘 자요. 내일 아침에는 좋은 결과 보여 드릴 수 있을 테니 걱정 말구요."

우진 등은 어떻게 할지 우물쭈물 박상의 눈치를 보았다. 지혜를 가만히 지켜보던 박상이 문으로 돌아서며 그들에게 말했다.

"우리는 가서 있읍시다, 여기는 지혜에게 맡기고."

박상이 앞서서 방을 나가자 다른 사람들도 어쩔 수 없이 따라 나왔다.

"괜찮겠읍니까, 저대로 둬도? 저러다가 마지막 철인간도 이상해지면 어쩌지요?"

바다가 염려했다.

"지혜 이외의 다른 사람이 할 수 있는 일이 아니지 않습니까? 지혜 말처럼 좋은 소식이 있기를 기원합시다."

"그래도 형, 지혜 누나를 저렇게 두고 가도 괜찮겠어?"

박창이 수리실을 돌아보며 걱정스러운 표정을 지었다.

"어쩌겠냐? 지혜가 저럴 때는 아무도 못 말리는 거 너도 알잖냐."

박상이 떠름하게 대답했다. 그러면서도 지혜가 걱정되기는 했던지 일행에게 말했다.

"오늘은 숙소로 가지 말고 지휘차 안에서 잡시다. 그래야 무슨 일이 있으나도 빨리 대응하죠."

그래서 지혜를 제외한 무적택배 사람들은 지휘차 안의 여러 방에 흩어져 잠을 청했다.

다음날 아침 잠결에 낯선 음성이 들렸다.

[일어나십시오, 여러분. 지혜님이 성공하셨습니다.]

지치지도 않고 몇 번이고 반복되는 같은 메시지에 견디다 못한 무적택배 사람들은 하나둘 눈을 떴다.

"뭐야, 이 유치한 멘트는?"

캡슐 침대에서 박창이 잠에 취한 목소리로 불평하자 위의 침대에 있던 박상이 후닥닥 내려왔다.

"어서 가보자! 이건 지혜의 목소리가 아냐!"

"앗! 그렇네!"

목소리는 처음 듣는 남자의 것이었다. 박창도 잠이 확 달아나 버렸다. 그들은 눈곱을 뗄 사이도 없이 수리실로 바람처럼 달려갔다. 다른 사람들도 비슷하게 모여들었다. 문 앞에서 심호흡을 한차례 하고 문을 열려는데 문이 안에서 저절로 열렸다.

"야호! 좋은 아침!"

문 앞에 선 지혜가 밝은 목소리로 외쳤다. 그녀의 곁에는 그들이 익히 보아 잘 알고 있는 지휘차의 철인간이 서 있었다.

"지혜 누나, 진짜로 성공한 거야?"

박창이 숨을 죽이고 물었다. 지혜는 팔짱을 낀 자세로 허리를 젖히며 거만하게 웃어 젖혔다.

"오호호홋~ 당연하지. 내가 말했잖아, 이 안지혜님에게는 불가능이란 없다고!"

썰렁해서 바라보는 동료들의 시선을 무시하고 지혜가 수리실 안으로 들어가며 손짓했다.

"들어들와요. 나의 성과를 보여 드리죠."

지혜의 옆에 있던 철인간은 그녀를 따라 들어갔다.

"어떻게 한 거야, 누나?"

박창의 질문에 지혜가 코웃음을 쳤다.

"설명하면 네가 알아듣기나 하고?"

박창은 어이가 없어서 픽 웃고 말았다.

"어이구, 그래, 잘나셨수."

우진이 철인간을 유심히 살피면서 물었다.

"기능이 전부 정상 가동하는 겁니까?"

"일단 그렇다고 볼 수 있죠."

"이름이 뭡니까?"

그 질문에 지혜는 잠깐 주춤하는 듯이 보였으나 이내 자신감에 가득한 모습을 회복했다.

"아, 그, 그건 좀… 솔직히 말해서 메모리 쪽에 약간 장애가 있어요. 하지만 그건 그렇게 치명적인 건 아니에요. 다른 기능은 전부 멀쩡하니까. 다들 통역기 켜세요. 이 녀석은 이곳의 로봇이라 이쪽 말을 써야 해요."

지혜가 통역기를 켜고 자신을 가리키며 철인간에게 물었다.

"내가 누구지?"

─과학총감 안지혜님이십니다.

지혜는 의기양양한 표정으로 이번에는 박상을 가리켰다.

"저 사람은?"

─사령관 박상님이십니다.

"저 사람은?"

─헌병대장 릴리님이십니다.

이런 식으로 돌아서 마지막으로 박창이 지목되자 철인간은 주저없이 대답했다.

─취사병 박창님이십니다.

릴리 등이 푸훗 하고 웃음을 터뜨리자 박창은 얼굴이 붉으락푸르락해서 지혜에게 따졌다.

"그거 지혜 누나가 그 녀석한테 입력한 거지?"

지혜는 머리를 흔들었다.

"아냐. 이 녀석은 이곳의 사령관용 철인간이었잖아. 지휘차의 주 컴퓨터와 데이터가 연동되어 있는 것 같아. 못 쓰게 된 메모리 부분은 주로 과거의 경험 쪽이라서 이 지휘차의 기능을 이용하는 데는 아무런 지장이 없어."

"과거의 데이터가 없다면 옛날 이름으로 부르는 것도 좀 그렇겠네요."

우진의 말에 지혜가 기다렸다는 듯 말했다.

"그래서 제가 이름을 새로 지어줬어요. 이 녀석의 입장에서도 새롭게 태어난 것이나 마찬가지니까."

"뭐라고 지었는데?"

박상이 웃으며 물었다. 지혜는 가슴을 펴고 자랑스럽게 말했다.

"아담."

"누나가 만들었수? 지혜 누나가 한 일은 창조가 아니라 폐품 활용 차원 아닌감?"

박창이 비웃었다. 지혜는 새침한 얼굴로 여유있게 받아넘겼다.

"흥! 맘대로 말해. 지금은 기분이 최고로 좋으니까 너그러이 넘어가주지. 나의 작업은 누가 뭐래도 재창조야. 아니, 사실 창조에 가깝지. 나 정도의 재능이 아니면 누가 감히 다른 문명의 고대 로봇을 부활시키겠어?"

가히 틀린 말도 아니고 모두들 기쁘기로 말하자면 지혜에 못지않은 터라 이의를 달지 않았다. 자랑할 만큼 하고 흥분 상태가 조금씩 가라앉자 피곤이 한꺼번에 몰려오는 것인지 지혜는 손으로 입을 가리고 크게 하품을 하더니 말했다.

"밤을 꼬박 샜더니 피곤하네요. 전 가서 좀 자야겠어요."

"뭐라도 먹고 자지?"

박상이 식사를 권했지만 지혜는 손을 내저었다.

"지금은 잠이 더 급해. 나중에 맛있는 거 만들어줘."

그 말을 남기고 방을 나가려는 지혜에게 박상이 서둘러 말했다.

"참, 우리들의 명칭 말인데, 직위까지 다 달고 부르면 너무 거창하니까 그냥 이름으로 부르게 하면 안 될까?"

그런데 지혜의 대답에 앞서 아담이 먼저 말했다.

─알겠습니다, 박상님.

놀라서 아담에게 고개를 돌리는 박상에게 지혜가 웃으며 일러주었다.

"아직 말 안 했었나? 아담에겐 상이 네가 최고 주인이고 대장이야. 아담은 이 지휘차의 사령관용 철인간이니까. 난 가서 잘게. 눈이 막 감겨서 안 되겠어."

지혜는 휘적휘적 걸어 사령관 침실로 가서 침대에 눕자마자 낮게 코까지 골며 깊이 잠들어 버렸다.

─안지혜님, 그만 일어나십시오.

귓전으로 들리는 아담의 음성에 지혜는 잠에서 깨어났다. 꽤 오래 잠들어 있었던 모양으로 개운한 기분이었다.

─식사를 마련해 놓았으니 와서 드시라는 박상님의 전언이십니다.

아담이 침대 옆에 서 있었다.

"식사? 그러고 보니 배가 고프긴 고프네."

밥 생각을 하자 별안간 시장기가 밀려왔다. 급히 침대에서 일어나던 지혜는 아담이 헐렁한 티셔츠를 입고 있는 것을 보고 묘한 표정이 되

었다.

"뭐야, 이 촌스러운 복장은?"

아담은 가슴패기에 N이라는 문자가 선명하게 그려진 티셔츠를 걸치고 아래에는 통이 좁은 바지를 입고 바지 위에 사각 팬티까지 입은 괴상한 몰골을 하고 있었다.

"누구 짓인지 알 만하군."

지혜는 혀를 끌끌 찼다.

"하여간 창이 녀석 싱거운 짓 하는 건 알아줘야 한다니까."

그러나 지금은 아담의 복장보다 고픈 배가 우선이었던지라 지혜는 아담은 그대로 두고 종종걸음으로 주방으로 갔다. 주방의 테이블에는 김이 모락모락 나는 카레라이스와 깍두기가 놓여 있었다.

"와아! 맛있겠다!"

지혜는 싱크대 앞에 서 있는 박상과 박창에게 아는 척할 틈도 없이 무시무시한 기세로 식탁으로 달려들어 물 한 모금을 마신 뒤 스푼을 들고 허겁지겁 입에 떠 넣기 시작했다.

"오옷! 깍두기다, 깍두기!"

감격에 겨워하며 카레라이스를 퍼 넣은 입에 깍두기를 베어 무는데 박창이 생색을 냈다.

"천천히 음미하면서 먹어. 마지막 깍두기야. 누나 수고 많았다고 특별히 주는 거야."

"고마워. 너무너무 맛 좋다."

눈물까지 글썽이며 감격한 지혜는 그릇에 가득 담긴 카레라이스와 마지막 깍두기를 온몸으로 느끼며 먹었다.

"음, 자꾸 줄어들고 있어."

줄어드는 음식을 아쉬워하며 먹고 있던 지혜는 시장기가 어느 정도 가라앉자 여유를 되찾고 아담을 챙겼다. 아담은 지혜를 따라와서 테이블 옆에 와 있었다. 지혜는 아담의 복장을 가리키며 박창에게 물었다.

"네가 한 짓이지, 저거?"

"으응, 유니폼?"

"유니폼이라니? 저게 어디로 봐서 유니폼이야?"

"히어로 유니폼이야. 저 녀석이 우리에게 영웅이 되어줘야 하잖아."

의도는 나쁘지 않다고 생각한 지혜는 가볍게 웃었다.

"히어로 유니폼이라면서 저 웃기는 차림이 뭐니? 왜 바지 위에 사각 팬티를 입혀?"

"원래 히어로는 쫄바지 위에 팬티를 내어 입는 법이야. 슈퍼맨이랑 베트맨을 봐. 삼각 팬티는 만들기가 힘들어서 그냥 사각 입혔어. 우리 걸 줄 수는 없으니까."

박창은 웃지도 않고 아주 진지하게 말했다. 지혜는 어이가 없어서 다시 한 번 웃고 물었다.

"그건 그렇다 치고 저 N은 또 뭐야?"

"뭐긴 뭐야, 이니셜이지."

"아담의 첫 글자는 A 아냐?"

박창이 빙그레 웃었다.

"아니, 그 이름 말고 다른 이름. 별명이라고나 할까?"

"다른 이름이라니?"

"누더기 1호. 온몸이 얼룩덜룩하잖아."

그 말을 듣자마자 지혜는 발끈해서 입에 물고 있던 스푼을 냅다 박창의 얼굴로 던졌다. 그러나 박창은 정확하게 이마를 겨냥한 스푼을 살짝 피했다. 그 바람에 더 약이 오른 지혜는 분을 참지 못해 식식거렸다.

"감히 나의 작품에 그 따위 별명을 붙여?"

박창은 지혜의 분노에도 불구하고 여전히 빙글거렸다.

"하지만 저 녀석도 이미 자기 별명을 알고 있는걸? 볼래? 누더기 1호!"

박창의 호명에 아담이 즉시 '예' 라고 대답했다. 지혜는 기가 막혀 아담에게 말했다.

"넌 아담이야, 아담."

—예, 저는 아담입니다.

아담이 순순히 대답했지만 박창이 다시 '누더기 1호' 라고 부르자 거기에도 공손하게 답했다.

"그 녀석, 기능은 괜찮은 거냐?"

박상이 새 스푼을 가져다 주며 지혜에게 물었다. 지혜는 얄밉게 박창을 흘겨보며 대꾸했다.

"너무 괜찮아서 탈이지. 처음에 정해진 이름 말고도 별명이란 걸 받아들일 정도니 그만큼 융통성이 있다는 이야기지. 예외라는 걸 받아들이는 거니까. 그건 아주 고도의 수준이야. 즉 조수나 수정을 월등히 상회하는 컴퓨터란 의미지. 뭐, 펠레즈에서 철인간들을 봤을 때부터 예상했던 바이긴 하지만."

"앞으로 저 녀석을 통해 얻게 될 정보가 많겠구나."

"그렇지. 일차적으로는 펠레즈에 대해서 모든 것을 알 수 있게 될 거야. 시간의 관에 남아 있을 태양열 에너지 시스템이며 마지막 지도자가 궁극적으로 후손들에게 무엇을 남기고자 했는지까지 말이야."

그렇게 말하던 지혜는 생각할수록 분통이 치미는지 박창을 매섭게 째려보았다.

"그런데 그 귀중한 녀석에게 저런 장난이나 치다니……."

박창은 실실 웃으면서도 얌전하게 사과했다.

"알았어. 다신 안 그럴게."

"저 웃긴 옷부터 벗겨."

지혜의 명령에 박상이 말했다.

"내가 시키지. 아담, 옷을 벗어."

─예, 박상님.

아담은 사람처럼 부드럽게 움직여 입고 있던 옷을 벗었다.

"저 녀석, 저럴 땐 진짜 사람 같네?"

박창이 조그만 소리로 감탄했다.

카레를 다 먹고 지혜가 물을 마시고 있는데 박상이 물었다.

"지휘차의 정보 분석은 언제쯤부터 시작할 생각이냐? 오늘은 더 쉬고 적어도 내일 이후에 하는 게 어때?"

"그럴까 해. 철인도 아니고 내 생각에도 오늘까지는 쉬어야겠어. 이제 한고비는 넘긴 셈이니까 몸도 생각하면서 장기전으로 가야지."

잠시 말을 멈추고 아담을 돌아본 지혜는 눈을 반짝반짝 빛내면서 중얼거렸다.

"내일이 정말 기대된다. 내일부터는 정말 새로운 날이 될 거야."

『무적택배』 3권에 계속…